FROST

› **Título original:** *Frost*
› **Dirección editorial:** María Florencia Cambariere
› **Edición:** Melisa Corbetto con Stefany Pereyra Bravo
› **Coordinadora de Arte:** Valeria Brudny
› **Coordinadora Gráfica:** Leticia Lepera
› **Armado de interior**: Florencia Amenedo
› **Diseño de portada:** Franziska Stern

un sello de
VR Editoras

Publicado bajo acuerdo con Jabberwocky Literary Agency, Inc, a través de International Editors & Yáñez Co' S.L.

MÉXICO: Dakota 274, colonia Nápoles,
C. P. 03810, alcaldía Benito Juárez, Ciudad de México.
Tel.: 55 5220-6620 · 800-543-4995
e-mail: editoras@vreditoras.com.mx

ARGENTINA: Florida 833, piso 2, oficina 203
(C1005AAQ), Buenos Aires.
Tel.: (54-11) 5352-9444
e-mail: editorial@vreditoras.com

Primera edición: diciembre de 2023

ISBN: 978-607-8828-88-3

Impreso en México en Litográfica Ingramex, S. A. de C. V.
Centeno No. 195, colonia Valle del Sur, C. P. 09819,
alcaldía Iztapalapa, Ciudad de México.

NÉCTAR Y ESCARCHA
LIBRO UNO

C.N. CRAWFORD

Traducción: Vanesa Fusco

PRÓLOGO

Es una triste verdad que la mayoría de las relaciones están condenadas al fracaso.

Una vez pensé que la mía sería una excepción, que había encontrado a mi media naranja, que a diferencia de la mayoría de los otros amores resplandecientes, el mío ardería para siempre.

Andrew era humano, no como yo. Yo nací fae, pero me mantuve lo más alejada posible de mis pares. La mayoría de los fae eran violentos, caprichosos y terriblemente arrogantes. En cambio, Andrew me hacía coronas de flores silvestres y me escribía poemas sobre sicomoros.

Lo primero que me atrajo fue su belleza: los ojos azules salpicados de dorado y el cabello castaño ondulado. Cuando sonreía, la forma en que sus labios se arrugaban en las comisuras siempre me daba ganas de besarlo. Andrew olía a un hogar, a jabón y a té negro.

Pero eso no era lo que me enamoró. Fue su ternura.

Cuando tenía una semana difícil, me preparaba té o tragos, y me quedaba dormida con la cabeza apoyada en su pecho. Con Andrew, no iba a pasarme nada. Él era humano y yo fae, pero eso nunca pareció importarnos.

Él siempre me escuchaba, me respondía enseguida los mensajes de texto, me preguntaba cómo había estado mi día. Tenía un perro salchicha llamado Ralphie y llevaba a la madre a sus turnos médicos. Los domingos pasábamos el rato en su apartamento de las afueras de la ciudad, siempre limpio y ordenado, y leíamos los mismos libros mientras tomábamos café.

Él de verdad creía que nada importaba más que el amor, que había que celebrarlo. Me dijo que yo era su alma gemela.

A diferencia del resto de mi especie, Andrew me hacía sentir cuidada. Protegida.

Juntos, habíamos planeado un futuro. En líneas generales, este era el plan: yo lo ayudaría a pagar su hipoteca mientras él terminaba una maestría en administración de empresas. Cuando él ya empezara a ganar dinero, nos dedicaríamos a cumplir mi sueño: abrir un bar llamado Chloe en honor a mi madre. Andrew me ayudaría a financiarlo. Viviríamos felices entre los humanos en un barrio residencial lleno de árboles, haciendo muchas parrilladas en el jardín y armando fuertes de almohadas con nuestros hijos. Viajaríamos a la playa en verano. Llevaríamos una vida humana *normal*.

El problema fue que, la noche de mi vigésimo sexto cumpleaños, me enteré de que todo era mentira.

Y fue entonces cuando dejé de creer en el amor por completo.

1

AVA

Estaba en una acera de adoquines, aferrada a mi bolsa de comida para llevar y babeándome al pensar en el pollo vindaloo y el naan de coco. Royal Bistro hacía un exquisito naan mantecoso y un curry tan picante que me hacía sudar con euforia.

Como era mi cumpleaños, el gerente me había dejado salir antes del bar. No tenía grandes planes. Después de unas horas preparando tragos para los financistas de los viernes por la noche, solo quería atiborrarme de comida y mirar comedias con Andrew.

Mientras caminaba hacia nuestra casa, sentía el aroma a chile en polvo, comino y ajo que emanaba de la bolsa de papel que llevaba bajo el brazo. Fue lo primero que nos unió cuando nos presentaron nuestros amigos: la pasión por la comida lo más picante posible.

Con el estómago que ya me hacía ruido, metí la llave en la cerradura y entré en su casa.

Mis oídos se agudizaron al oír los ruidos del piso de arriba. No cabía duda de que Andrew estaba viendo videos porno a todo volumen, a juzgar por los gemidos y jadeos increíblemente fuertes, de esos falsos y agudos dirigidos a los hombres. Las mujeres se darían cuenta enseguida.

Interesante. Bueno, pensó que faltaban unas horas hasta que yo llegara a casa. Que viera el porno que quisiera. Pero ¿por qué lo tendría a semejante volumen si las paredes del apartamento eran de papel?

Me quité el calzado. Al entrar en la cocina, me golpeé la punta del pie con el filo de la pata de una silla de madera y grité "ay", enojada con la silla por existir. Con el ceño fruncido, saqué el pollo vindaloo de la bolsa. En ese momento, me di cuenta de que el porno se había parado. A Andrew le dio vergüenza de que lo descubriera. Esbocé una sonrisa al pensarlo. Seguro sabía que no me importaba, ¿no?

—¿Hola? —La voz de Andrew venía de arriba. Tenía un dejo de pánico. Me di vuelta cuando lo oí decir en voz más baja—: No creo que sea nada.

Se me cortó la respiración. ¿Estaba hablando con otra persona?

Ahora el corazón se me salía del pecho. Apenas consciente del jacuzzi de curry que llevaba en la mano, subí la escalera de puntillas. El orgasmo chillón comenzó de nuevo, el colchón chirriaba.

El pavor se apoderó de mí. Llegué al dormitorio y encontré la puerta un poco entornada.

Con mucho cuidado, la empujé para abrirla.

Se me estrujó tanto el estómago que estuve a punto de vomitar.

Andrew estaba boca arriba en medio de la cama, con los miembros íntimamente entrelazados con los de una mujer rubia que yo nunca había visto. Habré gritado porque casi se cayeron de la cama al girar para mirarme. Durante unos largos segundos, nos quedamos mirándonos los tres, presos del horror.

–Ava, ¿qué haces aquí? –El rostro de Andrew se había puesto rojo.

–¿Qué mierda haces tú?

–Se suponía que ibas a estar trabajando. –Estaba acostado bajo una mujer desnuda, pero lo dijo como si esa fuera una explicación de lo más razonable.

–Es mi cumpleaños. Y me dejaron salir temprano.

Andrew empujó a la mujer para quitársela de encima y ambos se despatarraron en la cama, en *nuestra* cama, sudorosos y sonrojados. Me quedé mirándolos, incapaz de creer lo que estaba viendo, pero consciente de que era mi futuro desintegrándose ante mis ojos.

–He querido contártelo... –Andrew tragó saliva con fuerza–. No quería que pasara así. Es que Ashley y yo nos enamoramos.

–Sin ánimo de ofender –agregó Ashley, tapándose con la sábana–. Pero él ya no quiere experimentar más. Quiere una familia. ¿Una familia normal? O sea... una familia humana.

Andrew volvió a tragar saliva con fuerza; el cuerpo entero, rígido por la tensión.

–Ashley y yo... tenemos cosas en común, Ava. Tenemos un futuro.

Yo no podía respirar. ¿Cómo no lo había visto venir? Mis pensamientos se quedaron mudos y lo único que sentía era que se me partía el corazón.

Les lancé el vindaloo, y el recipiente de plástico golpeó la manta y estalló al instante. Ellos quedaron bañados en pollo picante y chiles. Andrew y la chica chillaron, y me pregunté si habría hecho algo ilegal. ¿Se podría ir presa por arrojarle curry picante a alguien?

–¿Qué haces? –gritó Andrew.

–¡No lo sé! ¿Qué haces tú? –le grité yo.

Recorrí la habitación con la mirada y observé el cesto de la ropa sucia donde estaba mezclada nuestra ropa. No sé por qué, pero la idea de tener que separar mi ropa de la suya me deprimía más que cualquier otra cosa. Yo siempre lavaba la ropa y doblaba la de él con esmero... ¿Ahora tendría que sacar mi ropa del cesto y lavarla en una lavandería automática?

Mierda, ¿dónde iba a vivir ahora?

Andrew se estaba limpiando el curry con la sábana.

—Dijiste que podía acostarme con otra mujer cuando me fui de vacaciones. Y cuanto más nos conocíamos Ashley y yo, más me daba cuenta de que lo nuestro era obra del destino.

—¿Que podías acostarte con otra? —Lo miré fijo; los dos se veían borrosos por las lágrimas de mis ojos—. Dije que sabía que había gente que hacía eso. No dije que te daba permiso. Y no estás de vacaciones.

—Conocí a Ashley estando de vacaciones. Y no pude evitarlo. Su belleza me llamó.

Parpadeé y sentí que una lágrima se deslizaba por mi mejilla.

—La última vez que te fuiste de vacaciones fue hace casi tres años.

Andrew negó con la cabeza.

—No, Ava. Tú y yo fuimos a Costa Rica el invierno pasado, pasaste todo el tiempo en la habitación por una infección urinaria. ¿Recuerdas?

—¿La conociste cuando *nosotros* estábamos de vacaciones?

Andrew tragó saliva una vez más.

—Bueno, no estuviste muy divertida en ese viaje.

A su lado, Ashley estaba desesperada, tratando de limpiarse el curry caliente con una de mis toallas.

—Esto me está irritando mucho la piel.

Andrew me miró con ojos de cachorro.

—Ava. Lo siento. Obviamente, esto es solo un error de comunicación. Nunca quise hacerte daño. Pero el corazón quiere lo que quiere.

Tenía un nudo en la garganta, me dolía el pecho.

—Pero ¿qué problema tienes?

—I...iba a decírtelo... —tartamudeó—. Nos enamoramos. Y el amor es hermoso, ¿no? —Siempre hay que celebrar el amor. En serio, Ava, deberías alegrarte por mí. He encontrado a mi alma gemela. —Soltó un suspiro exagerado—. ¿Puedes dejar de ser egoísta por un segundo y ver esto desde mi punto de vista?

El mundo se desmoronaba.

—Me dijiste que tu alma gemela era yo. Supongo que también le escribes poemas, ¿no? —Me di la vuelta, ya estaba en el vestíbulo cuando me di cuenta—. ¿El poema sobre el álamo fue para ella o para mí?

—Fue para mí —respondió Ashley con tono brusco.

Caí en la cuenta de algo horrible. Esto no era solamente el fin de mi relación. Era el fin de mis planes para el futuro.

—Andrew, ¿y el bar? Me ibas a ayudar a financiarlo.

Él se encogió de hombros y me sonrió un poco.

—Ay, Ava. Ya se te ocurrirá algo. Ve a estudiar a la universidad o algo así. Serías una estudiante de primera.

Unos pensamientos llenos de pánico revoloteaban sin control por mi mente como hojas de otoño en una tormenta. Andrew era mi vida, y ahora había desaparecido.

Me brotaban las lágrimas.

—Estabas esperando a graduarte, ¿no? —dije—. Porque Ashley no te paga las cuentas. Las pago yo.

Ella se acomodó el pelo por encima del hombro y señaló:

—Soy actriz. Hace falta tiempo para construir una carrera.

—Y talento también. Y considerando lo falso que sonó ese orgasmo, no te tengo mucha fe —repliqué.

Ashley tomó el recipiente de vindaloo de la cama y me lo tiró encima. El curry rojo me salpicó toda la camiseta.

Yo ya era la amargada. La despechada. La bruja malvada que conspiraba para acabar con la joven belleza.

—¡Fuera! —gritó ella.

—¡Es todo tuyo! —le grité yo—. Ustedes dos sí que son el uno para el otro.

Tenía que irme antes de hacer algo por lo que terminara veinte años presa. Tomé el bolso del gimnasio del suelo y bajé las escaleras a toda velocidad.

Y ahí fue: el momento en que decidí que nunca volvería a amar.

¿Los cuentos de hadas? Eran mentira.

2
AVA

Una hora más tarde, tenía los codos apoyados en la barra de madera pegajosa del Trébol Dorado. Bebía una Guinness mientras el televisor sonaba a todo volumen y veía *Casadas y cosidas*, un *reality show* sobre mujeres que competían por ganar un novio y una cirugía plástica para el día de la boda. Un horror, sí, pero no por eso dejaba de verlo todas las semanas.

Tal vez ese programa presagiaba el declive de la civilización o algo así, pero nada de eso me preocupaba en ese momento. Tenía veintiséis años y...

¿Qué tenía? Nada, en realidad. Nada que fuera mío.

Esta noche nada más necesitaba un lugar donde a nadie le importara una mierda las manchas de curry de mi camiseta, un lugar donde pudiera beber mucho un día de semana sin que nadie me juzgara.

El Trébol Dorado era perfecto.

Estaba angustiada no solo porque me habían roto el corazón, aunque eso me daba ganas de ponerme en posición fetal. Se había truncado otro de mis sueños, al menos por un tiempo: el bar Chloe. Había estado trabajando día y noche en esos planes, intentando conseguir los permisos.

Apoyé la cabeza entre las manos. Ahora mismo ganaba unos treinta mil al año como bartender, y gran parte de ese dinero se había ido para pagar la hipoteca de Andrew. Antes de conocerlo, había estado compartiendo un apartamento minúsculo con un alcohólico que siempre se quedaba dormido en el baño. No era el fin del mundo, pero me irritaba que Andrew dijera lo más campante "ve a estudiar a la universidad", como si de repente yo pudiera pagarla.

Andrew venía de una familia rica; sus padres ganaban millones en el sector inmobiliario. Había decidido arreglárselas por su cuenta durante un tiempo, aunque en realidad, eso significaba que yo lo ayudaba a él en lugar de sus padres. Como él nunca se había quedado sin un centavo, era totalmente ajeno a ciertas situaciones, y terminaba diciendo cosas como: "Deberías alegrarte de que me haya enamorado", mientras destrozaba varios de mis sueños.

Le di un sorbo a mi Guinness y me lamí la espuma de los labios. Encontraría la manera de lograrlo.

Una voz conocida me sacó de mi angustia.

–¡Ava!

Cuando levanté la vista, vi a mi mejor amiga, Shalini, caminando hacia mí. Su cabello oscuro y ondulado caía en cascada sobre un vestido rojo ceñido que combinaba con el lápiz labial. Llevaba un rubor brillante sobre la piel cobriza, y su estilo contrastaba por completo con mi ropa de trabajo manchada de comida.

Shalini se me acercó y enseguida me rodeó los hombros con un brazo.

–Dios mío, Ava. ¿Qué pasó?

Me inundaron todas las emociones que había estado conteniendo y apoyé la cabeza entre las manos.

—Descubrí a Andrew teniendo sexo en nuestra cama con una *actriz* rubia. —Cuando volví a mirarla, se me había nublado la vista.

Shalini tenía los ojos café muy abiertos y la expresión seria.

—¿Qué demonios?

Le di un sorbo a mi cerveza, aturdida.

—Dijo que tenía permiso.

—¿Permiso? ¿Para qué?

Respiré hondo y le conté a Shalini todo lo que había pasado: que había llegado más temprano a casa, el orgasmo fingido y la parte de que debería alegrarme por él. Cuando terminé, la expresión de asco absoluto de Shalini reflejaba lo mismo que sentía yo. Luego una sonrisa curvó sus labios.

—¿De verdad les arrojaste pollo vindaloo?

—Se desparramó por todas partes.

—Espero que se le hayan metido chiles picantes en las bolas… —Shalini se detuvo un segundo e hizo una mueca. Seguro intentaba evitar la imagen del curry desparramado en el cuerpo desnudo de Andrew. Sacudiendo la cabeza, dijo—: Es increíble. O sea, ¿de verdad creía que no lo iban a descubrir?

—No lo sé. Supongo que sí. Se suponía que yo iba a salir más tarde del trabajo, pero es mi cumpleaños. —Tenía las mejillas húmedas y me las limpié con las manos—. Sé que la mayoría de las relaciones no duran, pero pensé que lo nuestro era distinto.

Shalini me dio unas palmaditas en el hombro y dijo:

—Para curar un corazón roto, hace falta un hombre más guapo. ¿Ya estás en Tinder?

Me quedé mirándola.

—Esto acaba de pasar hace una hora y media.

—Claro. Bueno, cuando estés lista, yo te ayudo. Estoy desesperada por tener una aventura. ¡Quizás podríamos irnos de crucero! ¿No hay cruceros para solteros?

Miré mi vaso casi vacío. ¿Era la segunda cerveza o la tercera? Estaba perdiendo la cuenta.

—Olvídalo —respondí—. No quiero saber más nada con los hombres. Puedo ser de lo más feliz con donas y películas sobre las reinas de la Casa de Tudor.

—Un momento. ¿No se suponía que él iba a financiar tu bar? —preguntó Shalini alzando la voz—. Le has estado pagando la puta hipoteca. Está en deuda contigo.

Asentí con la cabeza.

—Y habrá sido por eso que estaba esperando para decírmelo.

—¿Y si invierto yo en tu bar?

Era muy amable de su parte, pero no quería arruinar una amistad perfecta con un altísimo riesgo financiero.

—No, pero gracias. Ya se me ocurrirá algo.

—Podríamos abrir un bar juntas. Uno de esos en los que se pueden lanzar hachas, quizás. Y podríamos invitar a Andrew a la inauguración, beber unos tragos y ver adónde nos llevan las cuchillas.

Asentí con la cabeza, mirando mi bebida.

—Podríamos llamarlo "El hacha borracha" —aporté.

—¿Recuerdas cuando Andrew se trajo el hacha de acampar y casi decapita a una ardilla? Qué idiota —dijo Shalini—. Necesitas un macho alfa. Alguien que pueda protegerte.

Me balanceé en mi silla.

—Puaj. No, no necesito a ningún imbécil alfa. Solo necesito una manera de conseguir dinero para un alquiler. —Me sujeté a la mesa—. Soy una tonta por haber confiado en él.

Shalini se encogió de hombros y dijo:

—No eres tonta. Él es el que arruinó algo bueno.

—¿A cuánto está un alquiler en el centro? —pregunté, reclinándome en la silla.

Ella se aclaró la garganta:

—No hablemos de eso ahora. Puedes quedarte conmigo.

—Bueno —acepté—. La verdad es que suena divertido.

Un tipo delgado de pelo castaño se acercó a nosotras. Llevaba unas Chuck negras, jeans y una sudadera gris con capucha. Tenía la atención centrada por completo en Shalini, como siempre pasaba cuando salíamos juntas.

—¿Se están divirtiendo? —preguntó, moviendo las cejas. Era evidente que pretendía coquetear.

—Ella no —dijo Shalini.

—Quizá pueda hacer que te sientas mejor —respondió él, aunque el comentario estaba dirigido a Shalini solamente—. ¿De dónde eres? Hablo tres idiomas.

—De Arlington, Massachusetts.

—No, lo que pregunto es... ¿de dónde eres *en realidad*? Originariamente.

—De Arlington. —Shalini entrecerró los ojos—. ¿Qué tal un poco de francés? *Foutre le camp!*

El hombre se rio, nervioso.

—Ese no es uno de los idiomas que conozco.

—¿Sabes lenguajes de programación? ¿Qué tal esto: "sudo kill menos nueve u"?

Los ojos del hombre brillaron de emoción.

—Lo sabré si me dices la contraseña de administrador. —Su tono sonaba un poco lascivo, y yo ya no entendía qué estaba pasando.

Mi mirada se desvió hacia *Casadas y cosidas*. El novio había sometido a sus posibles novias a un combate de boxeo. Al parecer, la mejor manera de elegir esposa era hacer que se golpearan entre ellas vestidas con bikinis. Fruncí el ceño ante la pantalla, preguntándome cuántas de ellas necesitarán realmente una nariz nueva después de este episodio.

Cuando me volví hacia Shalini y el hombre, vi que estaban discutiendo sobre un lenguaje de programación.

Shalini era un genio de la computación. Había estado trabajando para una empresa tecnológica importante que había salido a la bolsa hacía un mes. Yo no sabía cuánto dinero había ganado ella con las acciones, pero fuera lo que fuese, ya no necesitaba trabajar. Antes había sido una académica obsesiva, supermotivada, pero ya estaba agotada y ahora solo quería divertirse.

Shalini levantó una mano y anunció:

—Steve, Ava ha pasado una mala noche. No le caen bien los hombres en este momento. Vamos a necesitar algo de espacio.

Y aquí fue donde cometí un error crucial:

—Es que descubrí a mi novio encima de Ashley.

Steve se mordió el labio y comentó:

—Si quieren hacer un trío, o...

—¡No! —dijimos Shalini y yo al unísono.

—Como quieran. —La expresión de Steve se endureció mientras me miraba—. No quiero sonar como un desgraciado, pero tampoco eres muy bonita. No con esas orejas de elfo. —Se alejó canturreando para sus adentros.

—¡No soy elfo! —Me volví hacia Shalini, tocando las puntas delicadas de mis orejas de fae—. Mierda. Eso no ha ayudado a mi autoestima.

—Sabes que muchos hombres dicen esas estupideces cuando los rechazan, ¿no? En un momento, eres la persona más hermosa que han visto. Y dos segundos después, eres una zorra engreída con rodillas raras. Todo el mundo sabe que las orejas de fae están buenísimas, y tú también. Es solo que los intimidas.

He vivido entre los humanos, he intentado adaptarme. Me gustaría decir que fue por elección propia, pero la verdad era que los fae me habían echado hacía tiempo. No tengo idea de por qué.

—¿Es eso lo que piensan los hombres humanos cuando me ven? —pregunté.

Shalini negó con la cabeza y respondió:

—Eres enormemente hermosa. Cabello castaño oscuro, ojos grandes, labios sensuales. Eres como una Angelina Jolie de los noventa en forma de fae. Y tus orejas están buenísimas. ¿Sabes una cosa? Mi objetivo en la vida va a ser conseguir un novio fae. Los humanos son un desastre.

—Y los hombres fae son aterradores —señalé, haciendo una mueca.

—¿Cómo lo sabes?

Un oscuro recuerdo pasó por el fondo de mi mente, pero fue intangible, fugaz, un fantasma difuso en mis pensamientos.

—No lo sé. Hay algunos fae comunes como yo por aquí, pero no suelo encontrármelos. Todos los altos fae viven en Feéra, y creo que tienen poderes mágicos. Pero igual, solo se puede entrar en su mundo a través de un portal, y para eso hace falta que te inviten, cosa que de ningún modo me va a pasar.

—Pero ¿cómo imaginas que serían los hombres fae en la cama?

—Jamás he pensado en ello, en serio.

Shalini me preguntó, señalándome con el dedo:

—¿Te has dado cuenta de que el sexo más alucinante se tiene con los más desastrosos? El mejor sexo que he tenido fue con un tipo que creía que vivían extraterrestres en el núcleo de la Tierra. Vivía en una yurta en el patio de la casa de sus padres, y solo se dedicaba a intentar hacer kombucha, lo que nunca consiguió, por cierto. Tenía el calzado pegado con cinta adhesiva. Sexo alucinante en la yurta, y por eso sé que Dios no existe. ¿Y tú?

—¿El mejor sexo? —Mi primer instinto fue decir Andrew, pero no, esa no era la verdad. Y ya no tenía que serle leal—. Se llamaba Dennis. En nuestra primera cita, me sirvió sopa fría de lata y trató de hacer percusión con la boca durante quince minutos. Desayunaba brownies de marihuana y quería ser mago profesional. Pero su cuerpo era absolutamente perfecto y era una locura en la cama. En el buen sentido.

—Exacto. —Shalini asintió en señal de comprenderme—. Es una crueldad. ¿Es imposible que los hombres fae sean buenos en la cama y normales?

—Yo qué sé. Estoy casi segura de que son todos arrogantes, y creo que algo asesinos... Pero ni siquiera tengo permitida la entrada al mundo de los fae. —Esto era algo de lo que nunca hablaba, pero tanta cerveza me había soltado la lengua.

—¿Por qué no? Nunca me lo explicaste.

Me incliné hacia delante y le conté:

—En el mundo de los fae, todo gira en torno a tu linaje familiar. Y como mis padres me dieron en adopción al nacer, nadie sabe cuál es mi linaje. Soy una paria. —Me miré a mí misma, para ver lo que los demás ven—. Shalini, no me va mucho mejor que a Dennis, ¿verdad? No tengo un centavo y llevo una sudadera con la imagen de un gato, manchada con comida. —Alcé la mano para tocarme el cabello y me di cuenta de que tenía uno de esos rodetes que dicen "me doy por vencida", con los pelos que sobresalen–. Ay, Dios. Con este aspecto conocí a Ashley.

–Estás más sexy que nunca. Parece como si alguien te hubiera tenido despierta toda la noche porque estás buenísima. –Los ojos de Shalini se posaron en mi vaso de pinta ya vacío–. ¿Otra ronda?

Asentí con la cabeza, aunque ya me sentía mareada. Seguía oyendo los chillidos agudos de Ashley, y tenía que hacerlos desaparecer.

–Más –dije despacio, y suspiré–. Gracias. Andrew era demasiado guapo. Demasiado perfecto. Debería haber sabido que no podía confiar en un hombre tan guapo.

Shalini le gritó al barman:

–¿Nos traes una jarra de margaritas? ¿Y puedes subir *Casadas y cosidas*? Hoy van a eliminar a una.

–Espero que sea Amberlee –dije–. No, espera. Espero que se quede. Es una maldita loca, y por eso es la que más me gusta. Intentó embrujar a Jennica con una vela de maldición.

Mientras el barman llenaba la jarra, apareció una placa de "último momento" en el televisor de encima de la barra, interrumpiendo el video de una concursante de *Casadas...* sollozando borracha. Había un periodista parado en una esquina. Me quedé mirando la pantalla.

–Se acaba de anunciar –dijo el periodista, sonriente– que Torin, rey de los fae, se casará este año.

El bar se sumió en el silencio. El rey Torin era el líder de los altos fae, un grupo mortífero de fae que ahora gobernaba nuestro mundo desde la distancia. Justamente de esos fae que no querían tener nada que ver con una fae común como yo.

Sin embargo, tenía la vista clavada en el televisor, embelesada como todos los demás.

3
AVA

—Se celebrará un gran torneo de mujeres fae para elegir a la novia —continuó el periodista—. No todas las fae podrán participar. Solo se seleccionarán cien entre miles de concursantes posibles, elegidas por el propio rey. Su novia debe demostrar fuerza, gracia...

Puse los ojos en blanco.

—Qué anticuado esto. ¿No puede el rey conocer a alguien y decidir si le gusta...?

—¡Shh! —Shalini prácticamente me tapó la boca con la mano—. Te quiero, pero si sigues hablando, te mato.

Shalini, mi amiga humana hasta la médula, tenía una obsesión con los fae. Yo, en cambio, estaba más que feliz de mantenerme lejos de ellos.

Los fae se mostraron ante el mundo humano hace tan solo treinta años. Primero, los humanos reaccionaron con horror y repulsión y, por desgracia, esa actitud había durado la mayor parte de mi infancia. Pero

¿ahora? Los humanos adoraban a los fae. En algún momento, los fae consiguieron forjarse una imagen de riqueza y glamour.

Yo tenía la ligera sospecha de que seguían siendo bastante aterradores detrás de esa fachada de sofisticación.

—El rey Torin —dijo el periodista, radiante— nació hace veintiséis años. Hacía tiempo que se esperaba que eligiera una reina, siguiendo la antigua costumbre del torneo...

Ya había visto su foto cientos de veces: pálido, con la mandíbula marcada como el filo de una cuchilla y el pelo oscuro bien corto. En esta foto, el rey Torin llevaba un traje negro que hacía resaltar sus hombros anchos. Tenía una sonrisa diabólica y arqueaba una de las cejas negras.

Tal vez fue la cerveza o la congoja, pero me molesté con solo mirarlo. Era más que evidente que se amaba a sí mismo.

Sin embargo, hay que reconocer que era difícil apartar la mirada de su foto.

—Bastardo engreído —balbuceé. Ah, sí. Estaba borracha.

—Dicen que es muy misterioso —comentó Shalini con un suspiro—. Tiene un aire de tragedia absoluta y nadie sabe por qué.

Eso no tenía ningún sentido.

—¿Qué tiene de trágico ser el hombre más rico del mundo? ¿Sabes cuántos bares podría abrir si le diera la gana? ¿O escuelas? ¿Sabes cuántos títulos universitarios podría tener? —Me di cuenta de que estaba gritando.

—Dicen que tiene remordimientos de conciencia —agrega Shalini, mirando a la derecha—. Parece que ha asesinado a gente... pero se siente culpable. Está siempre meditabundo y atormentado.

—¡Qué buen partido! ¿Sabes? Si fuera feo, a nadie le parecería encantador, ¿verdad? Ser asesino no suele considerarse un rasgo positivo.

—Terminé mi margarita. Muy rápido—. Ese es el problema con los ricos y poderosos, ¿no? Y los que son bellos en vano. No saben nada de límites ni de empatía normal, y de repente, te enteras de que se la están metiendo a actrices llamadas Ashley. —Tenía cierta conciencia de que dije la última parte a los gritos.

—Olvídate de Andrew, Ava. Piensa en los brazos musculosos del rey Torin. ¡Eres fae! ¿Por qué no compites en el torneo?

—¿Qué? ¿Yo? —dije con un resoplido—. No. En primer lugar, no me lo permitirían. Y segundo, me perdería nuestras divertidas fiestas de pijamas y las maratones de *Los Tudor*. Además, voy a empezar a hornear pasteles. Aunque tal vez podría hacer, digamos, pasteles de la época de los Tudor.

Shalini entrecerró los ojos y dijo:

—Ya hemos hecho dos maratones de *Los Tudor*.

—Podemos ver *La reina virgen*. No importa. —Sonreí—. Haré panecillos de Pascua, muy de época.

Me quedé mirando la pantalla, viendo las imágenes del rey Torin grabadas a la distancia. Él manejaba su imagen pública con sumo cuidado: estaba siempre bien peinado, se vestía elegante, no tenía ni un pelo suelto en la frente. Pero hacía un año se había filtrado algo. De algún rincón oscuro de Internet había surgido una imagen de Torin emergiendo de las olas del océano como un dios de los mares, con las gotas de agua brillando sobre sus músculos firmes. Con la sonrisa socarrona y los rasgos perfectos, parecía una cruza entre Henry Cavill en *Los Tudor* y Poseidón.

Bueno, si a una le gustaran ese tipo de cosas.

La imagen en la pantalla del televisor cambió de nuevo. Ahora parecía ser una transmisión en directo desde un helicóptero. En la calle de abajo, un Lamborghini plateado rodeado de un desfile de motocicletas negras avanzaba entre el tráfico.

–El rey y su comitiva han salido de Feéra para notificar en persona a cada una de las participantes del concurso –explicó el comentarista–, el cual se hará según la antigua tradición del torneo.

–¿Esa es la autopista 8? –dijo alguien al otro lado del bar.

–Vaya –dijo otro cliente–, están cerca.

Miré a Shalini. Ella tenía los ojos clavados en el televisor, con la boca entreabierta.

–¡Mierda! –gritó alguien–. Se están bajando en la salida 13.

–Eso está como a dos calles de aquí –dijo Shalini en voz baja.

¿De qué hablaba todo el mundo?

Ah, el espectáculo del rey de los fae y su novia.

Oí la voz de Shalini a mi lado, sin aliento por la emoción.

–¿Has visto alguna vez al rey Torin en persona?

–No. Seguramente tendrá un aspecto más que aceptable, pero... –Dejé de hablar, mientras una gélida sensación de intranquilidad se extendía por mi pecho.

Perdí el hilo de lo que decía, y la mesa parecía tambalearse ante mí. Empecé a sentir mucha saliva en la boca. Las margaritas habían sido mala idea. Apoyé la cabeza entre las manos, y los rasgos perfectos de Andrew afloraron en mi mente.

–Íbamos a plantar manzanos.

–¿Qué? ¿De qué estás hablando? –preguntó Shalini.

El sonido de las motocicletas volvió a llamar mi atención. Al otro lado de las ventanas, pasaban rugiendo los primeros integrantes de la comitiva del rey Torin. El estruendo de los motores era como el de un avión pequeño en pleno despegue, pero si el ruido molestaba a los clientes del Trébol Dorado, una jamás se habría enterado. Tenían las caras aplastadas contra las ventanas mientras pasaban una, dos, tres, cuatro motocicletas.

Me sorprendió ver que aún había luz fuera porque pensé que ya era de noche. ¿Quién se emborrachaba tanto a plena luz del día?

—¡Ay, Dios mío! —La voz de Shalini interrumpió el ruido ensordecedor—. Acaba de pasar... espera, *¿se está deteniendo?* —Su voz se había vuelto tan aguda que me preocupé.

Todo el bar se había agolpado alrededor del vidrio, empañándolo con su aliento colectivo y manchando la ventana con los dedos.

—¡Ay, Dios mío! —exclamó Shalini de nuevo—. ¡Ahí está!

Me bajé a los tropezones del taburete y me acerqué a la ventana para ver si podía echar un vistazo. Me metí entre el idiota que quería un trío y una mujer que olía a desinfectante.

—Ay, Dios —dijo Shalini, pasmada—. Ay, Dios...

Poco a poco, se abrió la puerta del Lamborghini, y salió el rey de los fae. Al atardecer, su cabello negro adoptaba un brillo dorado. Era alto y fornido, y estaba vestido con una chaqueta de cuero oscuro y pantalones negros. Parecía un modelo de Calvin Klein de otro mundo, dorado a la luz del sol, con la piel bronceada que contrastaba con el azul gélido de sus ojos. Una barba bien corta oscurecía su mandíbula definida. Le había crecido el pelo desde las últimas fotos que había visto de él. Estaba más largo, oscuro y ondulado.

Con una punzada de vergüenza, me di cuenta de que tenía la nariz pegada al vidrio y había quedado boquiabierta como todos los demás.

El rey observó la fachada del Trébol Dorado, con los ojos azul claro que brillaban bajo la luz del sol. ¿Qué hacía aquí? Dudaba que viniera a buscarme a mí, porque ningún fae me conocía.

Se apoyó en el costado del Lamborghini, con los brazos cruzados. Tardé un segundo en darme cuenta de que estaba esperando a que llegara el resto de la comitiva.

El rey Torin hizo un gesto hacia el bar, y dos de sus guardias se bajaron de sus motocicletas para dirigirse al interior.

A mi lado, Shalini susurró:

—¿Vendrán a buscarte, Ava?

—No puede ser. Tiene que haber otra fae aquí.

Recorrí el bar en busca de otra fae como yo. No solíamos ser difíciles de detectar. Nos delataban las orejas ligeramente alargadas y el color inusual del pelo, pero por lo que podía ver, solo había humanos en el bar.

Uno de los integrantes de la comitiva del rey Torin abrió la puerta de un empujón, un hombre de piel bronceada y cabello negro y largo. Tenía la contextura de una montaña. En el bar, se podría haber oído caer un alfiler.

—El rey de los fae desea detenerse a tomar una copa.

Reprimí una risita. Seguro que el rey de los fae estaba acostumbrado a los vinos centenarios de los mejores viñedos de Burdeos. Qué sorpresa le esperaba en el Trébol Dorado, donde lo único añejo eran la comida y la clientela.

Estaba a punto de decirle eso a Shalini cuando el rey Torin entró por la puerta del Trébol Dorado y quedé con la boca abierta.

Sabía que era guapísimo, pero en persona, su belleza me impactó con la fuerza de un puño. Claro, había visto su rostro en miles de revistas de chismes. La mandíbula cuadrada, la sonrisa diabólica, los ojos de un color azul glacial que parecían centellear con un secreto indecente. Pero en esas fotos no se apreciaban algunos de los detalles que ahora podía ver de cerca: las pestañas negras como el carbón, el tenue hoyuelo de la barbilla.

¿Un adonis de carne y hueso? ¿Un dios? ¿Era algún tipo de magia fae?

Siempre había pensado que Andrew era un diez. Pero si Andrew era un diez, tendría que inventar una escala completamente nueva, porque él no le llegaba ni a los talones al rey de los fae.

Los ojos del rey se clavaron en los míos, y dejé de respirar por completo a la vez que un escalofrío gélido me recorría la espalda. De repente, sentí como si una escarcha naciera de mis vértebras y se expandiera hacia fuera.

Parecía que lo rodeaban sombras a medida que atravesaba el bar, y los clientes se apartaban por instinto. Había oído que tenía ese efecto sobre la gente, que su mera presencia bastaba para doblegar a los humanos a su voluntad.

Al barman le temblaba la mano mientras le servía un whisky al rey Torin.

—Rey Torin —susurraban los humanos, con reverencia—. Rey Torin.

Algunos se arrodillaron. Steve, el del trío, apoyó la frente contra el suelo manchado de cerveza.

—¡Ay, Dios mío! —exclamó Shalini, casi sin aliento y aferrada a mi brazo con tanta fuerza que sabía que me estaba dejando magullones.

Tal vez era porque yo era fae, o tal vez era por las cinco cervezas que corrían por mi pequeño cuerpo, pero no me iba a poner de rodillas. Aunque sintiera el poder de un alto fae recorriéndome los huesos, exigiendo una reverencia, me quedaría de pie fuera como fuera.

Torin aceptó el whisky que le ofreció el barman y sus ojos se fijaron en los míos. Cuando empezó a acercarse, tenía unas ganas irrefrenables de arrodillarme.

A él se le crispó un músculo de la mandíbula.

—Se espera que los fae se inclinen ante su rey. —La voz grave y aterciopelada me acarició la piel.

Sonreí con todo el encanto que pude y dije:

—Pero en realidad no soy una de ustedes. Eso ya lo decidieron hace tiempo. —El alcohol enmascaraba el miedo que debería sentir—. Así que ahora sigo las reglas humanas. Y los humanos no tienen que inclinarse.

El apretón fuerte y doloroso que me dio Shalini en el brazo me advirtió que me callara. Hice una mueca de dolor, levanté la mano y continué:

—Además, ya no me gustan los hombres después de que encontré a Ashley encima de Andrew.

El silencio denso y pesado llenó el lugar. El labio del rey se torció.

—¿Quién es Ashley?

—En realidad, el problema no es ella —respondo con un suspiro—. El problema es que no voy a inclinarme ante un hombre rico y guapo. He tenido un día bastaaaaaante difícil —balbuceé.

Él me observó, con la atención puesta en las manchas de mi sudadera de gato y en el vaso vacío que apretaba con una fuerza sin igual.

—Ya lo veo.

De nuevo, nuestros ojos se encontraron. Detrás de él, parecía acumularse la oscuridad y se iban acercando las sombras. Un escalofrío me recorrió los huesos y empezaron a castañetearme los dientes.

Honra a tu rey. Honra a tu rey. Una voz en mi cabeza me ordenaba humillarme ante él, y sentí que el miedo se disparaba por mi espalda.

El rey Torin frunció un poco el ceño, como si le sorprendiera mi resistencia. Pero ¿acaso no me había oído cuando le dije que yo no era parte de ellos? La comisura de sus labios se crispó.

—Qué bien que no vine a invitarte a competir por mi mano. Tu falta de respeto te descalificaría de inmediato.

Miré sus ojos glaciales. El rey Torin acababa de echarme de una competencia en la que no tenía ningún deseo de participar.

—Ah, no se preocupe, su torneo no me interesa para nada. De hecho, creo que es un poco vergonzoso.

Los ojos del rey se abrieron de par en par y, por primera vez, algo parecido a una emoción de verdad le invadió sus rasgos perfectos.

—¿Sabes quién soy?

—Ah, sí, el rey Torin. Ya sé que usted es de la realeza, del antiguo linaje seelie y bla, bla, bla... —Tenía una ligera idea de que mi dificultad para hablar claro le quitaba algo de fuerza a mi perorata, pero el rey estaba en el lugar y el momento equivocados, e iba a tener que oírlo—. No sé mucho de usted ni de los fae desde que todos pensaron que yo no era apta para estar con ustedes. Y eso está bien. Porque hay cosas increíbles aquí en el mundo de los mortales. Pero sé que todos ustedes piensan que son mejores que los humanos. Y esta es la cuestión, rey. —Ignoré las uñas de Shalini, que se me clavaban en el brazo—. Toda esta pom... pompa que está haciendo, no es mucho mejor que lo *más tonto* de la cultura mortal. ¿Su torneo de novias? Sé que es una tradición antigua y que se remonta al viejo mundo, cuando vivíamos en los bosques, con astas en la cabeza, y teníamos sexo como animales en los robledales...

Él se puso serio, y sentí que se me enrojecían las mejillas. ¿De dónde había salido eso? ¿Y qué estaba diciendo? Cerré los ojos un momento, intentando recuperar el hilo de mis pensamientos.

—Pero ¿qué tiene de distinto todo este concepto con lo que pasa en *Casadas y cosidas*? —Hice un gesto descontrolado para señalar la pantalla—. Su vida es básicamente el *nadir* de la civilización humana. Ahora su torneo de novias incluso sale en televisión. Es todo falso, ¿no? Y en realidad, usted no es mucho mejor que Chad, el piloto con los dientes absurdamente blancos de *Casadas y cosidas*. Unos imbéciles guapos y ricos, nada más. Quien quiera participar en este torneo busca dos cosas: fama y poder.

—Ava, deja de hablar —siseó Shalini.

A pesar de mi borrachera, era consciente de que estaba haciendo algo espantoso.

—Bueno, fama, poder y su... ya sabe. —Le hice un gesto con la mano—.

Su cara y sus abdominales. Nunca se fíen de alguien tan sexy, señoritas. En fin, paso de hacer reverencias. Que tenga buena noche.

La cerveza había desatado un río de palabras que brotaban de mí, y no podía contenerlo.

A mis espaldas, los clientes del Trébol Dorado me miraban con los ojos abiertos como platos. Las sombras que se arremolinaban alrededor de Torin parecían convertirse en algo casi sólido, confirmando lo que siempre había sabido de los fae: que eran peligrosos. Probablemente por eso debería haberme arrodillado y cerrado la boca.

Los ojos del rey se volvieron más brillantes, y el hielo me invadió las venas. Me sentía congelada y quebradiza. No podía moverme de mi asiento por nada del mundo.

La voz del rey Torin era suave como la seda, y apareció un leve destello de gracia en sus ojos.

—Como gustes. Está claro que tienes toda la vida resuelta. —Su mirada volvió a recorrer mi cuerpo, fijándose en la sudadera del gato gruñón—. No quisiera arruinarla.

Entonces, antes de que pudiera decir otra palabra, él se dio la vuelta y salió del bar.

Durante un largo momento, los clientes permanecieron inmóviles. Entonces, el hechizo se desvaneció y el bar estalló en un tumulto de voces.

—¡Ella rechazó al rey de los fae!

—¿Qué significa "nadir"?

Shalini me tomó del hombro y preguntó:

—Pero ¿qué te pasa?

—Los cuentos de hadas no son reales, Shalini —respondí, estremeciéndome al sentir su mano—. ¿Y los fae? No son las criaturas agradables que piensas.

4

TORIN

Se acercaba la medianoche, tanto en Feéra como en la ciudad de los mortales, y yo regresaba a mis aposentos tras pasar el día fuera.

Solté un suspiro al entrar en mi residencia. Las paredes eran de color verde bosque con florituras en dorado, el aire húmedo estaba colmado del aroma de las dedaleras y de la dulce fragancia del manzano que crecía en mi habitación. La luz de la luna bañaba el árbol y las plantas a través de una claraboya. Era lo más parecido a un invernadero que podía encontrar en el castillo.

Me dejé caer en la cama, aún vestido.

Hoy me había encargado de invitar personalmente a cien mujeres fae a competir por mi mano: una princesa de cada clan noble y otras noventa y cuatro fae comunes. Jamás había ganado el torneo una fae común, pero invitarlas a participar las hacía sentirse incluidas y evitaba que se rebelaran sus familias.

Durante las semanas siguientes, estas mujeres competirían por el trono de reina seelie y la oportunidad de reinar a mi lado como mi esposa. Y esa mujer borracha que no paraba de despotricar probablemente tenía razón: lo que en realidad querían era poder y fama.

No importaba.

Aunque no tuviera ningún deseo de casarme, tener una reina en el trono era fundamental para que siguiera fluyendo nuestra magia. Era la única manera de proteger el reino. Y lo más importante: me concedería la magia que tanto anhelaba.

Si no me casaba, Feéra y todos sus habitantes morirían. Era tan simple como eso, y lo que yo quisiera no importaba en absoluto.

Se me empezaban a cerrar los ojos del cansancio cuando la puerta se abrió con un crujido y un haz de luz procedente del pasillo iluminó la habitación.

—¿Torin? —Era la voz de mi hermana—. ¿Estás despierto?

—Sí, Orla.

—¿Puedo pasar?

—Por supuesto.

Orla empujó la puerta y se metió en mi habitación. Mi hermana tenía veintitrés años, solo tres menos que yo, pero parecía aún más joven. Era delgada, con ojos de muñeca, y no parecía tener más de diecisiete, sobre todo con su vestido de satén claro y las zapatillas de seda. Llevaba el pelo rubio suelto sobre los hombros delicados.

Se quedó de pie junto a la puerta, mirando hacia donde estaba yo, esperando con cierta incomodidad a que le hablara. Orla era ciega; sus ojos se estropearon en la infancia. Al notar que guardé silencio, ella habló primero.

—¿Cómo te fue hoy?

—Hice lo que tenía que hacer.

La cabeza de Orla giró hacia mí de forma casi imperceptible mientras seguía el sonido de mi voz.

—¿Así que no tuviste ningún problema?

Intuía que mi hermana conocía la respuesta. A pesar de su ceguera, o tal vez debido a ella, era muy perspicaz, y yo jamás podía mentirle.

—El único problema con el que me encontré fue una fae común borracha que calificó el torneo de vergonzoso, a la altura de lo peor de la civilización humana.

Los estrechos hombros de Orla se pusieron rígidos.

—Sí, me enteré.

—Tenía el aspecto desaliñado de una mendiga; era descarada y mal hablada. Y sin embargo... lo que dijo del torneo no está muy equivocado, ¿no? —¿Por qué seguía pensando en ella? Posiblemente porque sus palabras transmitieron una terrible verdad—. No es importante.

Orla parecía poco convencida.

—Hermano, tu reputación es muy importante. Nuestros enemigos deben temerte. Si los reyes de los seis clanes se enteran de la verdad...

—No te preocupes —dije enseguida—. Todo está bajo control. Tendré una reina en un mes.

—¿Y estás seguro de que quieres hacer esto ahora? —Podía oír la preocupación en la voz de Orla.

Asentí, sintiendo el gran peso de mi posición.

—Un rey tiene que sacrificarse por su pueblo. El trono de la reina ha estado vacío demasiado tiempo. Sabes que el pueblo está sufriendo. El invierno se alarga, hay informes de que la magia maligna ha vuelto a nuestras tierras. Sin una reina en el trono, la magia de Feéra se está desvaneciendo, incluida la mía.

—Hay una alternativa, ¿sabes? —Los ojos claros de Orla parecían escudriñar mi rostro–. Tengo una propuesta del príncipe Narr. Podría casarme con él, y entonces tú podrías abdicar. Nuestro linaje seguiría en el poder. Yo podría sentarme en el trono.

El miedo se apoderó de mi corazón. Orla nunca podría ser reina de los fae seelie. Estaba ciega y enferma, a veces quedaba semanas postrada en la cama. La tensión de semejante cargo sería una sentencia de muerte para ella. Pero no podía decirle eso.

Así que me hice el enojado.

–¿Casarte con el príncipe Narr? Por supuesto que no. Como rey de los seelie, defender el reino es mi deber y de nadie más. El torneo elegirá a mi esposa. El trono de la reina volverá a ocuparse. La magia fluirá una vez más en el reino.

Orla se dejó caer sobre mi cama, rígida.

–Pero ¿y si tienes que casarte con una fae bellísima, como Moria de los dearg due, o Cleena de las banshees? ¿Etain de las leannán sídhe? Dicen que ningún hombre puede resistirse a sus encantos. Si cometes un desliz y te enamoras, si matas a una princesa, será desastroso para todos. Torin, una fisura dentro de los clanes podría iniciar una guerra civil. Los clanes no siempre estuvieron unidos, sabes...

–No me enamoraré –le dije, interrumpiéndola–. Mi corazón es como una prensa. Quien gane el torneo disfrutará de todos los beneficios y lujos del cargo, pero no la maldeciré con mi amor. Será la reina de nuestro pueblo. –Lo que no dije fue que Orla tenía toda la razón. Cualquier mujer correría un peligro terrible si yo me enamorara de ella.

Orla se levantó de la cama y empezó a caminar despacio hacia la puerta. Ya había estado mil veces en mi habitación y conocía cada centímetro del suelo de piedra, pero aun así me ponía nervioso verla moverse sola. Me levanté y la tomé por el codo.

—Torin, sabes que puedo caminar sin tu ayuda.

—Sígueme la corriente —le dije, dándole un suave apretón en el brazo mientras la guiaba hasta la puerta.

Mi lacayo la esperaba en el pasillo de mármol.

—Aeron —le dije—, acompaña a la princesa a su habitación. Es muy tarde.

Cerré la puerta y apoyé la espalda contra ella, inhalando el aire vernal. Apreté las manos. No quería admitirlo, pero Orla tenía razón.

Estaba maldito, había estado maldito toda la vida. Si llegaba a enamorarme de mi novia, ella moriría. Y sería el solo hecho de tocarla lo que la mataría, congelándola hasta la médula, como el desolado paisaje helado que nos rodeaba.

Esa era mi maldición.

Unas telarañas gélidas de dolor se extendieron por mi pecho como una helada invernal. Ya me había enamorado una vez. Junto al viejo templo de Ostara, sostuve entre mis brazos el cuerpo congelado de Milisandia mientras mi alma se partía al medio.

Mi culpa.

Y cada vez que mi determinación empezaba a flaquear, volvía a ese mismo templo y recordaba la imagen de Milisandia cuando su cuerpo se había vuelto blanco y azul...

Apreté los puños.

Como parte de mi maldición, nunca podría hablar de ello con nadie. No había podido advertirle, decirle que no se acercara. Las palabras morían en mi lengua. Orla, maldita por los mismos demonios, tampoco podía hablar de ello. Solo nosotros dos conocíamos nuestros secretos, y nos los *llevaríamos a la tumba.*

Mi amor, el solo tocar a alguien, es muerte.

Me serví un vaso de whisky y bebí un largo sorbo. Había intentado terminar mi relación con ella, pero aquella noche me había seguido hasta el viejo templo. Y no me pude resistir...

Nunca volvería a amar. Nunca *podría* volver a amar. Ahora solo tenía un propósito, una forma de redimirme por la sangre que me manchaba las manos, y era salvar a mi pueblo.

Eso no solo me destrozaría por completo, sino que podría significar el fin de mi reino.

Las princesas podían morir en los torneos, sí. Siempre fue un riesgo. Pero ¿una princesa muerta en *mis* manos? ¿Asesinada por el propio rey?

Los seis clanes de los seelie podrían volverse contra un rey asesino, como habían hecho mil años atrás cuando el rey Caerleon perdió la cabeza durante una época conocida en Feéra como la Anarquía. Ya se habían corrido suficientes rumores en el reino sobre las cosas que yo les había hecho a las mujeres que amaba.

Rumores no del todo falsos...

Si los clanes se volvieran contra nosotros, sería el fin de la unidad en Feéra. El primer rey en miles de años que dejaría que el reino se desmoronara.

A menos... que eligiera a alguien de quien nunca pudiera enamorarme.

Cerré los ojos. Lo que necesitaba era una mujer dispuesta a llegar a un acuerdo y tomarlo como lo que era. Alguien con modales repelentes y de nula sutileza. Alguien que me odiara tanto como yo a ella. Alguien de cuna humilde sin sentido de la moralidad, a la que pudiera comprar sin rodeos...

Se me abrieron los ojos de golpe cuando se me ocurrió una idea fabulosa.

5

AVA

Para mí, lo peor de emborracharse no es la resaca sino que siempre termino despertándome al amanecer. Una vez alguien me dijo que eso pasa porque cuando tu cuerpo metaboliza el alcohol, se reinician los ciclos de sueño. Yo solo sé que es una mierda.

Y así fue esta mañana. Estaba echada en el sofá de Shalini, mirando el reloj parpadeante del decodificador de TV por cable. Eran las 4:58. Demasiado temprano para estar despierta.

Cerré los ojos, deseando volver a dormirme. Cuando los abrí de nuevo, había pasado un minuto.

Solté un quejido. *¿Qué hice anoche?*

Ah, cierto. Había decidido que si me emborrachaba de verdad, me olvidaría de Ashley y Andrew. Por mucho que me hubiera parecido una buena idea en ese momento, quería volver atrás y darle un puñetazo a mi yo de anoche.

Saqué el teléfono y se me cayó el alma a los pies al ver un mensaje de mi jefe, Bobby:

Ava lo siento te sacamos de la grilla. Recibimos alabanzas de pans del rey de los feos.

Me quedé mirando el mensaje durante un minuto, tratando de entender lo que quería decir. Pero los mensajes de Bobby siempre eran así porque usaba el dictado de voz y nunca se molestaba en corregir nada. Al cabo de unos minutos, lo entendí. Habían recibido amenazas de fans del rey de los fae y me habían despedido.

Apoyé la cabeza en las manos.

Ningún mensaje de Andrew. Ninguna disculpa o súplica desesperada para que volviera.

Me estremecí un poco al abrir su perfil de Instagram. Fue un horror ver que ya había borrado todas mis fotos con marcos artísticos y pies de foto llenos de poesía y nostalgia. Ahora había publicado una nueva foto de Ashley, parada en medio de un campo de flores silvestres bajo la luz dorada del sol poniente. Debajo, él había escrito: "Cuando una persona es tan bella que te olvidas de respirar...".

Durante todo el espanto de ayer, no había notado lo preciosa que era ella. *Mierda*.

Me temblaban las manos mientras la miraba. ¿Cuándo le había tomado él esa fotografía? Apenas nos habíamos separado la noche anterior.

Me di la vuelta, con la esperanza de conciliar el sueño escondiendo la cara entre los cojines del sofá. Sabía que el sofá se hacía cama porque ya me había quedado aquí antes, pero anoche no había conseguido armarlo. Aunque sí me había tapado con una manta.

Funcionó durante unos minutos hasta que se me revolvió el estómago y me invadió una desagradable oleada de náuseas. No sabía si era por el alcohol o porque mi vida se caía a pedazos. Supongo que por ambas cosas.

Me senté, con la esperanza de que una posición más erguida me aliviara el revoltijo del estómago. Mientras tanto, se iban filtrando más recuerdos de la noche anterior en mi mente.

Cinco pintas de Guinness, la jarra de margaritas, una interpretación de karaoke de *I Will Survive*, y estaba casi segura de que alguien había besado a Steve, el del trío. Tenía la inquietante sensación de que ese alguien podría haber sido yo.

Muchas decisiones malas.

Aun así, nada era tan espantoso como el recuerdo de mi conversación con el rey Torin. ¿De verdad había dicho que el fae más poderoso del mundo no era más que un imbécil guapo y rico? ¿Que era un Chad de *Casadas y cosidas* en versión fae?

El estómago se me revolvió de nuevo y me levanté para ir a los tumbos hasta el baño de Shalini. Me encorvé sobre el inodoro blanco y limpio, con la boca hecha agua. Cuando no salió nada, me levanté y me lavé la cara en el lavabo. Me miré: el pelo enmarañado, las ojeras, la piel de una palidez extraña.

A las 5:03 de la mañana, entré en la sala de estar de Shalini, decorada con absoluta pulcritud. Había quedado una caja de donas en la isla de la cocina, pero se me retorció el estómago al verlas.

Estaba claro. Entre la cabeza que se me partía, el estómago revuelto y los recuerdos horribles de la noche anterior, no iba a dormirme pronto.

Crucé hasta el dormitorio de Shalini y me asomé. Ella dormía bajo el edredón, con el pelo oscuro esparcido sobre la almohada. Estaba desmayada, profundamente dormida.

Frotándome los ojos, volví de puntillas a la sala de estar. No encontraba el control remoto del televisor, y al teléfono se le había agotado la batería. Parpadeé ante la luz del sol que ya se colaba por las persianas. La bruma de los recuerdos de la noche anterior me puso nerviosa.

Tal vez era hora de encontrar un café, tomar un poco de aire fresco, volver a casa...

Ah, cierto. Ya no tenía casa. Giré y contemplé la sala de estar, donde todo estaba en su lugar, con una bella decoración en tonos caramelo y crema.

Todo menos mi bolso del gimnasio, que yacía en el suelo junto al sofá. Sonreí. Parece que la borracha de Ava sí había tomado una buena decisión. Tal vez podría eliminar el alcohol a fuerza de sudor. Antes de conocer a Andrew, me pasaba meses deprimida, lo que me dejaba sin energía, tumbada en la cama, sucia y casi sin comer. No quería volver a caer en esa oscuridad. Y siempre que empezaban a aparecer los nubarrones, era salir a moverme, a correr, lo que me devolvía a la vida.

Tomé el bolso, volví al baño y me puse la ropa de correr. Luego, haciendo el menor ruido posible, me metí el juego de llaves de repuesto de Shalini en el bolsillo y salí al aire libre.

Bajé las escaleras a toda prisa, pasé junto a una fila de buzones y entré en un pequeño patio. Incluso en mi estado de resaca abismal, tuve que admitir que era una mañana fabulosa. No hacía demasiado calor, el cielo del amanecer estaba de un color rosa perlado, casi despejado por completo. En el césped del patio, un petirrojo buscaba lombrices. *Concéntrate en lo positivo, Ava.* Estaba viva y era un día perfecto para correr.

Y no iba a sumirme en una profunda depresión por un idiota.

No me percaté hasta llegar a la puerta de calle de que había una camioneta blanca con el nombre CTY-TV en letras azules. Cuando me di cuenta de lo que era, un hombre de ojos vivos con un micrófono en la mano saltó delante de mí.

Era el periodista que había visto en la televisión la noche anterior. Ay, *mierda*.

—Señorita Jones —dijo con tono enérgico—. Me gustaría hacerle unas preguntas.

—¿No necesita consentimiento o algo para esto? —respondí, negando con la cabeza—. Yo no lo consiento.

El periodista siguió como si no me hubiera oído.

—¿Estuvo anoche en el Trébol Dorado?

—¿Quizás? —Intenté pasarle por al lado, pero me bloqueó el paso. Detrás de él había aparecido una mujer con una gran cámara de televisión al hombro.

¿Estoy saliendo en la tele?

—¿Usted es empleada del bar Cuarzo Rojo de la zona Sur?

Me sentía mareada, y no solo por la resaca. Ya habían averiguado dónde trabajaba. ¿Qué más sabían de mí? Pasé por al lado del periodista, dándole un empujón, e intenté correr hacia la puerta, pero la camarógrafa se puso delante de mí.

—Señorita Jones. —El periodista intentaba sonar agradable y simpático, a pesar de que su colega me arrinconaba—. ¿Puede contarnos lo que le dijo al rey de los fae?

Quizá si no hubieran sido las cinco de la mañana y no me hubieran acorralado, habría intentado pensar en una buena respuesta. Pero en aquel momento aún tenía la cabeza llena de algodón y no se me ocurría nada coherente.

—Lo siento —tartamudeé—. La verdad es que no tengo tiempo ahora para hablar con usted.

La camarógrafa no se movió de la puerta, y el periodista se puso a su lado. De nuevo, me metió el micrófono en la cara.

—¿Es cierto que insultó al rey de los fae? ¿Con palabras que no podemos reproducir en vivo por televisión?

—Estaba a punto de salir a correr.

En el fondo de mi mente, estaba cayendo en la espantosísima cuenta de que Ashley y Andrew estarían viendo esto. Una crisis en público, borracha, revivida en todos los hogares de los Estados Unidos. Cerré los ojos, deseando que la tierra me tragara.

El periodista levantó su teléfono para que yo pudiera ver la pantalla.

—¿Esta es usted?

Antes de llegar a responder, empezó a reproducirse el video. Aunque era de baja calidad, reconocí de inmediato el interior del Trébol Dorado.

"Se espera que los fae se inclinen ante su rey". La voz aterciopelada de Torin sonó a través del teléfono, y ya sin estar aturdida por la cerveza barata, sentí encima de mí el enorme peso de su voz.

Me quedé mirando el teléfono mientras le profería insultos y divagaba sobre *Casadas y cosidas*. Peor aún, el video me pintaba de una forma muy poco favorecedora. Estaba despeinada, con el rostro sonrojado, y arrastraba las palabras. Sudaba. Tenía los párpados caídos y el pelo hecho un desastre. Las manchas rojas de la sudadera brillaban bajo las luces cálidas del bar.

—Sí es usted, ¿verdad? —oí decir al periodista, pero ya se había activado mi reacción de lucha o huida, y parecía que me hablara desde lejos.

¿Cuál era la mejor manera de lidiar con esto?

Huir.

Lo esquivé, aparté a la camarógrafa de mi camino y prácticamente me lancé por la puerta del complejo de apartamentos. Giré a la derecha. Mi idea era salir corriendo por la acera, pero había otro equipo de televisión instalándose allí.

Ay, mierda.

Alguien gritó mi nombre y volví a dar la vuelta, dispuesta a salir disparada en la dirección contraria. El reportero y la camarógrafa del principio ya me estaban bloqueando el paso. En retrospectiva, debería haber intentado volver corriendo al apartamento de Shalini, pero mis pensamientos eran un borrón confuso. Busqué un hueco entre la parte delantera de la camioneta de CTY-TV y el auto que estaba delante, tratando de pasar a toda prisa.

Lo primero que pensé fue en cruzar la calle, pero en cuanto puse un pie en el pavimento, se oyó el fuerte ruido de un claxon. Un auto gigante se acercaba a toda velocidad. En un segundo aterrador, me di cuenta de que me iba a atropellar.

Todo pareció moverse en cámara lenta. La silueta negra del auto, el chirrido de los neumáticos, los ojos horrorizados del conductor. Hasta aquí había llegado yo.

En una fracción de segundo, mi vida pasó ante mis ojos. Los primeros años, oscuros, no los recordaba, salvo por una fría sensación de miedo. Entonces apareció el rostro de mi madre: la agradable sonrisa de Chloe mientras me preparaba un pastel de zanahoria. Vi destellos de nuestros días más felices juntas: navidades, cumpleaños, la vez que visitamos Disney World. Su emoción cuando terminé el curso de bartender y me contrataron en uno de los mejores bares de la ciudad...

Los recuerdos se volvieron más oscuros.

Hubo una llamada en mitad de la noche, la que todo el mundo teme. Un médico que me dijo que ella había tenido un infarto, que no había sobrevivido.

Un chasquido fuerte como un disparo me hizo recuperar el foco.

Una columna de vidrio emergió del pavimento y el auto se estrelló contra ella.

Un segundo después emergió otra columna debajo de la camioneta de las noticias. El vehículo se tambaleó hacia un lado y volcó. Me quedé mirando, intentando comprender lo que estaba viendo.

No, no eran columnas de vidrio. Era hielo. Se me desencajó la mandíbula. Sin dudas, mi idea de salir a correr no había sido nada relajante.

¿Qué demonios estaba pasando?

Un brazo poderoso me rodeó la cintura y tiró de mí para subirme a la acera.

—Qué imprudencia terrible, Ava. —La voz suave y profunda del rey Torin a mis espaldas me rozó la piel.

Me volví para mirar sus ojos azules como el hielo, pero él no se apartaba de mí. Seguía con la mano en mi cintura, como si yo fuera a salir corriendo a la calle otra vez porque sí.

—¿Qué hace aquí? —pregunté.

Sus labios se curvaron en una media sonrisa.

—Al parecer, evito que te mueras.

—Estaba a punto de quitarme de en medio. Esos periodistas me acosaban porque, al parecer, es una gran noticia que alguien lo insulte, aunque fuera de forma muy vaga.

Los ojos azules le brillaron con una luz gélida.

—¿Muy vaga?

Detrás de él, la lente de una cámara destellaba a la luz del sol.

—Los de la tele. Están detrás de usted.

—Ajá.

Empezaron a rodearlo unas sombras, frías sobre mi piel. Torin no dejaba que me captaran las cámaras. Cuando el periodista exclamó su nombre, su magia sombría se volvió densa como una niebla espesa, engullendo la luz y el calor que nos rodeaba.

El periodista vaciló:

—Mis más sinceras disculpas...

El rey Torin no se molestó en mirarlo. Tenía los ojos fijos en mí mientras emitía una orden por encima del hombro.

—Destruye la cámara.

A través de la bruma oscura, vi por encima del hombro de Torin cómo el periodista le arrebataba la cámara a su ayudante y la arrojaba al suelo. Se hizo añicos contra el pavimento. Hice una mueca. Seguramente costaba una fortuna.

—¿Puede decirme qué está pasando? —susurré.

—Estoy eliminando a todos los testigos. Las noticias de hoy ya son bastante malas sin un video tuyo intentando tirarte delante de un auto.

Los ojos del rey Torin seguían clavados en mí. A sus espaldas, la camarógrafa y el periodista destrozaban la cámara a pisotones.

—¿Cómo consiguió que hicieran eso?

—¿No sabes lo que es el glamour? —dijo Torin, arqueando una ceja.

—¿Debería?

—Sí.

—Si ustedes pretendían que yo supiera cosas sobre los fae —clavé un dedo en su pecho, fue como presionar una pared de ladrillos—, no deberían haberme exiliado. Y por cierto, me despidieron por su culpa.

—¿Por mi culpa?

—Los locos de sus fans amenazaron a mi jefe.

—¿Y qué culpa tengo yo de eso? —Ladeó la cabeza, con un destello de curiosidad en los ojos claros—. Nos estamos desviando del tema. ¿Sabes algo de magia?

Su poderoso cuerpo desprendía un frío amenazante, y di un paso atrás, con el aliento que se volvía vapor a mi alrededor.

—No. ¿Cómo voy a saber algo? Ni siquiera recuerdo Feéra.

Los rasgos de Torin se suavizaron de una forma casi imperceptible.

—El glamour —dijo en un tono bajo— es un tipo especial de magia que usamos para influir en los humanos y en algunos fae de mente débil. Nos permite ayudarlos a olvidar cosas.

—¿Una especie de control mental?

—No precisamente. Más bien una sugerencia poderosa.

Se volvió hacia el equipo de televisión y la nube de hielo que lo rodeaba empezó a desvanecerse. El periodista y la camarógrafa se quedaron de pie entre los restos de la cámara destrozada, con los ojos vidriosos.

La comisura de la boca del rey se curvó.

—Si de verdad amaran su trabajo, mi magia no funcionaría. Querrían proteger la cámara. En cambio, el glamour los ayuda a superar sus inhibiciones. Los anima a entregarse a sus deseos más oscuros. Querían destruirla.

—¿Cómo sé que no me está hechizando en este instante? —Tragué saliva.

Torin dirigió toda la intensidad de su mirada ártica hacia mí, y su rostro ardía de curiosidad.

—¿Por qué? ¿Estás pensando en satisfacer tus deseos oscuros?

Dado su aspecto, no era ningún misterio por qué él podía pensar eso. Pero mi deseo por él no llegaba a superar mi deseo por unas donas.

—No. Es solo que ese poder parece perfecto para abusar de él.

—Sin dudas siempre piensas lo peor de la gente, ¿no? —Los ojos del rey Torin se entrecerraron—. Créeme cuando te digo que cualquier fae que haga mal uso de su glamour es tratado con mucha dureza. Es lo que nos permitió permanecer ocultos del mundo humano durante muchos años. Pero no vemos ninguna razón para abusar de él y causar problemas innecesarios con los humanos.

El periodista y la camarógrafa se miraban como si acabaran de conocerse.

—Soy Dave —dijo el periodista, con una sonrisa débil.

—Bárbara —respondió ella, sonrojándose.

El rey Torin me tomó del brazo y me alejó de ellos.

—Necesito hablar contigo sobre el matrimonio.

—*¿Qué?* Acabo de volver a ver el video de anoche. Le dije que no quiero participar en su torneo, y usted me dijo que me descalificarían por más que quisiera.

Los ojos de Torin destellaron con una luz gélida.

—Esa es precisamente la cuestión. Yo tampoco quiero casarme.

Parpadeé, confundida.

—Entonces, ¿a qué vino aquí?

—Tenemos que ir a un lugar más privado.

Aunque odiara su arrogancia, ¿cómo podría decirle que no al rey Torin? No me daba la sensación de que fuera a aceptar un no como respuesta. Y, además, acababa de salvarme.

—De acuerdo. Podemos usar la casa de mi amiga Shalini.

—Llévame allí.

Quería decirle que yo no era su súbdita y que dejara de usar ese tono autoritario conmigo. Pero en lugar de eso, empecé a guiarlo hacia el edificio de Shalini. Cuando volví la vista a los periodistas, los vi besándose junto a la camioneta volcada. Los vidrios rotos brillaban a su alrededor.

Me recorrió un escalofrío de miedo. La magia de Torin en verdad parecía muy peligrosa.

6
AVA

Llevé al rey Torin escaleras arriba hasta el apartamento de Shalini. Me resultaba extraño estar tan cerca de él. Con ese cuerpo esbelto y musculoso, los ojos penetrantes y la quijada angulosa, era difícil no quedarse mirándolo. El rey Torin pertenecía a otra categoría de belleza masculina, de ojos gélidos y piel bronceada. La belleza fae podía llegar a ser de ensueño, de un poder casi vertiginoso, y él la encarnaba a la perfección.

Si no hubiera sido porque acababan de arrancarme el corazón e incinerarlo, quizás me habría causado algún efecto.

Pero él solo me sacaba de las casillas con su confianza absurda. No había ni una pizca de cautela ni de vacilación cuando hablaba. Decía lo que pensaba y esperaba que lo obedecieran. Se movía con una gracia calculada.

Cuando llegué a la puerta de Shalini, lo miré. Le destellaban los ojos en la penumbra de la escalera y sentí que se me tensaban los músculos.

Se me cortó la respiración y vacilé, con el cuerpo reacio a introducir la llave en la cerradura.

Tardé unos instantes en comprender la sensación. La última vez que fui al zoológico, me detuve a ver los tigres. La enorme bestia estaba fuera, paseando por el perímetro de la jaula. Cuando la vi a los ojos, me devolvió la mirada y sentí una intensa punzada de miedo en los huesos. La mirada no era de hambre, pero igual estaba clara: el tigre no habría dudado en destrozarme la garganta si hubiera querido.

Tuve la misma sensación cuando miré al rey Torin a los ojos. Se me puso la piel de gallina.

¿No había dicho Shalini que él había asesinado a alguien? La verdad es que no era difícil de creer.

—¿Pasa algo? —susurró.

Me aparté de él, metí la llave en la cerradura y abrí la puerta. Torin entró primero, como si fuera el dueño del lugar.

Cerré la puerta en silencio, con el corazón acelerado, y me volví hacia él.

—¿Rey Torin? Disculpe, ¿cómo se supone que debo dirigirme a usted?

Los ojos del rey fae resplandecieron.

—Puedes decirme Torin. No hace falta que me trates de usted.

—Muy bien, Torin. Este es el apartamento de mi amiga Shalini. Está durmiendo en la otra habitación, así que tendremos que guardar silencio. ¿Qué es lo que quieres decirme?

El rey Torin hizo una pausa, pasándose una mano sobre la barba incipiente. Por primera vez desde que lo conocí, parecía vacilante. Cuando habló, lo hizo en voz baja, apenas más que un susurro:

—Feéra se está muriendo.

—¿Qué? —Eso era lo último que esperaba oír, sin duda.

Pensaba que el rey Torin y sus huestes eran inmensamente poderosos. Habían aplastado toda oposición humana en nuestro reino. Se decía que en Feéra, el rey Torin ejercía el poder de un dios. Y así había parecido cuando había hecho salir columnas de hielo de la calle.

Él frunció el ceño, con la vista fija en la ventana, y explicó:

—Cuando un rey seelie se sienta en el trono fae, toma la magia del reino para defenderlo y conquistar nuevas tierras. La reina, en cambio, repone esa magia. La magia de ella es vernal, genera crecimiento y fertilidad. Llevará meses devolver la magia a nuestro reino por completo, y después de eso, necesitaremos una reina que se siente en el trono de vez en cuando.

—Entonces, ¿necesitas la magia de otra para reponer la tuya? ¿Te estás quedando sin poder?

—Sí. —Sus ojos se encontraron con los míos—. Hace veintitrés años, mi madre murió. Fue la última reina de Feéra. Desde entonces, he estado tomando la magia del reino. He tenido que combatir a los humanos y mantener a raya al resto de los clanes seelie. He extraído una gran cantidad de magia. Y ahora, un frío invierno ha descendido sobre nuestras tierras. La única forma de reponer nuestra magia y traer de vuelta la primavera es con una reina en el trono. Y ahí es donde intervienes tú.

—Bien —dije con un suspiro—. Entonces, ¿quieres que sea tu esposa para que tu reino pueda sacarme la magia? No te ofendas, pero paso. ¿Por qué no se lo pides a una de las muchas fae que quieren ser tu esposa de vedad? Hay unas cuantas pidiendo la oportunidad.

—Yo tampoco quiero que seas mi esposa —dijo el rey Torin—. Ese es el plan. Por eso eres perfecta.

—Perdona, ¿qué? —pregunté, confundida.

—Solo tendrás que estar casada conmigo durante unos meses. No por mucho tiempo. Y no haría falta consumar nada. Solo deberías sentarte en el trono de la reina y canalizar tu poder, reponer la magia de Feéra. Ayúdame a salvar el reino. Una vez que las cosas vuelvan a la normalidad, nos divorciaremos. Y podrás regresar a… —recorrió la pequeña sala de estar con la mirada— …este lugar. Y todo podrá terminar sin que se interpongan emociones problemáticas porque no nos gustamos. En absoluto.

Hizo una pausa y cruzó los brazos sobre el pecho como si acabara de hacerme la oferta del siglo. Me quedé mirándolo.

—¿Por qué haría esto? Quieres que me case contigo y que me divorcie de ti unos meses después. ¿Te imaginas el impacto que eso tendría en mi vida? Odio ser el centro de atención, y saldría en todas las noticias como "una cazafortunas fae común". Solo esos diez minutos ahí afuera fueron una de las peores experiencias de mi vida. ¿Y después de que me vaya de Feéra? Aparecería en toda la prensa amarillista. No necesito esto. Ya tengo un lío propio que necesito resolver, Torin. Necesito ver cómo puedo conseguir un lugar donde vivir. Cosas normales como el alquiler, que seguramente ni siquiera conozcas. ¿No puedes buscar a alguien que ames de verdad y ya?

Por un momento, me pareció ver que se le había crispado el rostro. Luego su expresión volvió a ser indescifrable.

—Planeaba pagarte una generosa suma por interpretar tu papel. Treinta millones de dólares para compensar tu tiempo y cualquier problema que pueda surgir a futuro. Tendrías dinero para el resto de tu vida. Puedes quedarte en Feéra, sabiendo que no será un matrimonio real. Quizás convenga agregar que hay muchas posibilidades de que mueras durante los torneos.

Me quedé helada, con los ojos abiertos de par en par.

—Treinta… perdona, me pareció que dijiste… ¿dijiste treinta millones?

—En cuanto las palabras salieron de mi boca, me di cuenta de que era pésima negociando. Si él estaba dispuesto a ofrecerme treinta millones, ¿cuánto más podría conseguir que subiera? Con una mano en la cadera, anuncié—: No voy a permitir que se ensucie mi buen nombre. Además, mencionaste que podía morir.

—¿Tu buen nombre? —dijo él con un resoplido—. Tu crisis está en todas las redes sociales mortales. ¿Qué cosa podría ser peor que eso?

Cerré los ojos, tratando de no imaginar los memes. Unos escalofríos de espanto me recorrieron el cuerpo ante la idea de que todo el mundo compartiera el video. Mis balbuceos sobre Chad de *Casadas y cosidas*, viralizándose en TikTok…

La idea de huir a Feéra casi parecía atractiva.

—Cincuenta millones —dije.

—Bien. Cincuenta millones… si ganas. Haré todo lo posible para mantenerte con vida.

—¿De qué tanto peligro hablamos?

—Los torneos siempre terminan con un combate de esgrima y, por lo general, puede ser sangriento. Pero te ayudaré a entrenar.

Suelto un suspiro largo y lento.

—Además de preparar tragos, la esgrima es lo único que se me da bien de verdad. —Me mordí el labio—. Pero ¿qué posibilidades tengo de ganar?

—Suponiendo que sobrevivas, ganarás casi seguro porque soy yo quien elige a la novia. Solo debemos asegurarnos de que parezca creíble que yo te elija a ti, lo que no será precisamente fácil después de…

—La borrachera, sí.

—Debes evitar hacer otro espectáculo en Feéra. Según una investigación rápida, antes de anoche, yo jamás había estado expuesto a ningún tipo de deshonra o escándalo en público. ¿Crees que podrás comportarte con un mínimo de decoro? No pido mucho, pero mi matrimonio contigo tiene que tener *algo* de credibilidad. Y la idea de casarme con una fae común de cuna humilde, aspecto desaliñado y problemas con la bebida ya sobrepasa los límites de lo creíble.

Sus insultos me resbalaban a esta altura porque... *¿cincuenta millones?* Con eso podría pagar para tener privacidad. Podría pagarle a la gente para que me halagara. Podría comprar curry para llevar todas las noches. Era una cantidad de dinero impensada; me costaba comprender lo que haría con ella.

Volví a abrir los ojos y vi que el rey Torin se había quedado callado y me miraba fijo. Un fuego helado bailaba en sus ojos. Noté que me estaba observando. No con motivos sexuales, sino más bien porque al fin me estudiaba como persona. Evaluaba mi ropa de correr, las ojeras que tenía debajo de los ojos, el nido de ratas de mi pelo. Evaluaba mis debilidades.

—¿Quiénes son tus padres? —dijo por fin.

—Mi madre se llamaba Chloe Jones.

—Ella no. —Se me acercó—. ¿Quién era tu madre biológica? ¿Tu verdadera familia?

Un gran cansancio se apoderó de mí y quise volver a echarme en el sofá. Un recuerdo de mi infancia que había estado sepultado en mi mente arañaba los recovecos, queriendo salir: estaba yo, de pie ante el portal, abrazada a una mochila de Mickey Mouse, llorando desconsoladamente porque no me dejaban entrar.

—Te soy sincera: no tengo idea. Un día intenté volver a Feéra, pero no me lo permitieron.

Él ladeó la cabeza y preguntó:

—¿Por qué intentabas entrar? ¿La humana te maltrataba?

Enseguida me puse a la defensiva ante la pregunta, y también me molestó que se refiriera a ella como "la humana".

—No. Mi madre era fantástica. Pero mis compañeros de la escuela pensaban que yo era un bicho raro con orejas extrañas y el pelo de un azul ridículo, y no me trataban bien. Una vez me ataron al poste de una cerca, como un perro atado afuera de un café. Yo solo quería ver a otros como yo.

Una oscuridad pasó por sus ojos.

—Buenos ahora los verás —dijo—. Si aceptas mi propuesta, te ayudaré a encontrar a tu familia fae.

—Seguro que están muertos. Si no, ¿por qué habrían permitido que me echaran?

Pero yo ya había tomado mi decisión. Porque ¿qué clase de idiota rechazaría cincuenta millones de dólares?

En especial alguien sin hogar y sin empleo, que era mi situación actual. Con cincuenta millones de dólares podría abrir toda una cadena de bares, si es que me decidía a volver a trabajar.

Y la verdad era que, aunque estuvieran muertos, estaba desesperada por saber más sobre mis padres biológicos. ¿Qué les había pasado? Los fae casi siempre vivían más que los humanos. ¿Qué posibilidades había de que *ambos* hubieran muerto jóvenes?

—De acuerdo, lo haré —anuncié, respirando hondo—. Pero deberíamos firmar alguna especie de contrato.

Él metió la mano en el bolsillo trasero y sacó un formulario. Lo apoyó contra la pared, tachó algunas cosas y firmó al pie con una caligrafía de lo más elegante.

Me entregó el formulario y lo leí por encima.

Por lo general, cuando me dan papeles, se me nublan los ojos y las palabras parecen borrosas. Entonces doy por sentado que todo está bien y firmo. Pero esto era demasiado importante para hacerlo así nomás, así que me obligué a concentrarme. Él había agregado el monto que me pagarían y puesto mis iniciales al lado. Había una cláusula sobre confidencialidad y otra que estipulaba que perdería el dinero si le contaba sobre mi papel a cualquier otro fae. Y si perdía el torneo, no recibiría nada.

Me lamí los labios, comprendiendo que un contrato con la persona más poderosa del mundo quizás no tuviera sentido.

—¿Quién se asegurará de que esto se cumpla? —pregunté.

La sorpresa irrumpió en sus facciones.

—Si un rey fae infringe un contrato, enfermará y morirá. Yo no puedo rescindirlo. Solo puedes hacerlo tú.

—Bien. Bien. Supongo que es vinculante, entonces. —Lo firmé y se lo entregué.

—¿Estás lista? —me preguntó—. Empieza pronto.

—¿*Ahora*? Ni siquiera me he duchado.

—Por desgracia, no hay tiempo —dijo él, pasándose una mano por la quijada—. Pero intentaremos que estés presentable en Feéra.

—¡Me ofrezco como tributo! —Shalini se plantó en la puerta de su habitación con una bata de color fucsia—. Lléveme a Feéra. Competiré en el torneo.

Torin exhaló bruscamente.

—No eres una fae —respondió Torin, exhalando bruscamente—. Y Ava ya ha aceptado.

—¿No hay mujeres que tengan asesoras? —preguntó Shalini—. ¿Alguien que las aconseje? En el caso de Ava, ¿alguien que se asegure de que no vuelva a hacer un escándalo en estado de ebriedad?

Debería haber preguntado si podía tener una asesora, pero me tomó tan desprevenida que tartamudeé:

—Shalini, ¿qué haces?

—Te ayudo. —Sonrió de oreja a oreja—. No voy a dejar que vayas sola. ¿Quién sabe cómo es esta gente en su propio reino? Lo oí a él decir que es peligroso.

Torin se encogió de hombros.

—El mundo de ustedes también —replicó.

Por supuesto, Shalini estaba desesperada por vivir aventuras.

Torin se dio la vuelta, en dirección a la puerta.

—La verdad es que no tengo tiempo para discutir sobre esto, pero tal vez no sea una idea pésima. Puede que necesites una persona que te dé apoyo emocional para no descarrilar y que te ayude a negociar los duelos. Vámonos. Ya mismo.

Se me estrujó el estómago.

Duelos. Genial.

Pero si quería distraerme de la angustia aplastante de la noche anterior, tal vez lo lograría con una amenaza inminente de muerte.

7

AVA

El rey Torin insistió en que no tenía tiempo para ducharme. Pero no cabía duda de que toda Feéra ya me había visto manchada de comida y cerveza en el video, así que supuse que no podría darles una peor impresión. Tomé el bolso del gimnasio y salí con Torin del apartamento.

Mientras bajábamos la escalera, Shalini me sujetó el brazo y me susurró:

—Ava, seré una de las primeras humanas en ir a Feéra. Esto es mucho mejor que un crucero.

La resaca espantosa le daba un toque aún más surrealista a la situación. Me mordí el labio, intentando pensar con claridad. Era la decisión correcta, ¿verdad? En realidad, no parecía que tuviera muchas opciones. Una persona sin un centavo no rechaza cincuenta millones.

Cuando salimos, quedé encandilada por la luz del sol. Los periodistas habían abandonado la cámara destrozada y la camioneta volcada, y a lo lejos se oían sirenas de la policía, que sin duda se dirigían aquí. Me di cuenta de que estaba temblando mientras caminaba por la acera. ¿Quizá debería comer algo?

—¿Crees que llegarás a aprender magia? —preguntó Shalini.

—Los fae comunes no podemos hacer magia —dije—. O sea, supongo que el trono podrá extraerme alguna especie de energía de reina, pero no puedo hacer magia por mí misma.

—¿Cómo sabes que eres una fae común? ¿Y si eres la hija perdida del rey de los altos fae?

—Entonces este matrimonio sería muy incómodo porque Torin sería mi hermano —señalé, arrugando la nariz—. Y sé que no soy de los altos fae porque jamás permitirían que desapareciera alguno. A un fae común sí pueden echarlo al mundo humano como si nada.

En lugar de conducirnos al Lamborghini, Torin nos llevó a una Hummer gris. Con una gran sonrisa, nos abrió las puertas. Por un momento, imaginé que en realidad era heroico y honorable, y que no acababa de sobornar a una mujer a la que odiaba.

Igualmente, yo tampoco estaba en posición de hacerme la superior, considerando que acepté el soborno con gusto.

Me senté en el asiento delantero y paseé la mirada por el elegante tapizado de cuero. Lo toqué con los dedos, entusiasmada con la idea de que podría comprar algo así… si él cumplía con su parte del trato.

Torin se sentó en el asiento del conductor. Apenas me había abrochado el cinturón cuando él giró la llave y pisó el acelerador. Unas náuseas me subieron por la garganta cuando empezamos a ir a toda velocidad por la carretera.

Qué día para que me invitaran a Feéra...

Tragué saliva, intentando asimilar lo que estaba sucediendo.

−¿En qué consiste este torneo?

−¿Puedo responder? Llevo meses siguiéndolo −intervino Shalini, inclinándose hacia delante.

−Por favor −dijo Torin.

−Bien. Hay cien mujeres...

−Ciento una en este caso −interrumpió Torin.

−Claro, y todas tienen que competir por la mano de Torin. Esta tradición se ha seguido desde hace miles de años. Bueno, hay varias competiciones diferentes. Después de cada una, algunas de las concursantes se ven obligadas a abandonar. Y este año, por primera vez, se transmitirá todo por televisión.

Fruncí el ceño, intentando no imaginar a toda la gente que estaría observándome desde su sala de estar.

Fuera de las ventanillas de la Hummer, el mundo pasaba a toda velocidad mientras subíamos a la autopista.

En el bar, él había entrado con su comitiva, seguido por un helicóptero que filmaba todo. Ahora solo veía el tráfico habitual de la mañana. Tenía la fuerte sospecha de que Torin había hecho esta visita en secreto.

El motor de la Hummer bramó cuando pisó el acelerador a fondo, y se me revolvió el estómago a medida que zigzagueaba entre los autos.

Sentía la boca seca y húmeda a la vez. Miré a Shalini y, por su cara, supe que también estaba mareada.

−Torin, ¿hace falta que vayas tan rápido? −pregunté, sujetando la manija de la puerta.

−Sí.

−¿Cambiaría algo si dijera que conducir con semejante imprudencia es una falta de decoro? −quise saber, desesperada.

−En este momento, no.

El auto iba como un cohete, disparado por el asfalto. Afuera, los edificios que se sucedían parecían un borrón gris. ¿Qué problema tenía él?

—¡Torin! —grité—. ¡Nos vas a matar!

Shalini me sujetó el hombro y exclamó:

—¡Mira!

Seguí la trayectoria de su dedo extendido. Afuera, la mancha de hormigón se desvaneció, el terreno se fue aclarando. Torin empezó a reducir la velocidad de la Hummer, y el exterior entró en foco.

Ya no estábamos en la autopista 8. Estábamos avanzando por una callejuela de un lugar que parecía ser del siglo XVI. A un lado de la calle había casas de madera con techo de paja. Al otro, el sol brillaba sobre campos cubiertos de nieve hasta que atravesamos un bosquecillo. De las chimeneas salía humo que se elevaba hacia un cielo helado.

Me quedé sin aliento, con la extraña sensación de haber visto este lugar en un sueño.

—Dios mío —musitó Shalini—. Ava.

A nuestro alrededor, la propia Hummer empezó a transformarse, provocándome un intenso mareo. Los cinturones de seguridad desaparecieron y me encontré sentada sobre terciopelo frente a Shalini. Habían aparecido cortinas blancas en las ventanillas. Cuando me volví para mirar al frente, vislumbré la espalda de Torin, que sujetaba las riendas de unos seis caballos.

Me sujeté al costado del carruaje, intentando orientarme. Viajábamos en un coche de caballos y yo tenía una resaca infernal.

—Esto es real, ¿verdad? —preguntó Shalini, con los ojos vidriosos.

—Creo que sí —susurré.

—Esto es lo más emocionante que me ha pasado en la vida —murmuró ella.

Recorrimos el paisaje invernal de Feéra, pasando por aldeas heladas con casas de techos empinados que abarrotaban el camino, y tiendas con escaparates iluminados cálidamente. El carruaje pasó junto a bosques y campos congelados. El humo salía de chimeneas lejanas y los copos de nieve centelleaban en el aire.

Pero esa oscura nube de tristeza empezaba a asentarse sobre mí, y cuando cerré los ojos, estaba de nuevo en casa, rodeada por los brazos de Andrew. Sentía que el pecho se me partía en dos.

Suspirando, cerré los ojos, pensando en algunas de las fotos hermosas que le había tomado a Andrew, fotos que ahora no podía ver. Andrew, tumbado en la cama. La piel dorada, las manos cruzadas detrás de la cabeza, sonriéndome. Siempre me había gustado esa foto.

Estaba la imagen que Shalini nos había tomado en una fiesta... Me acordaba de aquella noche. Me dijo que estaba preciosa, que todos los hombres presentes estarían celosos. Y, sin embargo, entre una noche y otra, le sacaba fotos a Ashley en campos de flores rojas... La soledad me partía al medio, y me sentía aplastada por una oleada de cansancio. Quería acurrucarme en la cama, taparme con las sábanas y no salir nunca.

Shalini me fulminó con la mirada.

—No —me dijo.

—No, ¿qué?

—No voy a dejar que te deprimas por ese imbécil estando en Feéra. —Tenía aspecto serio y señaló el vidrio—. Mira por la ventanilla, Ava. Te lo estás perdiendo. Y él no vale la pena. —El aliento de Shalini empañó el cristal mientras ella miraba afuera—. Siempre había oído que era increíble, pero nunca pensé que sería tan hermoso.

Lo bueno de tener el corazón roto era que sabía cómo disimularlo para no hundir a todo el mundo conmigo. Me obligué a sonreír y miré hacia afuera.

—Es verdad. Es increíble. Tenemos mucha suerte de estar aquí.

Shalini se inclinó hacia mí y susurró:

—Escuché que Torin dijo algo... ¿de que Feéra se está muriendo? Parece difícil de creer.

Sentí una opresión en el pecho.

—Supongo que con una reina en el trono, la nieve se derretirá y volverá la primavera. —Encogí los hombros—. Y entonces volveré al mundo humano, donde compraré comida para llevar todas las noches y capuchinos por las mañanas.

Ella se quedó mirándome con el ceño fruncido.

—¿Cincuenta millones de dólares y lo mejor que se te ocurre es comida para llevar y café?

—Está muy caro. Además, no sé qué hacer con todo ese dinero.

—Querida, te vas de vacaciones. A las Maldivas, o...

Shalini se detuvo en seco cuando el carruaje empezó a aminorar la marcha. Habíamos salido del camino y entrado en un sendero privado. Unos árboles enormes se alzaban a ambos lados, y los troncos oscuros se extendían, imponentes, hacia el cielo.

Entre los troncos, distinguí unos vastos campos nevados y los picos blancos de una cordillera lejana. Me abracé, con los dientes castañeteando por el frío. Me había vestido con ropa de correr apropiada para un clima de veinte grados, y el frío se sentía como alfileres en la piel.

Cuando giré para mirar al frente, me quedé sin aliento al ver un castillo sobre una colina. El lugar parecía desprender una presencia maligna, hecho de piedras oscuras, con torres de picos puntiagudos y ventanas góticas que relucían bajo el sol invernal. Mi aliento se volvía bruma mientras contemplaba el edificio. ¿Había visto este lugar antes?

Nos acercamos y el corazón me empezó a latir más deprisa. ¿Era posible que el rey me trajera aquí para ejecutarme públicamente por el delito de insolencia? ¿Por traición? El castillo se alzaba cada vez más imponente a medida que nos acercábamos.

Nos detuvimos poco a poco, con la grava crujiendo bajo las ruedas del carruaje. Uno de los caballos relinchó cuando por fin nos detuvimos. Vi por la ventanilla que se acercaban unos guardias fae con uniformes blancos inmaculados. Uno de ellos se apresuró a abrirnos.

Cuando el lacayo nos dejó salir, abrió los ojos de par en par, sorprendido, probablemente porque fui a un castillo gótico de un reino invernal vestida con una camiseta sin mangas y pantalones cortos de correr, y con el pelo de alguien que ya se había dado por vencida hacía mucho tiempo.

El aire gélido me caló hasta los huesos cuando salí del carruaje.

Shalini tampoco estaba muy bien vestida, con una camiseta holgada, unos bóxers de hombre y sandalias con calcetines. Aun así, su sonrisa increíble alcanzaba para desviar la atención de su atuendo.

—¿Señorita? —dijo el lacayo.

—Ava —dije enseguida—. Ava Jones.

—Muy bien, señorita Jones. Puedo ayudarla a bajar.

Le tomé la mano, sintiéndome incómoda sin necesidad, ya que llevaba calzado deportivo y no necesitaba ayuda.

Al bajar, vi al rey Torin. La magia de este lugar también había cambiado su atuendo. Ahora estaba vestido como una especie de guerrero medieval, con una armadura de cuero negro y tachuelas de metal. Una capa oscura le colgaba de los hombros y en la cintura llevaba un estoque con empuñadura de obsidiana.

Ahora no se parecía en nada a Chad de *Casadas y cosidas*. Parecía una especie de dios guerrero, más intimidante que nunca. Era difícil no pensar en cuando me dijo sin rodeos que yo no le gustaba para nada.

Cuando sus ojos de un brillo sobrenatural se cruzaron con los míos, destellantes como una espada mortal, me recorrió un escalofrío. Me abracé, temblando con el viento helado. Esto me había parecido una gran idea hacía una hora, pero ahora me sentía vulnerable por completo.

Aparté los ojos de él y me obligué a observar los alrededores. Un gran techo de piedra se extendía sobre mi cabeza: una entrada de carruajes, o *porte-cochère*. Del nombre en francés estaba segura, aunque no tenía idea de cómo se pronunciaba. Unas gárgolas me observaban desde lo alto.

—Esperaremos aquí —ordenó—. Necesito hablar con alguien sobre tu incorporación al torneo.

Los lacayos se alinearon a ambos lados de la ancha escalinata del castillo, que conducía a unas puertas de madera con pinchos de metal oscuro. Al abrirse con un crujido, revelaron un vestíbulo de piedra impresionante. Unos arcos puntiagudos se alzaban sobre nosotros y unas velas parpadeaban en candelabros de hierro que colgaban en lo alto. Unos hábiles canteros habían esculpido criaturas de aspecto maligno bajo los arcos: demonios y dragones tallados en la roca de tal forma que, a la luz de las velas centelleantes, casi parecían moverse. Pero lo que más inquietaba era una cornamenta de ciervo de marfil que sobresalía por encima de la entrada, cubierta de hielo reluciente. No sabría explicar por qué, pero en cuanto mis ojos se posaron en ella, me invadió una sensación de terror. En algún lugar recóndito de mi mente, sabía que el castillo no me quería aquí.

En este lugar, yo era una abominación. Aparté la mirada, preguntándome si era la resaca.

Pero no era eso, ¿no? Yo no pertenecía aquí, en serio, y sentí el deseo desesperado de salir corriendo. Me parecía que el castillo quería expulsarme, expulsar un veneno de sus venas.

Shalini se aferraba a mi brazo, y yo estaba aferrada al suyo.

Apenas habíamos entrado al vestíbulo, a pesar de que el viento invernal nos pinchaba la piel en la entrada.

—Ava —susurró Shalini—, ¿habremos tomado una mala decisión?

—Cincuenta millones —le susurré.

El crujido de la grava me hizo girar la cabeza.

Un carruaje rodaba sobre las piedras heladas. Era todo dorado, desde las ruedas hasta las bridas de los caballos. En la parte delantera iba un cochero, vestido con un traje negro de lana inmaculado. Bajó de un salto y pidió a los lacayos del rey Torin que se apartaran.

Todavía tomada de mi brazo, Shalini exhaló con brusquedad y dijo:

—Creo que es una de las princesas.

Tuve la inquietante sensación de que estaba a punto de sentirme *mucho* más fuera de lugar.

Nos quedamos mirando mientras el conductor colocaba un escalón dorado junto a la puerta del carruaje. Poco a poco, la puerta se abrió y una elegante pierna se extendió en el aire invernal. El pie, calzado con un zapato blanco nacarado, casi había alcanzado el escalón cuando se detuvo.

Una voz de mujer habló con tono brusco.

—Demasiado lejos.

—Lo siento, señora —dijo enseguida el conductor.

Me estremecí cuando las rodillas del hombre crujieron en la grava al arrodillarse para acercar el escalón. Con el escalón dorado en su nuevo sitio, él se levantó y la pierna de la mujer volvió a extenderse. Esta vez, ella tomó su mano y le permitió que la guiara al bajar.

Lo primero en lo que me fijé fue en su vestido: un oscuro remolino de satén y seda que se movía como el humo. Cuando se enderezó, me di cuenta de que no era todo negro. Resplandecía con tonos plateado oscuro y rojo intenso.

Cuando me miró a los ojos, inspiré con fuerza, sin querer. Nunca había visto a una mujer como ella. Tenía las manos y los antebrazos enfundados en guantes de seda, pero la parte superior de los brazos y el pecho eran de un blanco porcelana que parecía de otro mundo. En contraste con la piel pálida, se había pintado los labios de un rojo intenso. Pero eso no era nada comparado con su pelo. Le caía hasta los hombros en grandes ondas, de un bordó intenso, el color de un pétalo de rosa magullado.

Torin dijo que me había elegido porque yo era alguien a quien él nunca podría amar, una "fae común de cuna humilde y aspecto desaliñado". Y esta mujer, imaginé, era justo el tipo de mujer que sí podía amar. Ostentaba una belleza impactante y se notaba que tenía una inclinación por dar órdenes a la gente. Dos gotas de agua.

Ella me miró con sus ojos morados; yo giré y vi al rey Torin acercándose. Su capa oscura se arrastraba tras él, mientras soplaba el viento helado.

Ella bajó la barbilla.

—Su alteza real. No esperaba verlo hasta más tarde esta noche.

—Bienvenida a mi castillo, princesa Moria. —La voz grave del rey Torin resonó contra la piedra.

—Ay, no hay necesidad de formalidades —rio Moria—. Creo que podemos tutearnos.

El rey Torin arqueó una ceja y preguntó:

—¿Está todo en orden, princesa?

—Ah, sí —dijo Moria con ligereza—. Es solo que tardé un poco en llegar.

Ya sabes cómo son estas cosas, tener que empacar. Mis criados no pueden hacer nada por su cuenta.

En serio, la pareja perfecta para él. Pero entonces, si la elegía a ella, tendría el desagradable inconveniente de un enredo emocional problemático. No podía pasarle eso.

Los ojos de la princesa Moria se apartaron del rey. Esperaba que me mirara a mí, pero en lugar de eso, su vista se clavó con firmeza en Shalini. Dejó de hablar, y se le frunció la nariz como si acabara de oler caca de perro.

—¡Ah! Qué mente tan abierta la tuya al permitir humanos en Feéra. Las cosas han cambiado mucho, ¿verdad? —Su mirada recorrió mi cuerpo.

—Ella no es la única —dijo el rey Torin—. Hay algunos más de las organizaciones de noticias que van a filmar las competencias.

Las cejas de Moria se alzaron.

—¿Ella es periodista?

—Es mi consejera —dije con una sonrisa—. Mi asesora.

Finalmente, la mirada de la princesa Moria se dirigió hacia mí, y un escalofrío involuntario me recorrió la espalda. Sus ojos eran de color ciruela, como la sangre venosa. Se entrecerraron mientras me evaluaba. Bajó la mirada, y el espanto cruzó sus facciones al contemplar mi aspecto.

—¿Tu asesora? —dijo, sin molestarse en ocultar la incredulidad en su voz—. ¿Vas a competir en el torneo?

—Sí.

Volvió a reírse, intentando parecer despreocupada, pero pude oír la tensión en su voz.

—De mente muy abierta, sin dudas. Y le ofreciste tu carruaje, rey Torin, porque una criatura tan desafortunada no podría tener uno propio. Admiro tu generosidad con los necesitados.

Auch.

—Princesa Moria. —El rey Torin hizo una leve reverencia—. Las ceremonias de apertura comenzarán en veinte minutos.

Si a Moria le pareció que la estaban ignorando, no lo demostró.

—Por supuesto, su alteza. Tengo muchas ganas de disfrutar de su compañía una vez más.

8
AVA

Moria entró en el castillo como suspendida en el aire, de verdad, y el rey Torin se volvió para hablarnos a Shalini y a mí.

—No tenemos mucho tiempo —dijo—. Las ceremonias de apertura del torneo comienzan en una hora.

—Son poco más de las seis de la mañana —señalé, sacudiendo la cabeza.

Él tenía la mano apoyada en la empuñadura de la espada, como si en cualquier momento necesitara matar a dos intrusas mal vestidas.

—En Feéra, el tiempo pasa de manera diferente que en el reino humano. Aquí ya es la hora de la cena. Todas las competidoras han estado esperando casi una hora, y deberías tener un aspecto...

—¿Menos desaliñado y ordinario?

—Exacto —asintió él.

Yo lo había dicho medio en broma, pero Torin no.

Él giró, llamando la atención de uno de los lacayos que estaban fuera.

—Aeron, lleva a estas señoritas a ver a madame Sioba.

Sin decir nada más, se marchó, con la capa ondeando a sus espaldas.

Miré a Shalini, que se encogió de hombros mientras el lacayo nos hacía señas para que siguiéramos al rey.

El lacayo iba delante de nosotras, con las botas que resonaban contra las lajas mientras nos adentrábamos en el vestíbulo, hasta que llegamos a una entrada con unas escaleras que ascendían formando una curva. Subimos por ellas, con la oscuridad iluminada por la cálida luz de las velas.

Incluso el lacayo era divino, tenía la espalda ancha y el cuerpo musculoso, de pelo rubio oscuro, ondulado y apenas despeinado. Cuando nos miró, me fijé en sus ojos. Tenían un tono dorado de otro mundo.

Shalini me dio una palmada en el brazo y señaló al lacayo con la cabeza. Me sonrió, y yo ya sabía lo que estaba pensando. Era precioso.

Pero su belleza no alcanzó para distraerme de la sensación siniestra que me daba este lugar. Me asaltó de nuevo la sensación lacerante de no ser bienvenida aquí, como si la propia piedra oscura me rechazara. Las sombras bailaban en las paredes a mi alrededor y me hacían sobresaltar.

Las escaleras parecían eternas. ¿Qué tamaño tenía este lugar?

—Me estoy arrepintiendo de haberme salteado la rutina de piernas —dijo Shalini desde detrás de mí—. Bueno, todas las rutinas de piernas.

Por fin, el lacayo nos condujo a un vestíbulo, donde una luz rojiza se colaba por las ventanas estrechas y proyectaba sombras con forma de diamante sobre las armaduras dispuestas a lo largo de la pared de enfrente. A pesar de que el pasillo parecía no tener fin, no había ni un solo fae más. El castillo en sí parecía estar desierto por completo, solo se movían las sombras sobre las piedras.

Tenía moría de ganas de pedirle al lacayo un bocadillo, pero imaginé que eso no estaba en la agenda por ahora.

–¿Adónde nos llevas? –pregunté en voz baja.

Él se volvió, con el dejo de una sonrisa.

–Un poco más lejos –respondió.

Mientras caminábamos, cada vez me resultaba más confuso cómo podía ser tan grande el castillo por dentro.

Por fin, nos detuvimos ante una puerta de roble empotrada en la pared. Una pequeña placa de latón rezaba **LAS GALAS DE MADAME SIOBA** en una elaborada letra cursiva.

El lacayo llamó a la puerta y el sonido resonó en todo el pasillo.

Se asomó una mujer. Tenía orejas puntiagudas de fae, que sobresalían entre el cabello suelto, canoso y áspero. Parecía agotada, con unas ojeras que podrían haber competido con las mías. Pero su atuendo era exquisito, una extensa túnica de seda carmesí bordada con hilos de oro.

–¿Aeron? –rezongó–. No me digas que quiere más. ¿Qué voy a hacer con este desastre... y su humana?

–Oye, Sioba. No querrás interferir con la voluntad del rey, ¿verdad? ¿Ni interponerte en lo que es mejor para Feéra? –Me hizo un gesto con la cabeza–. Me imaginé que no. Así que ella necesitará un vestido.

Los labios de madame Sioba se curvaron al mirarme, pero abrió más la puerta.

–Será mejor que empecemos.

Entramos en un taller poco iluminado con suelo de baldosas blancas y negras. Aeron entró detrás de nosotras, pero se quedó junto a la puerta, con los brazos cruzados. El pelo rubio le colgaba con desenfado sobre los ojos.

Observé la habitación. Había rollos de tela por todas partes: tafeta, seda, satén, terciopelo, gasa y brocado. Había fardos apoyados en las paredes, apilados en estanterías y metidos en grandes cubos de mimbre.

Había madejas de hilo y lana por todas partes, teñidas de rojo a la luz del atardecer.

Pero mi mirada se posó en un plato de scones; sin dudas, lo que más me atraía en aquel momento. No era que tuviera hambre, porque la angustia me había quitado el apetito, pero un instinto oculto me decía que necesitaba calorías. ¿Cuándo había comido por última vez?

—¿Es usted la señorita Jones? —La voz de madame Sioba me sacó de mi trance de hambre.

—¿Cómo sabe mi nombre? —pregunté, sorprendida.

—No es importante. —Apoyó las manos en la cadera—. Sube ahí para verte bien —ordenó, señalando una otomana enorme.

Empecé a avanzar, pero madame Sioba me tomó del brazo y me señaló los pies.

—Con esas cosas horribles no.

—Ah, claro. —Aún llevaba mis Nike.

Empecé a inclinarme, pero madame Sioba hizo un pequeño movimiento de muñeca y lanzó una llamarada amarilla a mi calzado. Este se prendió fuego, y di un salto, con los músculos contraídos a la expectativa del dolor ardiente que me esperaba. Tardé un momento en darme cuenta de que no me estaba quemando, sino que estaba descalza. El olor acre del plástico incinerado flotaba en el aire. El calzado y los calcetines se habían quemado por completo, pero la piel estaba intacta.

Mis ojos se cruzaron con los de ella, y me quedé con la boca abierta.

—Veo que no estás acostumbrada a la magia —dijo la mujer, riendo—. No pasa nada. Aquí acogemos a *todos*. Incluso a los fae comunes. —Su tono destilaba desdén.

¿Por qué cada vez que decían que aquí eran acogedores, sonaba a todo lo contrario?

Madame Sioba pasó a ignorarme, murmurando para sus adentros mientras hurgaba en un gran cesto lleno de retazos de satén.

—Esto es increíble. Le dije expresamente a Torin que tenían que venir al menos con un día de antelación. Y estas dos, vestidas como unas zorras.

Shalini y yo intercambiamos miradas.

—Te das cuenta de que podemos oírte, ¿no? —pregunté.

Madame Sioba no se dio cuenta o no le importó.

—Siempre pasa lo mismo. —La mujer negaba con la cabeza mientras arrojaba trozos de tela al suelo—. Torin cree que voy a arreglarle sus problemas. Como si yo no tuviera vida propia. —Se volvió hacia nosotras y levantó un lustroso retazo de satén de un color crema antiguo—. ¿Qué te parece esto?

Mis ojos volvieron a los scones por un segundo.

—Es precioso. Perdón, ¿alguien se va a comer esos?

—Es perfecto —agregó Shalini.

La mirada de madame Sioba se dirigió a Shalini y se alzó su ceja derecha.

—¿Y tú quién vienes a ser?

—Soy Shalini, la asesora oficial de Ava. Creo que a mí también me toca un vestido. —Sonrió esperanzada y me alcanzó uno de los scones.

Nadie había dicho nada de un vestido para ella, pero no podía seguir andando en pijama.

Madame Sioba soltó un quejido de desdén y tomó con brusquedad un retazo de tafeta color esmeralda de una mesa. Luego volvió a mirarme e hizo una mueca, con evidente molestia.

—¿Por qué no estás en mi otomana? Para la prueba, necesito verte bien.

Me subí de un salto a la superficie aterciopelada y madame Sioba me fulminó con la mirada. Tenía la rara sensación de estar desnuda, con los pies descalzos, pantalones cortos de nailon y una camiseta deportiva.

La mujer caminó a mi alrededor, murmurando para sus adentros mientras me tomaba las medidas.

—Bonitas caderas. Eso es bueno. A Torin le gustan las curvas. Aunque igual no tienes muchas posibilidades. —Empezó a mirarme las facciones y sentí que me sonrojaba—. Buena estructura ósea, linda cara. Supongo que por eso estás aquí. La piel está bien, salvo por las bolsas de los ojos. El problema son los ojos enrojecidos, y el pelo es un espanto total...

Dado que estaba señalando todos mis defectos, ya no me importaba ser educada y le di un mordisco al scon. Era mantecoso y delicioso, pero solo alcancé a darle dos mordiscos antes de que ella me lo arrebatara y lo arrojara al suelo.

A nuestras espaldas, Aeron murmuró:

—Por el amor de los dioses, Sioba.

Casi había olvidado que él estaba aquí.

—¿Madame Sioba? —dijo Shalini—. El rey Torin dijo que el banquete comienza en solo veinte minutos...

—¿Quieres que la señorita Jones parezca una ramera abandonada? —respondió Sioba—. ¿Es eso lo que quieres? Mi trabajo lleva tiempo. El diseño, la confección, el dobladillo. —Se encogió de hombros, soltando un suspiro exagerado—. Lo que hago es un arte, y no se puede apresurar. Sobre todo en casos trágicos como éste.

Shalini apretó los labios y miró al lacayo.

Madame Sioba dio unas cuantas vueltas antes de retroceder y evaluarme una vez más.

—Aeron —gritó—, tienes que irte de aquí ya mismo.

Aeron me dirigió una sonrisa diabólica, como si estuviera a punto de decir algo atrevido. Pero la sonrisa se desvaneció tan rápido como había aparecido, seguro porque se dio cuenta de que yo podría ser su próxima reina y que era mejor cerrar la boca. Se encogió de hombros, salió y cerró la puerta. Shalini y yo nos quedamos a solas con la modista.

Ladeando la cabeza, madame Sioba volvió a mover la muñeca. Me envolvió un destello de llamas y calor. Ahogué un grito y casi me caigo de la otomana.

—Deja de moverte —me regañó madame Sioba—. No te pasa nada.

—Guau —dijo Shalini—. Vaya truco.

Miré hacia abajo y descubrí que mi piel no se había marcado con el fuego. Esa era la buena noticia. La mala era que estaba totalmente desnuda.

—¿Y mi teléfono? —pregunté.

—Estás desnuda como el día en que naciste —dijo Sioba—, ¿y te preocupas por eso? Esos artilugios son viles. Nunca deberíamos haberlos permitido aquí.

Supuse que era lo mejor, porque ya no podría seguir mirándolo, esperando que Andrew enviara un mensaje.

Unas esponjas blancas me recorrían la piel, formando espuma.

Me sentía bastante cómoda estando desnuda ante otras mujeres, pero acababa de conocer a Sioba y no habíamos creado mucho vínculo. Me cubrí con los brazos. El agua tibia corría sobre mí, me caía por el pelo y goteaba hasta el suelo. Sioba me había creado una ducha en su taller.

El agua tibia se detuvo y sentí una ráfaga de aire caliente que me secaba el agua de la piel y el pelo. Cuando volví a abrir los ojos, tenía la piel seca… y la otomana se había secado también. El pelo me colgaba en ondas brillantes y, cuando levanté una mano, me di cuenta de que tenía una corona de flores en la cabeza.

Ahora podía saborear un lápiz labial, aunque seguía estando desnuda e incómoda. Me tapé los pechos con torpeza.

–No te muevas –me regañó.

Murmuró por lo bajo en una lengua que yo no entendía, y un encaje de color crema flotó en el aire como soplado por un viento invisible.

Madame Sioba dirigió la seda para que me rodeara, y esta se deslizó sobre mis pechos, las caderas y el trasero. Me sentía... rara.

Cuando miré hacia abajo, me di cuenta de que la mujer había usado la magia para hacerme ropa interior transparente y atrevida. Para mi sorpresa, era muy cómoda.

Pero entonces, la puerta de madame Sioba se abrió, y ella y Shalini se voltearon para ver al intruso.

–¡Eh! –dijo Shalini–. ¡No hemos terminado aquí!

Esperaba ver a Aeron salir a escondidas, pero me encontré ante los ojos azules como el hielo del rey Torin. Me estaba mirando fijamente.

–No puede estar aquí ahora –espetó madame Sioba.

El rey se había quedado inmóvil, y a su alrededor se acumulaban sombras heladas. Pensé que iba a disculparse y retroceder, pero parecía estar congelado en su lugar.

–¿Perdón? –me quejé.

Él apartó la mirada, con el cuerpo rígido, y dijo:

–Venía a ver si estabas lista. ¿A qué se debe el retraso?

Madame Sioba se puso delante de mí.

–Terminaré con ella en un minuto, su alteza. Espere afuera, por favor.

Con los ojos en el suelo, Torin se fue.

–Ay, cielos, ay, cielos, me habré olvidado de cerrar la puerta con llave –dijo madame Sioba, chasqueando la lengua por lo bajo–. Bueno, supongo que tendrás ventaja si le gustó lo que vio.

La mujer se volvió hacia mí, levantó las manos y un rollo de satén se deslizó de un estante. Flotando en el aire, se desenrolló como guiado por dedos invisibles. A medida que la tela se estiraba y extendía, contemplé la impresionante seda de color rosa dorado que adoptaba la forma de un vestido ante mis ojos. Una banda de tul se deslizó por encima y cubrió la seda para formar una especie de canesú. Unos hilos nacarados bordaron un cinturón delicado con unas diminutas cuentas brillantes. Por un instante, el vestido colgaba ante nosotras, con un escote pronunciado y un corte al costado bastante atrevido. Una banda de tela colgaba de la espalda a modo de capa. Tenía un aspecto muy de estrella de cine de los años treinta, cosa que me encantó.

Entonces, con un movimiento de muñeca, madame Sioba envió el vestido volando hacia mí. El suave tul me rozó las piernas desnudas y el satén me apretó las costillas al envolverme el cuerpo como un guante.

—Es precioso —dijo Shalini, ahogando un grito de sorpresa.

Se oyó que alguien golpeaba a la puerta.

—Un segundo más —chilló madame Sioba, volviéndose hacia mí—. ¿Qué talla de calzado?

—Treinta y siete.

Sioba volvió a mover la mano. Apenas tuve tiempo de inclinarme cuando aparecieron un par de zapatos de tacón color crema. Ella los hizo girar y los dirigió a los pies de la otomana.

—Bueno, está lista —gritó madame Sioba cuando me los puse.

La puerta volvió a abrirse y vi el ya conocido destello de los ojos azules del rey Torin, posados en mí.

—Ava está lista, pero tengo que vestir a su asesora —dijo madame Sioba.

El rey Torin miró a Shalini, que seguía vestida con pantuflas rosadas y una camiseta enorme.

—Aeron te esperará —dijo—. Yo llevaré a Ava. La ceremonia de apertura empieza en diez minutos.

A decir verdad, me sentí increíble al bajar de la otomana y caminar hacia el pasillo. Torin me mantuvo abierta la puerta, que luego se cerró tras él.

La comisura de la boca de Torin se torció mientras me miraba.

—Cuando entremos en la ceremonia, sería mejor que no llames mucho la atención. ¿Entendido?

—Ya te dije que odio ser el centro de atención —repliqué alzando una ceja—. ¿Por qué piensas que voy a querer serlo a propósito?

Él se detuvo; luego se volvió para mirarme con una ceja levantada.

—Es que la primera vez que te conocí, estabas gritando sobre Chad, de *Casadas y cosidas*. Creo que dijiste que yo era un "imbécil guapo", además de algo sobre mis dientes.

Respiré hondo y aclaré:

—Aquella no fue una noche normal para mí.

—Me alegra oírlo. —Su magia oscura empezó a rodearlo a medida que su expresión se volvía más seria—. Pero cuando lleguemos al salón principal, no quiero que hables con ninguna de las seis princesas.

Esto empezaba a parecerme un poco insultante.

—Mira —susurré—, estoy de tu lado. Voy a cumplir con mi parte del trato, y no voy a hacer ningún escándalo. ¿En serio nunca te emborrachaste tanto que terminaste haciendo estupideces?

Él me respondió, sin dejar de mirarme:

—No me gusta excederme, y menos con gente que no conozco sumamente bien.

Cuando dijo la frase "sumamente bien", un escalofrío ardiente me recorrió la espalda. Ignorándolo, le dirigí una sonrisa sarcástica y dije:

—Claro que no te gusta excederte. Quizás terminarías despeinado en público, y eso sería terrible. ¿Qué podemos esperar de la ceremonia de apertura?

La expresión de Torin se ensombreció.

—Será una sala llena de gente que competirá por mi atención, vistiendo sus mejores galas, bebiendo champagne y hablando entre ellos de absolutamente nada.

—Quieres decir... que es una fiesta. ¿En serio odias las fiestas?

Se le formó una arruga entre las cejas.

—Me temo que no les veo sentido. Al menos, no a *este* tipo de fiesta.

—Claro. Las fiestas son divertidas, y la diversión no parece ser lo tuyo.

—A decir verdad, la diversión tampoco era lo mío en este momento. Pero tal vez molestar a Torin era la pizca de diversión que podía arrancarle al mundo.

Él se encogió de hombros lentamente y recalcó:

—Al menos no *este* tipo de fiesta.

—¿La fiesta en un castillo con princesas es poco elegante para ti?

—Es poco seelie para mí.

No tenía idea de qué significaba eso, y sospechaba que lo había hecho a propósito: un pequeño recordatorio de que yo no pertenecía aquí, de que no conocía a mi propia gente.

—Cuando tengamos tiempo —propuso Torin, arqueando una ceja—, te preguntaré qué haces, aparte de gritar a hombres que acabas de conocer en un bar. Supongo que también apartarás tiempo en tu agenda para formar opiniones precipitadas sobre personas de las que no sabes nada.

—Pero sé mucho sobre la jerarquía fae, Torin —dije—. Es la razón por la que pasé mi vida en el exilio. Y hasta ahora, has confirmado todo lo que he pensado al respecto.

—Bien, eso es bueno, querida, porque como dije, estoy buscando a alguien a quien no pueda amar, y hasta ahora, tú eres la pareja perfecta.

Así es, Torin. No soy muy adorable. Sus palabras dolieron un poco después del rechazo de Andrew, y sin ser consciente del todo, terminé mostrándole el dedo medio.

Él lo miró, desconcertado.

Sintiéndome una niña, volví a meter la mano en el bolsillo.

—Entonces, ¿es solo eso? ¿Una fiesta?

—Y después de la charla inútil mientras comemos canapés, explicaré las reglas del torneo.

—Dime una cosa. —Me mordí el labio—. ¿Por qué alguien que detesta la falta de decoro invita a un equipo de televisión para que transmita toda esta farsa?

Él apoyó la mano contra la pared y, al inclinarse más hacia mí, percibí su aroma terroso y masculino.

—Porque soy un hombre que hace lo que debe. Y en este caso, mi reino se muere de hambre, con inviernos cada vez más largos. Feéra está sufriendo una hambruna, y desde hace veinte años, nos hemos visto obligados a comprar comida a los humanos. Pero no puedo seguir matando a mi pueblo a impuestos para pagarla. El canal me paga ciento cincuenta millones de dólares por episodio para hacer este programa, y así podré saldar mis deudas con los humanos.

Me quedé mirándolo.

—¿Por eso los fae decidieron salir de Feéra? ¿Por comida?

—Precisamente por eso. Solo tenemos que pasar este último invierno, y luego nuestra magia volverá con la ayuda de una reina. —Retiró la mano y se encogió de hombros—. Parece que lo que los humanos desean sobre todas las cosas es entretenimiento, así que eso es lo que les daré.

–Parece acertado. –Mi mirada recorrió sus orejas puntiagudas… era muy extraño estar rodeado de otros como yo, después de tanto tiempo–. Pero si estás tan desesperado por el dinero, ¿por qué lo malgastas en mí y en toda esta farsa en lugar de encontrar a alguien a quien ames y ya?

–Porque el amor no es para mí, Ava.

–Tenemos algo en común –dije, entrecerrando los ojos–. ¿Qué pasó? ¿Alguien te rompió el corazón?

Él se dio la vuelta y empezó a caminar, y yo me apresuré a seguirle el paso.

–¿Sabes? A pesar de todo ese discurso virulento que me soltaste sobre la falsedad del entretenimiento humano, noto que no eres inmune a sus encantos.

–Linda forma de esquivar mi pregunta.

–Parece que sabes mucho sobre Chad y sus dientes –agregó él.

–Placer culposo –dije, encogiendo los hombros–. El romance es todo mentira, pero es divertido cuando se pelean. Siempre hay alguna loca.

Él me lanzó una mirada severa.

–¿Y por qué tengo la sensación de que la loca de tu cohorte podrías ser tú?

–¿Porque te gusta formar opiniones precipitadas sobre personas que acabas de conocer? Oh, diablos. ¿Cuánto más tendremos en común? –Me estremecí–. Será mejor que dejemos de hablar antes de terminar en un enredo emocional problemático.

–Claro. –Una sonrisa se dibujó en sus labios, solo por un momento–. Más rápido, Ava.

Y tras esa orden abrupta, aceleró el paso, con la capa ondeando a sus espaldas.

9
AVA

El rey Torin iba a las zancadas por el pasillo, tan rápido que tuve que correr para seguirle el paso. Me quité los tacones y los llevé en la mano, quedándome sin aliento mientras iba tras él a toda prisa.

Me sentía aturdida, y mi mente volvía a cada rato a Andrew y Ashley. ¿Qué estaban haciendo ahora? ¿Cocinando en nuestra cocina? ¿Teniendo sexo en nuestra cama? ¿Planeando *su* boda?

Siempre habíamos dicho que nuestra boda sería en un bosque. Yo había empezado a planearla en secreto, pero él había estado de acuerdo con la idea general. Sabía que me propondría matrimonio en cualquier momento, así que había elegido un vestido, la decoración de la mesa… Quería llevar una corona de flores silvestres y que hubiera música en vivo.

Maldita sea.

Lo mío no podía ser más triste, ¿no?

Tal vez esta pequeña aventura no era tan mala para mí. Un castillo hermoso. Gente hermosa. Lo suficiente para alejar mi mente de la boda que nunca sucedería.

Volví a repetir mi nuevo mantra en la mente: *Cincuenta millones de dólares*. Eso era lo más importante.

Podía sentir cómo se arrastraba mi larga capa a mis espaldas al correr. Atravesamos el castillo a toda prisa y, no sé cómo, pero él era capaz de caminar más rápido que mi trote normal. Sin embargo, mientras avanzaba, contemplaba las vistas: los patios hermosos, rojizos por el sol poniente; las ventanas altas y los tallados intrincados; una escalera de caracol que parecía no tener fin.

Justo cuando sentía que me iban a estallar los pulmones, Torin aminoró la marcha y se detuvo ante unas imponentes puertas de roble del pasillo abovedado. Sin aliento, me toqué el pecho. Mi piel brillaba con un sudor débil.

Torin señaló las puertas con un gesto de la cabeza.

—Las concursantes están por allí, pero yo entraré por otro lado. Y recuerda... —Se llevó el dedo a los labios, arqueando una ceja.

De verdad no tenía mucha fe en mi sutileza.

Y así, se alejó de mí y cruzó hacia una escalera estrecha que llevaba hacia arriba.

Volví a ponerme los tacones y abrí la puerta. Ante mí, bajo unos enormes arcos góticos, encontré un mar de seda, satén, tul y tafeta. Muchas de las mujeres llevaban flores silvestres trenzadas y enhebradas en el pelo, y coronas de hojas en la cabeza. Estas mujeres preciosas charlaban entre sí al dulce son de un cuarteto de cuerdas. Los lacayos de Torin se mezclaban entre ellas, llevando bandejas doradas con aperitivos.

Para Torin, por supuesto, todo aquello era un espanto total.

Vi los sándwiches triangulares de pepino y me di cuenta de que tal vez debía comer. Y la comida, sinceramente, tenía una pinta increíble: brochetas de camarones y salsa cóctel, blinis cubiertos con *crème fraîche* y caviar, y dátiles calientes envueltos en panceta. Si hubiera tenido apetito, este trato habría valido la pena solo por la comida.

Las mujeres no parecían comer mucho, pero no se contenían a la hora de beber. Las copas de champagne brillaban en sus manos. Normalmente, me hubiera gustado tomar una copa, pero no después de lo de anoche. Así que me metí uno de los dátiles calientes en la boca. Por los dioses, estaba delicioso.

Caminé por los bordes del salón, manteniéndome en las sombras. Unos tapices enormes colgaban de las paredes de piedra, y mi mirada recorrió las escenas verdeantes, los bosques y jardines bordados. Mientras contemplaba el arte exquisito, sentí un golpecito en el hombro.

–Hola, Ava.

Me giré para ver a Shalini y sonreí al ver lo increíble que estaba. En lugar de la camiseta holgada, ahora tenía un mono de seda sin mangas de color rosa dorado, como mi vestido, pero mucho más sexy. Sobre todo con los tatuajes de los brazos a la vista. Con el escote pronunciado que llevaba, era difícil no quedarse mirando.

–Madame Sioba dijo que una asesora debía llevar traje, pero no se opuso a un mono.

–¡Me encanta!

–¿Estás segura? –preguntó, mirándose.

–¿Alguna vez te mentí?

–No –dijo Shalini, animándose–. Eres un desastre mintiendo... –Dejó hablar de repente y me sujetó el codo–. Ava, mira.

Señaló a través de la multitud a un pequeño grupo de mujeres fae al otro extremo del salón. Estaban vestidas con mucha más opulencia que las mujeres que teníamos cerca y llevaban vestidos que destellaban con perlas y piedras preciosas. En lugar de coronas de flores u hojas, llevaban pequeñas coronas de plata.

—Las princesas —dijo Shalini, casi sin aliento—. Son seis, cada una de un clan diferente.

Empezó a llevarme hacia ellas, esquivando al grueso de las concursantes.

No iba a hablarles, como me habían ordenado. Pero terminé siguiendo a Shalini. Estas eran las mujeres a las que debía vencer.

Aunque parecía que Torin haría todo lo posible para ayudarme a ganar, ya que necesitaba con urgencia a alguien... que no pudiera amar. Intenté no ofenderme demasiado por esa idea, ya que el hombre odiaba todo.

Shalini volvió a detenerse en seco, tomándome del brazo, y yo seguí su mirada.

Al otro lado del grupo de princesas había algunos humanos: el equipo de noticias que me había abordado a la salida del apartamento de Shalini, ahora con una cámara nueva. El presentador del *reality show* hablaba entusiasmado a la cámara, señalando a la princesa que habíamos conocido un rato antes:

—Y la mujer del magnífico vestido oscuro es la princesa Moria, la mayor de los dearg due. Tendremos que vigilar atentamente lo que bebe esta noche. —Alzó una ceja, dirigiendo una mirada cómplice a la cámara—. Como todos sabemos, los dearg due prefieren líquidos del tipo sanguíneo.

Mis ojos se abrieron de par en par, sorprendidos. ¿Bebe sangre?

El periodista respiró hondo cuando otra hermosa princesa fae cruzó ante él, vestida con un reluciente traje dorado que hacía resaltar el cabello negro y la piel caoba. Hizo un gesto a la camarógrafa para que la enfocara y habló con tono entrecortado.

—He aquí la princesa Cleena de las banshees. *Vanity Fair* la ha descrito como la mujer más bella del planeta.

La princesa estaba parada a pocos metros, pero si oyó al periodista, no dio ninguna señal.

Sin embargo, él tenía razón sobre su belleza. El cabello oscuro le colgaba en hermosos tirabuzones sobre la espalda, pero fueron los ojos los que me llamaron la atención. Eran grandes y de un ámbar dorado intenso; exigían atención. La mirada de la princesa Cleena recorría el salón con calma. Ella era pura serenidad.

Cuando los ojos del periodista se cruzaron con los míos, me quedé sin aliento. Por un instante, nos miramos fijo, y luego se dirigió hacia mí con ojos voraces.

Torin lo había hechizado para que se olvidara de mí, ¿no?

—¿Ava Jones?

Mierda.

La camarógrafa me enfocó.

—Pero miren ustedes quién es la última concursante —dijo él—. Todo el país vio el conflicto entre estos dos en el bar. ¡Y vaya si saltaron chispas! Solo que no pienso que fueran buenas chispas. Creo que ninguno de nosotros esperaba ver a esta fae fogosa como concursante, pero es un giro muy especial.

Retrocedí, y Shalini me tocó la espalda en señal de apoyo.

Los ojos del periodista se entrecerraron:

—¿Y quién está con usted, señorita Jones?

—Es mi asesora, Shalini —dije con un suspiro.

Él la miró fijo, asintiendo con la cabeza.

—Una asesora humana en Feéra. Guau, apuesto a que a mucha gente le encantaría tener su trabajo. —Le puso el micrófono en la cara a

Shalini–. ¿Va a mantener a la señorita Jones bajo control o habrá más fuegos artificiales?

Shalini me miró un segundo y respondió:

—Está absolutamente tranquila. Esa fue solo una mala noche.

A nuestro alrededor, crecía un murmullo, y percibí que la multitud notaba la atención que estábamos recibiendo. Estaba desesperada por volver a esconderme en las sombras.

Sonó una trompeta que me salvó de toda la atención. Las puertas se abrieron despacio al final del salón y apareció un lacayo en el vano. Vestía un traje sumamente extravagante, con bordados de oro.

—Damas y caballeros –dijo con voz estruendosa–, la cena está servida.

¿Más comida? Fantástico. No sabía si quería que terminara el torneo.

El periodista me puso el micrófono en la cara para preguntarme qué había provocado mi crisis en el bar con el rey, pero me escabullí y me mezclé entre la multitud. Después de toda una vida como fae entre humanos, había aprendido el arte de pasar desapercibida.

Disimuladas entre la multitud de fae más alta, pasamos a otro salón donde había unas mesas dispuestas en semicírculo alrededor de dos tronos gigantes. Eran de granito gris y parecían haber salido del propio suelo de piedra. El suelo era de mármol blanco y tenía incrustado un magnífico ciervo de bronce. El techo majestuoso estaba formado por ramas de árboles entrelazadas. Cientos de luces diminutas y brillantes revoloteaban entre las ramas como luciérnagas.

Miré a Shalini, que estaba totalmente embelesada. Volví a mirar al techo, asombrada. Aeron me tomó por el codo, reclamando mi atención.

—Por aquí –dijo, señalando una de las mesas con un gesto de la cabeza.

Las concursantes ya estaban tomando asiento, y las princesas se sentaron con las demás.

Mi mirada se posó en una princesa sentada cerca de mí. Llevaba un elegante vestido verde que brillaba como el mar bajo el sol. Sus ojos color café eran enormes, bordeados de largas pestañas, y llevaba una corona de algas en el cabello blanco. La piel clara tenía un tono casi iridiscente que resplandecía bajo las luces.

—Qué afortunadas somos de estar aquí —dijo a sus vecinas—. Una de nosotras encontrará el amor verdadero. Podríamos dar a luz a los hijos del rey.

Esbozó una gran sonrisa, pero nadie le respondió.

Amor verdadero. *Pobre ingenua.*

—¿Quién es? —le susurré a Shalini.

Shalini se acercó para que la oyera solamente yo.

—Es la princesa Alice. Es una kelpie, que son los fae de los lagos. Por lo general, son muy llorones, pero ella parece estar encantada con todo esto.

—Ah. —Solo tenía un vago recuerdo de lo que eso significaba. Algo relacionado con caballos, creía.

—Y junto a ella, está Etain de las leannán sídhe.

Seguí su mirada para ver a una mujer de piel de color tostado y pelo como la puesta del sol, mezclado con lavanda y coral. Llevaba una delicada corona de perlas y un vestido violeta claro, y en ese momento le estaba mostrando el dedo medio a Moria.

—No creas que puedes darnos órdenes a todas, bebedora de sangre.

—¿Qué es una leannán sídhe? —le pregunté.

—Una especie de seductora, creo —me susurró Shalini—. Y esa —señaló a una belleza de pelo verde— es Eliza, princesa del clan selkie.

Las luces cálidas destellaban en el pelo verde y la piel bronceada de Eliza.

—Me han dicho que la generosidad del rey no tiene parangón –dijo Eliza, alzando una copa de cristal. Sonrió, pero el gesto parecía forzado–. Y este fino champagne ciertamente da crédito a esa opinión.

—¿Selkie? –susurré.

—Viven junto al mar –explicó Shalini–. El símbolo del clan es una foca. Y a su derecha está Sydoc, la gorro rojo. Mejor… no te acerques a ella. Los gorros rojos son aterradores.

Sydoc llevaba un vestido y un sombrero de un color rojo intenso que contrastaba de plano con su piel clara, y el pelo negro y largo le caía en cascada por los hombros desnudos. No hablaba con nadie, solo bebía su copa de vino, con los ojos que iban de un lado a otro.

En ese momento, deseé haber prestado más atención a la historia de los fae.

Al ser la única niña fae de mi ciudad, siempre llamaba la atención. Había hecho todo lo posible por parecerme a los niños humanos: veía sus programas de televisión, escuchaba su música pop, me había dejado crecer el pelo hasta cubrirme las orejas y me lo había teñido de castaño como el de los demás niños. Ya ni siquiera estaba segura de qué tono de azul era mi pelo, porque me teñía las raíces cada tres semanas.

Lo único propiamente fae que había hecho fue aprender esgrima en el secundario, justo cuando los fae empezaban a ponerse de moda entre algunos de los humanos más geniales y atrevidos. Y la esgrima era cosa de fae. Con mi grupito de amantes de los fae, había aprendido el arte del florete, la espada y el sable. Me había resultado más natural que todo lo que había hecho antes.

Finalmente, en mi segundo año de la escuela secundaria, algunos de los chicos pensaban que yo era genial *de verdad*, y ya nadie me ataba a los postes de las cercas.

En los últimos años, los humanos se habían obsesionado cada vez más con nosotros. Ahora, los periodistas y los paparazzi seguían todos nuestros movimientos, y los fae marcaban las tendencias de la moda. Todo el mundo compraba tinturas rosas y moradas para el pelo, y los lentes de contacto de colores se vendían por miles de dólares en eBay. Los cirujanos plásticos habían empezado a agregar puntas de silicona a las orejas humanas.

Pero eso había sido cinco años antes; desde entonces que no tocaba una espada.

El bramido de una trompeta me sacó de mis recuerdos y levanté la vista para ver al rey Torin entrar en el salón, vestido de negro. Los ojos claros recorrían a la multitud. Caminaba por el mármol con su contingente de lacayos y soldados, y parecía todo un rey.

Llevaba una larga capa de color negro azabache con bordados plateados. En la cadera, alcancé a ver el brillo de un estoque con empuñadura de ónix. Pero lo que más me llamó la atención fue la corona de astas que llevaba en la cabeza, de color plateado oscuro y puntas afiladas.

Se detuvo en el centro del salón, de espaldas a los tronos de granito. Los lacayos y soldados se apartaron, y se hizo el silencio en el salón. Incluso el periodista cerró la boca. Todos los ojos estaban clavados en el rey Torin.

Su magia de rey parecía ordenarnos que le hiciéramos una reverencia. *Honren a su rey.*

Todas a mi alrededor bajaron la cabeza, pero yo mantuve los ojos puestos en él. Supongo que aún me molestaba haber sido exiliada.

Los ojos de Torin se encontraron con los míos por un instante, pero su expresión no reveló nada.

—Bienvenidas a mi hogar. Les agradezco que hayan venido con tan poca antelación. Es importante que nosotros... que yo... seleccione a una reina para gobernar Feéra, para fortalecer el poder de los seis clanes seelie. El trono de mi madre ha estado vacío demasiado tiempo, y el reino necesita la fuerza de una alta reina.

Hubo un murmullo de admiración por parte del público.

—Antes de comenzar, quiero explicar las reglas del torneo. —Los ojos del rey Torin recorrieron el salón, y parecieron detenerse en mí solo un segundo más que en el resto–. Según los antiguos escritos de Oberón, el gran cronista de la historia seelie, estas pruebas han sido una costumbre durante siglos. Cada vez, terminan con un combate de espadas en el estadio. Su propósito es identificar a aquellas que poseen los rasgos de una verdadera reina fae: fuerza y agilidad, ingenio, inteligencia y, por supuesto, habilidad con la espada. Y a veces en la historia de los fae, cuando nos mezclamos con el mundo humano, hemos incorporado elementos de su cultura. Como alto rey de los seelie, gobernante de los seis clanes, debo asegurarme de que los humanos sigan venerándonos.

Interesante. Supuse que esa era la parte para la televisión.

—La primera competencia será una carrera, para identificar a las más fuertes y rápidas. Para medir el ingenio, la inteligencia, el encanto y el aplomo, organizaré fiestas y pasaremos tiempo juntos, a solas. Las que pasen la selección final competirán en un torneo de esgrima.

—¿Su alteza? —La princesa de cabello blanco y piel de porcelana levantó las manos–. ¿Cómo determinará quién es la más ingeniosa y encantadora?

—Eso —dijo el rey Torin con una sonrisa— lo decido yo.

10
AVA

Después del discurso de Torin, apareció un criado en nuestra mesa con platos de salmón, arroz y ensalada de flores silvestres.

Si hubiera tenido hambre, esta comida habría sido exquisita. El salmón estaba cocido a la perfección, con un glaseado ligero. Comí un bocado ínfimo. Mientras tanto, alguien llenó mi copa con un vino blanco vigoroso. ¿Sauvignon blanc, tal vez? Por los dioses, esto era increíble. ¿Los cocineros habrían encantado la comida?

El rey Torin se desplazaba por el salón, tomándose su tiempo para hablar con cada una de las princesas y algunas de las fae comunes. Se acercó a nuestra mesa justo cuando terminé el último bocado de salmón.

–¿Te ha gustado la comida?

–Sí, estaba deliciosa. –Me sorprendí al ver que me había comido todo el plato. Eso no solía ocurrir cuando tenía el corazón roto–. Anoche no cené nada y parece que me moría de hambre.

Torin se inclinó y susurró:

—Sí, según recuerdo, la mayor parte de tu cena estaba en tu camiseta.

Y con ese pequeño comentario, se fue a la mesa de la princesa Alice.

Mi plato vacío fue reemplazado por una tarta de arándanos frescos cubierta con crema batida. Los lacayos llenaron unas delicadas tazas de porcelana con té y café.

Mientras me llevaba a la boca el último bocado de tarta, Aeron se acercó para hablarnos.

—El rey se ha retirado a sus aposentos. Tengo que llevarlas a su habitación. Pero no tengo idea de adónde debo llevarlas. Torin nunca lo mencionó.

—¿No tenemos habitación, Aeron? —Shalini tenía los ojos como platos.

El pelo rubio oscuro de Aeron colgaba ante sus ojos.

—Voy a tener que hablar con el rey. Denme un momento, por favor.

Se marchó a toda prisa, y me quedé mirando mientras sus hombros anchos desaparecían por la puerta.

Shalini se inclinó hacia mí y susurró:

—Quizás Aeron nos deje quedarnos con él.

Tomé un sorbo de café y vi a las demás mujeres abandonar el salón. Varias de ellas se quedaron mirándome al pasar, y alcancé a oír parte de sus susurros. "Borracha... loca... lunática despotricadora".

Moria me lanzó una mirada penetrante al pasar y dijo bien alto para que todas la oyeran:

—Qué suerte tienes de que el rey esté dispuesto a agasajar a una zorra de taberna.

Sus amigas se echaron a reír y salieron del salón.

Tal vez eso explicaba la sensación de no ser bienvenida que parecía cernirse sobre todo el castillo como una bruma oscura.

Pero esas mujeres no me habían prestado la más mínima atención. Tal vez el susurro de Torin en mi oído les había caído mal. Una señal de favoritismo.

Me llevé la taza de café a los labios y deslicé los ojos hacia Shalini.

—Qué incómodo.

—Ignóralas —murmuró ella—. Saben que eres competencia. Y no hay nada malo en ser una zorra de taberna. Algunas de mis mejores amigas son zorras de taberna.

Resoplé. Por fin quedamos solas en el salón de baile y las luces se atenuaron. Shalini me miró y dijo:

—Entonces, ¿esperamos aquí?

—No sé qué más hacer —respondí, encogiendo los hombros. Un oscuro pensamiento pasó por mi mente, haciendo que se me tensaran los músculos—. ¿Piensas que Andrew vio ese video viral mío? Dios, ¿piensas que sus padres lo vieron?

—No pienso en Andrew para nada, y tú tampoco deberías.

Aeron volvió al comedor una vez más, con un farol y expresión de satisfacción.

—¿A que no saben quién les ha solucionado algo?

—¿Fuiste tú, Aeron? —dijo Shalini, bebiendo un sorbo de vino.

—Gracias por cuidarnos —agradecí, levantándome de la mesa.

—Un placer —dijo él, con los ojos ámbar puestos en Shalini mientras hablaba.

Nos condujo a través de las puertas hasta un pasillo sombrío. Unas formas oscuras parecían asomar entre las sombras. Me detuve para contemplar las cabezas de animales embalsamadas: un ciervo con una gran cornamenta, una cabeza de oso gigante y un enorme reptil de dientes afilados que me llamó la atención.

–¿Qué es eso?

Aeron se detuvo, entrecerrando los ojos en la oscuridad.

–¿Eso? –dijo con indiferencia–. Solo un dragón. Ya se extinguieron.

Me quedé boquiabierta. "Solo un dragón".

El farol de Aeron proyectaba una luz cálida sobre las escamas verdes. Una placa debajo de la bestia rezaba: **DRAGÓN DEL BOSQUE, MUERTO POR EL REY SEOIRSE.**

La luz bailaba sobre más trofeos: un enorme jabalí y una criatura que parecía un león. Shalini ahogó un grito, giré y la vi junto a algo con el aspecto de una cabeza humana grotesca.

–Cuidado. Retrocede un poco. –Aeron la tomó por el codo y la apartó.

–No lo toqué –se apresuró a decir ella.

Me acerqué, curvando los labios por el desagrado. La cabeza era gris, estaba llena de arrugas y tenía el pelo largo y blanco. Pero lo más inquietante era que le habían cosido los ojos.

Un escalofrío me recorrió la espalda.

–¿Qué es esto? –pregunté.

Aeron se quedó mirándolo, con expresión tensa.

–Es el Erlking, el rey de los elfos. Lo mató el padre de Torin.

A la luz del farol, las sombras se retorcían sobre la horripilante pieza de exhibición.

–¿Así que era un rey? –preguntó Shalini.

A Aeron se le crispó un músculo de la quijada.

–No, no era rey de verdad. El Erlking era un fae, pero se había vuelto feroz, como un demonio o una bestia salvaje. Vivía en lo más profundo del bosque. –Me miró fijo, lucía angustiado–. Una vez, los bosques quedaron llenos de cadáveres de aquellos a los que había matado. Una fosa común de fae; sus cuerpos, esparcidos entre los robles.

Me estremecí, deseando alejarme de esa cosa.

—Cuando el padre del rey Torin trajo al Erlking —continuó Aeron—, lo dejaron secar al sol hasta que quedó momificado por completo.

Aeron nos llevó por corredores sombríos, de cuyas paredes de piedra oscura colgaban armas y armaduras. En el último piso, empezó a ir más despacio, y contemplé unos magníficos retratos de fae vestidos con trajes y pieles regias. Los retratos parecían interminables.

—¿Esta es la familia real? —pregunté—. ¿Por qué hay tantos?

Aeron dejó de caminar y señaló los cuadros.

—Estos son los parientes del rey Torin. Su linaje se extiende por casi quinientas generaciones, todas ellas cuidadosamente registradas. La pintura en el reino de los fae se desarrolló mucho antes que en el mundo humano, así que puedes ver imágenes realistas que se remontan a miles de años.

—Guau. —Estudié una pintura de un hombre vestido con pieles negras y una corona de bronce, y un torques de oro labrado alrededor del cuello.

—Sería increíble ver a tus antepasados así, ¿verdad? —dijo Aeron.

—O aunque sea a mis padres biológicos —murmuré.

Aeron nos llevó otros cien metros hasta que llegamos a una gran puerta de roble, tallada con flores. Una manija de latón con forma de rosa sobresalía de la puerta. Él giró la manija y la empujó despacio para revelar una impresionante habitación gótica en forma de octógono.

—Dios mío, es increíble —dijo Shalini con una sonrisa.

Un techo abovedado se arqueaba encima de nosotros como el de una catedral gótica. Algunos de los picos estaban adornados con rosas talladas en piedra. Unas ventanas imponentes con arcos en punta se alzaban a seis metros de altura, flanqueadas por cortinas de terciopelo carmesí. De algunas paredes colgaban tapices con escenas de bosques y ruinas de piedra musgosa. Dos puertas se interponían entre los tapices.

Una cama con dosel esperaba en un rincón, frente a una chimenea con sillas aterciopeladas y un sofá. Sobre una mesa de caoba había copas y decantadores de cristal, y en distintos nichos de la habitación había libros con lomos descoloridos. En el suelo de lajas se extendía una alfombra bordada.

Aeron cruzó rápidamente hacia otra de las puertas y me hizo señas para que lo siguiera.

—Aquí está el baño. —Abrió la puerta, que daba a una habitación de piedra con una tina con patas de garra. A través de una ventana se veía el cielo estrellado y en otra pared había un espejo.

Me volteé y vi a Shalini tirada en la cama.

—Dios mío, Ava. Este colchón es divino.

Aeron cruzó a la puerta de al lado.

—Bueno, puedes dormir donde quieras, pero aquí está la recámara de la asesora.

Abrió la puerta que daba a una habitación que parecía una pequeña biblioteca, con libros y una cómoda en dos de las paredes, y una chimenea en la tercera. Dispuesta junto a unas ventanas altas por las que se podía ver las estrellas, había una cama cubierta por una manta de piel negra.

—¡Dios mío, Ava! —gritó Shalini desde la cama—. Este lugar es increíble.

Giré y la vi acomodándose con un libro en las manos.

Aeron miró la habitación con inquietud.

—Esta habitación ya no se usa, pero... —No dijo nada más.

—¿Por qué? —le pregunté.

—Eres un poco entrometida, ¿no? –dijo él, frunciendo el ceño. Se aclaró la garganta–. Escucha, si ganas, por favor, olvida que dije eso.

Shalini dio unos golpecitos en la cama de al lado.

—Ven a sentarte a mi lado, Ava. Esta es la cama más cómoda en la que me he sentado.

Mientras me dejaba caer junto a ella, Aeron nos dedicó una sonrisa deslumbrante.

—Encontrarán ropa en los cajones y armarios. –Inspiró profundamente–. Los curios... –Pareció detenerse y se aclaró la garganta–. Los equipos de noticias humanos que vinieron a Feéra han insistido en tener algunos artículos tecnológicos humanos como parte de nuestro trato. Hace poco instalamos estaciones de carga para sus teléfonos humanos, y el... –Vaciló–. Lo que sea que hace que los teléfonos reciban los videos y las imágenes por el aire.

—Señal de teléfono e internet –dije–. ¡Gracias!

No comenté que madame Sioba me había disuelto el bendito teléfono.

Por otra parte, cualquier cosa que me impidiera comprobar obsesivamente si tenía mensajes de Andrew era algo bueno.

Aeron sonrió y se le formaron hoyuelos en las mejillas.

—Ya que parece que se han puesto cómodas, me retiro.

Mientras el lacayo se dirigía a la puerta, le dije:

—Gracias, Aeron. De verdad aprecio toda tu ayuda esta noche.

—Ah, no hay problema. –Aeron posó la mirada en Shalini–. Como dije, el placer fue mío. –Su tono profundo y aterciopelado hizo que la palabra "placer" sonara bien atrevida.

En cuanto Aeron salió de la habitación, le di un codazo a Shalini.

—Le gustas.

—Ya veremos.

Se oyó un golpe en la puerta que resonó en el espacio amplio y pétreo.

—¿Ves? Ha vuelto por ti.

El golpe era más fuerte ahora, impaciente.

—¡Ya voy! —exclamé.

Abrí la puerta y encontré a Torin apoyado en el marco, con los ojos azules como el hielo fijos en mí.

—Lo hiciste bien.

—No hice nada. —Fruncí el ceño—. Ah, quieres decir que no hice otro escándalo. ¿Qué haces aquí? —pregunté—. Es bastante tarde.

—Es importante que hablemos antes de mañana. —Entró a la habitación—. ¿Estarás preparada para correr una carrera por la mañana? Corres con regularidad, ¿verdad?

Shalini, en la cama, había sacado el teléfono para ver una temporada anterior de *Casadas y cosidas*.

—No creo que tenga problema —dije—. Pero no tengo ropa para correr. Madame Sioba la quemó toda. Necesitaré calzado nuevo. Talla treinta y siete, Nike, en lo posible. Y una camiseta y unos pantalones cortos, ambos de talla pequeña.

—Bien —asintió él—. Vendré temprano para mostrarte el recorrido y traerte la ropa. Aunque las demás fae irán vestidas de forma más tradicional, con pieles de animales, y estarán descalzas.

—Parece que tendré ventaja entonces.

—Eres rápida, Ava. Por eso elegí una carrera para empezar. Por lo general, es una danza tradicional fae o un instrumento musical, pero pensé que tendrías ventaja corriendo.

—¿Cómo sabes que soy rápida? —pregunté, inclinando la cabeza.

—Te puse a prueba cuando avanzábamos por el castillo. Me seguiste bien el ritmo.

Me quedé mirándolo.

–Pero tú caminaste todo el tiempo. ¿Qué tiene de impresionante que yo pueda correr a la velocidad en la que tú caminas?

Él se encogió de hombros y respondió:

–Soy el rey, Ava. Es de esperar que yo sea naturalmente superior en la mayoría de las cosas.

Me quedé mirándolo, sorprendida.

–¿De verdad no te das cuenta de cómo suenas?

Me pareció que la comisura de sus labios se había torcido un poco, en un gesto divertido.

–Buenas noches, Ava.

Se dio la vuelta y la puerta se cerró tras él.

11
AVA

Shalini estaba ensimismada con su teléfono y yo me acerqué a una de las bibliotecas. Recorrí con la mirada los lomos de clásicos como *Pamela o la virtud recompensada*, *Jane Eyre*, *Orgullo y prejuicio* y *Cumbres borrascosas*.

Pero mi vista empezó a desenfocarse.

Estaba totalmente desorientada aquí, e incluso con Shalini, parecía estar perdida en medio de la niebla.

Esto era lo que pasaba con las rutinas: extrañaba las mías. Cuando era pequeña, llegaba de la escuela y hacía la tarea mientras Chloe limpiaba la casa. Ella siempre me preparaba algún bocadillo. Cenábamos juntas, luego veíamos la tele y me bañaba. Había algo tranquilizador en saber siempre lo que iba a pasar.

Mucho después de irme de casa, Andrew y yo formamos nuestras propias rutinas. Abríamos una botella de vino, hacíamos palomitas y leíamos libros o veíamos películas juntos tapados con mantas. Nos alternábamos para cocinar después del trabajo. Los fines de semana eran los mejores, con café y periódicos, y pijamas hasta el mediodía.

Y ahora las rutinas habían desaparecido, al igual que las personas con las que las había disfrutado.

"Ava, deberías alegrarte por mí".

Parpadeé, aclarándome la vista.

Miré los hermosos tapices de las paredes. El que tenía más cerca representaba un castillo en ruinas con jardines cubiertos de maleza, entre la que se escondían criaturas extrañas: unicornios, centauros y sátiros.

Y también había fae. Lords y ladies en su tiempo de ocio, de picnic, bañándose o tocando música con instrumentos elaborados. En una parte de la escena, un grupo de caza perseguía a un jabalí. El líder llevaba una corona de plata con forma de cornamenta de ciervo: el rey de los fae y su comitiva.

Pasé a otro tapiz, mucho más oscuro, un bosque sombrío lleno de insectos monstruosos: arañas gigantes y mariposas enormes. Incluso los árboles eran siniestros, con ramas retorcidas y troncos tallados con rostros lascivos.

En un rincón, unas figuras se reunían alrededor de una pequeña hoguera, algunas con alas de mariposa. Otras tenían la cabeza en forma de insecto; unas pocas tenían un pelaje como de musgo. En el centro estaba la que parecía ser su líder: una mujer con una corona de espinas y un bastón que brillaba con una luz verdosa. Todos tenían las orejas puntiagudas de los fae, pero no reconocí a ninguno.

La imagen era extraña y hermosa, y no podía apartar los ojos de ella. Me cautivó y, sin embargo, mientras la contemplaba, una pena corrosiva se agolpó en mi pecho. Una sensación de pérdida que no podía identificar.

—¿Shalini? —llamé a mi amiga—. ¿Has oído hablar de fae con alas y pelaje? ¿O cuernos?

—No. —Se bajó de la cama—. ¿Qué estás mirando?

—¿Ves? —Señalé el tapiz de la derecha—. Esos son fae normales. Incluso hay uno que lleva una corona como la de Torin. Ese debe de ser el rey.

—Claro.

—Pero ¿qué son estos otros, entonces? —Señalé las figuras extrañas del tapiz del otro lado—. ¿Quizá sea el aspecto que tenían los fae hace miles de años? ¿En la prehistoria, tal vez?

—Sinceramente, no lo sé —respondió Shalini, negando con la cabeza—. Nunca he oído hablar de ningún fae con ese aspecto. Quizá sea una licencia artística. —Se volvió hacia mí—. ¿Te resulta raro estar aquí entre los tuyos después de tanto tiempo?

—Terriblemente raro —asentí—, pero me pagan por esto. ¿Y tú? ¿Por qué estás tan desesperada por vivir una aventura?

—Lo único que he hecho en la vida es trabajar —me dijo, mirándome—. Y antes de eso, estudiar. Nunca fui a un baile de graduación, nunca tuve citas. Nunca fui a fiestas. Y ahora, no necesito trabajar, y siento que hay todo un mundo que me he perdido. Ava, siento que por fin he despertado. Pero no sé muy bien qué hacer. Porque las citas de Tinder han sido una mierda, y los bares elegantes se vuelven aburridos después de muchas noches. Solo sé que no puedo parar y quedarme sola con mis pensamientos.

—¿Por qué?

Ella se estremeció y respondió:

—Los *reality shows* aplacan la ansiedad. Hay mucha mierda que temer en este mundo. Bueno, en ambos mundos, pero al menos este es nuevo y me distrae.

—Pase lo que pase aquí —dije, asintiendo—, estoy segura de que no nos aburriremos. Tendrás mucho para distraerte de tu propia mortalidad.

—Perfecto.

Se oyó otro golpe en la puerta, más suave esta vez.

—¿Quién es? —dije, abriendo apenas la puerta.

En el vano había una fae diminuta, con una bata de seda. Llevaba el pelo rubio claro ondulado hasta los hombros. Cuando me miró, vi que sus ojos eran de un blanco lechoso.

—¿Eres Ava? —preguntó en voz baja.

—Sí —respondí con cautela.

—Ah, bien. —Se le iluminó la cara—. Soy la princesa Orla.

Parecía demasiado joven para casarse.

—¿Tú también participas en el torneo?

La princesa Orla se rio, y su voz tintineó en el pasillo oscuro.

—Ay, no. El rey Torin es mi hermano.

Shalini apareció a mi lado. Aunque era claro que la princesa era ciega, pareció percibir la presencia de Shalini.

—¿Quién es? —preguntó, levantando el mentón.

—Soy Shalini. La asesora de Ava.

—Es un placer conocerte. —Orla hizo una leve reverencia.

—¿Querías algo, princesa? —pregunté, esperando no sonar grosera—. Es bastante tarde.

—Ah, discúlpenme —dijo la princesa Orla—. Me cuesta mucho saber la hora. Me di cuenta de que había alguien en la Habitación de las Rosas y me dio curiosidad. Pero no me di cuenta de que era tan tarde. Será mejor que me vaya. Buena suerte mañana —dijo en voz baja.

Antes de que pudiera responderle, se alejó por el pasillo oscuro y fue engullida por las sombras.

¿La Habitación de las Rosas? Miré a Shalini, pero ella se limitó a encogerse de hombros.

—Ni siquiera sabía que él tenía una hermana —dijo—. Son muy reservados.

Miré hacia las ventanas oscuras y me envolvió un manto de cansancio, que hizo que me dolieran los músculos y me pesaran los ojos. Pero temía irme a la cama cuando la garra gélida de la tristeza me había atrapado.

Shalini se dirigió a la habitación más pequeña.

—Ah, no —le dije—. La cama grande es toda tuya. Yo me quedo con la pequeña.

—¿Estás segura? —preguntó, con los ojos iluminados.

—Me siento más cómoda en una habitación más pequeña.

Shalini saltó a la cama con dosel y se acurrucó de inmediato bajo las mantas.

Volví a la biblioteca y cerré la puerta. Me apoyé en ella un momento, intentando serenarme. La semana había sido un torbellino.

Me habían arrancado de cuajo mi cómoda vida. Me había quedado sin hogar y me habían rechazado. Luego, en cuestión de horas, pasé a vivir en un palacio magnífico en Feéra, vestida de seda.

Nada de esto parecía real. Lo único que no entendía era por qué no sentía esto como una vuelta a mi hogar. Siempre había imaginado que si volvía a Feéra, me resultaría más familiar.

Me quité el vestido de gala y lo colgué en un gancho de la puerta.

El fuego seguía ardiendo en la chimenea de piedra, bañando la habitación con su calidez.

Apagué la luz y me metí en la cama. Era pequeña pero muy cómoda, y me subí las sábanas hasta el cuello.

Sin embargo, dejé las cortinas abiertas, y la luz de la luna se coló por las ventanas de vidrio repartido. Me senté y miré hacia fuera. Hacía frío y había pequeñas telarañas de escarcha en algunos cristales, pero la manta de piel me calentaba las piernas. No podía distinguir los terrenos del castillo desde la ventana, solo una línea lejana que podrían ser las copas de los árboles. Esta noche había luna llena y las estrellas centelleaban a lo lejos.

Mientras estudiaba la luna, una sombra voló por delante de ella y dio vueltas en el cielo oscuro. Me quedé sin aliento al ver la silueta de unas enormes alas y una cola larga y serpenteante. Por unos segundos, el cielo se iluminó mientras una gran llamarada de fuego surgía en la oscuridad.

Contuve la respiración. Los dragones sí existían.

Me acosté, esperando que me envolviera la bruma oscura del sueño y me arrastrara bajo la superficie.

Y si no podía dormirme, tenía una vista hermosa para contemplar mientras el insomnio me mantenía acelerado el corazón.

12
AVA

Me froté los ojos, aún aturdida, mientras seguía a Torin por los pasillos sombríos.

Él me había despertado antes de que saliera el sol, y me llevó ropa para correr, unos leggings y algo parecido a una túnica en tonos apagados de verde bosque y café. La ropa me quedaba perfecta, pero me costaba despertarme. Solo había dormido una hora, y estaba combatiendo las ganas de acurrucarme en algún rincón espeluznante del castillo y volver a dormirme.

—¿Cuándo empieza la carrera? —pregunté entre bostezos.

Él me miró con ojos molestos.

—Pareces medio muerta. ¿Estuviste bebiendo otra vez anoche?

Abrí la boca para discutir y cambié de opinión. No quería decirle que me había desvelado llorando por Andrew y Ashley. Eso era mucho más lastimoso que una noche de borrachera.

—Sí, igual estaré bien. Pero ¿tan temprano empieza la carrera?

—Dentro de tres horas —dijo Torin.

Cerré los ojos, armándome de paciencia.

—Entonces, ¿qué hacemos aquí a esta hora?

—Porque hay partes de la carrera que son peligrosas, y voy a asegurarme de que las superes sin morir.

—¿Peligrosas? —repetí, parpadeando.

—Ya te contaré. Tengo un plan.

Por fin, Torin abrió una puerta de roble y entró en un paisaje invernal de árboles y campos cubiertos de nieve. Cuando salí, sentí el intenso aire helado en la cara y las manos.

La belleza inhóspita y cristalina del lugar me dejó sin aliento, y el sol naciente tiñó el mundo nevado de unos impresionantes tonos de color dorado y durazno. El aliento se hacía humo delante de mi cara. El viento me pinchaba la piel y me rodeé el pecho con los brazos, temblando. Los pies ya se me estaban enfriando y mojando con la nieve, por la humedad que iba filtrándose por el calzado.

Torin se volvió para mirarme y sacó dos cosas de debajo de su capa: una pequeña bolsa de papel y un termo. Del recipiente metálico salían unos hilos de vapor.

Lo tomé, agradecida por el calor, e inhalé el aroma del café recién hecho. Gracias a *Dios*.

Bebí un sorbo y sentí que por fin se me encendía el cerebro.

Él se quitó la gruesa capa negra y se puso detrás de mí, rodeándome los hombros con la prenda. Me cubrí el pecho con ella, que había conservado parte del calor de Torin y, al instante, se me empezaron a relajar los músculos. Sentí su aroma, percibiendo las notas especiales que lo identificaban: musgo, roble húmedo y un muy leve dejo a agujas de pino secas.

—Ya ni siquiera siento el frío —me dijo con voz tenue.

Cuando se puso delante de mí, vi que llevaba unos pantalones negros de lana y un suéter azul marino intenso que abrazaba su cuerpo atlético.

Con el abrigo sobre los hombros, pude apreciar mejor lo que me rodeaba. El castillo se alzaba sobre una pequeña colina nevada, junto a unos campos blancos que ondulaban suavemente hasta una hilera de árboles a lo lejos, un bosque oscuro que se extendía a ambos lados.

Torin me entregó la bolsita de papel.

—Traje cruasanes recién hechos con mermelada de moras.

Saqué uno y le di un mordisco, saboreando el rico sabor a mantequilla y la acidez de las moras. Estaba increíble.

Si Torin quería seducirme, sin dudas sabía cómo hacerlo.

Él se quedó mirando el paisaje, con los ojos moteados de hielo.

—La helada desciende sobre nosotros, pero Feéra es tan hermosa como siempre.

Parpadeé ante la luz brillante.

—Nunca he experimentado nada igual. Despertar en una perfectísima mañana de invierno con un paisaje inmaculado. —Inspiré, dejando que el aire fresco me llenara los pulmones—. Nunca me levanto tan temprano.

—Tiene sus ventajas —dijo Torin.

—¿Madrugar forma parte de tu rutina sacrosanta? —le pregunté.

Él se volvió hacia mí, levantando el dedo medio con un atisbo de sonrisa.

Me sorprendí.

—¿Me salió bien? —preguntó.

—Sí, muy bien. Impresionante.

—En cuanto a mi rutina sacrosanta, por las mañanas, mientras tú duermes después de trasnochar, yo me levanto al alba para entrenar. Un rey seelie, por encima de todo, debe ser poderoso y letal. –Otro atisbo de sonrisa–. Y su reina también.

Empezó a caminar, pasamos junto a los campos nevados y llegamos a un sendero que se curvaba alrededor del castillo. Mi calzado húmedo crujía sobre la hierba aplastada y helada.

–Si buscas a una reina poderosa y letal –dije–, te equivocaste de fae.

–Lo sabía al ofrecerte el trato. Pero vamos a fingir, y eso es lo que importa.

–Entonces no te importa hacer trampa. –Bebí un sorbo de café, aún agradecida hasta el infinito de que él hubiera pensado en traerlo.

Los ojos del rey Torin brillaron.

–No cuando es necesario. Teníamos que venir aquí sin que nadie nos viera. Si me descubren dándote una ventaja injusta, podrían descalificarte. –Me miró a los ojos–. Y necesito que ganes.

Doblamos una esquina y vislumbré la línea de salida: dos palos con cintas de colores azotadas por el viento. Una bandera de seda colgada entre ambos rezaba **SALIDA**.

El camino se curvaba hacia una cumbre llena de árboles sin hojas.

–¿De cuánto es el recorrido? –pregunté.

–Anoche despejaron el camino. Son dos kilómetros en el bosque y tres en los campos. En el último, deben subir por el otro lado del castillo, y la multitud las esperará para identificar a la ganadora.

Un ancho sendero de césped congelado atravesaba los campos ondulados. Mientras caminábamos, mi calzado aplastaba el suelo helado. Al cruzar los campos, me inundó una multitud de olores nuevos: la tierra que había quedado al descubierto, el sol que calentaba la lana de la chaqueta de Torin y un leve dejo a humo de madera quemada. ¿Cómo habría sido yo si hubiera crecido aquí?

Los copos de nieve revoloteaban en el aire y el hielo resplandecía en unos techos de paja a lo lejos.

Nos adentramos en el campo nevado y volví la vista hacia el castillo. A pesar de su interior gigantesco, que parecía extenderse kilómetros y kilómetros, desde afuera no parecía tan grande. Intimidante, sí, con la roca negra brillosa y las torres puntiagudas, pero no tenía kilómetros de largo. Me preguntaba si habría algún tipo de magia o encantamiento.

El castillo brillaba a la luz del sol de la mañana. En la torre más alta, ondeaba una bandera blanca con una cabeza de ciervo azul oscuro.

Cuando miré las casitas lejanas y el humo que salía de sus chimeneas, me picó la curiosidad.

—Cuéntame sobre Feéra —dije—. ¿Qué hace la gente aquí? Además del torneo.

Él inspiró profundamente y respondió:

—La agricultura es importante. Si no hubiera nacido príncipe, eso es lo que habría hecho. Los granjeros son miembros fundamentales de la sociedad fae. Se ocupan de los cultivos que alimentan a nuestro pueblo. Sin ellos, todos moriríamos de hambre. Pero con las heladas, su trabajo es más difícil que nunca.

—¿Y qué hace la gente para divertirse? —Bebí un sorbo de café—. Ah, no tienes cómo saberlo, ¿verdad?

—De hecho, sí lo sé. En Feéra, la temporada de verano comienza lo que para ti sería el primero de mayo. Y es cuando celebramos Beltane.

—¿Qué pasa ese día? —pregunté.

Me miró con incredulidad.

—¿De verdad no lo sabes? Hasta los humanos lo celebran.

—Ya no —dije, negando con la cabeza.

—Pues deberían. Es cuando se diluye el velo entre los mundos. Antes, los humanos nos ofrecían comida y bebida. Hoy ya no. No me extraña que nos muramos de hambre aquí. —El viento azotaba su cabello oscuro y ondulado—. Beltane es un festival del fuego. Los niños decoran los árboles del bosque y los arbustos espinosos con cintas y flores amarillas, como si fueran llamas. Y cuando se van a dormir, hacemos sacrificios a los antiguos dioses. Por lo general, son uno o dos humanos que han invadido nuestro reino.

Se me revolvió el estómago. ¿En qué demonios me había metido?

—Te pregunté qué hacían para divertirse, ¿y tu respuesta es un sacrificio humano? ¿Cómo mueren?

—Los quemamos. —Me lanzó una mirada seria—. No es tan terrible como parece. Se los droga con antelación y hay tambores para ahogar los gritos.

Debí poner cara de horror, porque agregó, un tanto a la defensiva:

—Es una tradición de la antigüedad, y aquí en Feéra aún valoramos lo sagrado. Una reverencia a los bosques primigenios, la munificencia y la crueldad de la tierra. Para pedir la bendición de los antiguos dioses, llevamos al ganado entre dos hogueras. Eso ayuda a protegerlos. Luego se hacen los rituales del bosque. Nuestros dioses son muy importantes para nosotros, y los ciervos también.

Volví a mirar la bandera del castillo.

—¿Es por alguna cuestión masculina?

—Un ciervo puede moverse entre los reinos de los vivos y los muertos, de los humanos y los fae. Son poderosos, dominantes. Son como la naturaleza misma: místicos, bellos y brutales a la vez. —Me miró a los ojos—. Toman lo que quieren. Y para este festival en particular, esta única noche al año, el antiguo dios Cernunnos nos bendice. Las brumas se enredan entre los robles del bosque. Por una noche, el dios astado transforma a los hombres dignos en ciervos. Corremos por el bosque y luchamos unos contra otros. A veces hasta la muerte. Si alguna vez perdiera una pelea siendo ciervo, me destronarían.

Bueno. Tal vez el rey tenía un lado más oscuro de lo que había imaginado.

—Nada de esto suena... divertido. Suena un poco espantoso.

Cuando nuestros ojos se cruzaron, los de él ardían con una intensidad gélida.

—Pero así es como somos. Los fae. Somos criaturas de la tierra y de la bruma. Somos guerreros. Y cuando estamos en nuestro apogeo, trascendemos nuestros cuerpos y comulgamos con los dioses. ¿Cuándo fue la última vez que te sentiste viva de verdad, Ava?

Últimamente, nunca, lo reconozco.

—No tengo idea. Quizás cuando te grité en el bar.

—Qué triste.

Bebí un sorbo de café y pregunté:

—A ver si entiendo bien, ¿sería mejor si me divirtiera asesinando gente en el bosque?

—Beltane tiene aspectos más placenteros —señaló él, y su voz grave se tornó sensual.

Sentí que algo se retorcía en mi interior, pero lo ignoré.

—¿Matan a garrotazos a crías de animales o algo así?

Torin se volvió hacia mí y me puso el dedo debajo del mentón, levantándolo para que no pudiera apartar la mirada. Sus ojos claros ardían con una ferocidad dominante que me aceleró el corazón, un poder de otro mundo que me paralizó y a la vez me dio ganas de dejar de mirarlo.

—No, Ava. Tenemos sexo desenfrenado contra los robles, desgarrando el aire del bosque con los sonidos de nuestro éxtasis. Gozamos alrededor de las hogueras, bañados en sus llamas. –Se inclinó hacia mí y me acarició suavemente el rostro con un dedo. Acercó los labios a mi oreja, y su aroma terroso y masculino me envolvió como una caricia prohibida–. ¿Cuándo fue la última vez que te perdiste en un placer tan intenso que olvidaste tu nombre, que olvidaste tu propia mortalidad? Porque eso es lo que significa ser fae. Podría hacerte doler de placer hasta que olvidaras el nombre de cada humano que te hizo pensar que tenías algo malo.

Acarició con la delicada punta de su dedo mi oreja puntiaguda, de una forma tan leve y, sin embargo, con una intensidad tan prohibida que me hizo estremecer y tensarme fuerte por dentro.

Sus ojos volvieron a cruzarse con los míos y sentí un sacudón eléctrico e ilícito de excitación ante tan inesperada intimidad. Sentí que me estudiaba de cerca, como si me estuviera leyendo. Y que yo estaba desaprobando alguna especie de examen.

–Tienen sexo unos con otros alrededor de las hogueras... –repetí, como una idiota.

Él me pasó el pulgar por el labio inferior.

–Y si crees que no puedo ver lo mucho que eso te excita, si crees que no puedo oír cómo se acelera tu corazón, Ava, te equivocas. Porque si estuviéramos tú y yo, en el robledal en Beltane, te tendría gritando mi nombre. Chillando que soy tu rey. Haría que tu cuerpo respondiera a cada una de mis órdenes, estremeciéndose de placer debajo de mí, hasta que olvidaras que el mundo humano existe.

Me había olvidado de cómo hablar.

–Ajá –logré decir al fin.

–Si pudiera –susurró–, te enseñaría lo que eres en realidad y me aseguraría de que nunca lo olvidaras. –Bajó la vista a mi boca como si fuera a besarme, y me sorprendió lo mucho que yo lo deseaba. Y me horroricé aún más por la decepción que me llevé cuando no lo hizo–. Pero eso no pasará, por supuesto. Porque entre nosotros no puede pasar nada.

Se me cortó la respiración cuando se dio la vuelta para alejarse de mí y murmuré:

–¿A qué vino eso? –Sintiendo que ya había perdido la prueba.

Sus labios se curvaron ligeramente y formaron una sonrisa.

–Eso vino a cuenta de que eres sumamente crítica a pesar de que no eres ni mejor ni peor que el resto de nosotros. Y ahora lo sabes. Tu lugar está aquí, teniendo sexo en Beltane como todos los demás.

Mi pulso estaba fuera de control, y me daba la sensación de que había perdido una especie de batalla contra él. Sobre todo porque no podía dejar de imaginarme con la piel desnuda en el bosque, sus manos acariciándome el trasero, los cuerpos frotándose uno contra el otro. Me imaginaba resplandeciente, tensándome, mientras el rey de los fae me hacía gemir al cielo, con los pezones duros al aire del bosque. Con la piel resbaladiza por el deseo, desvergonzada, en cuatro... totalmente incapaz de controlarme.

Con que así era una verdadera fiesta seelie...

–¿Que no soy peor que el resto de ustedes? –repetí, ordenando mis ideas–. Parece que la valoración que tienes de mí ha mejorado, entonces.

–Mejoró cuando te despertaste sobria y en horario. –El rey me condujo hacia la línea oscura de árboles.

–Entiendo por qué no quieres una esposa de verdad. Te perderías las orgías postsacrificio. Apuesto a que todas las fae piden a gritos una probadita del rey guapo, todo cubierto de sangre por las peleas de ciervos.

Su mirada se posó en mis ojos.

–Es la segunda vez que me llamas guapo. ¿Por eso tienes que fingir que me odias tanto? No puedes dejar de pensar en mi aspecto.

Estoy segura de que él ya sabía que era guapo. No era el tipo de belleza que pasa desapercibida.

Torin tomó mi termo de café y bebió un sorbo. Parecía que ahora compartíamos termo, aunque no nos cayéramos bien.

Casi habíamos llegado a la línea de vegetación, una oscura hilera de árboles de hojas perennes, con las ramas cubiertas de nieve y agujas. La bruma se arremolinaba entre los troncos y era imposible ver el interior del bosque más allá de unos metros. Un escalofrío me recorrió la espalda.

Los fae eran tan bellos y refinados que no se me había ocurrido lo brutales que podían llegar a ser. Y eso me hizo preguntarme *cuánto* peligro correría durante estas pruebas.

Entonces, por el rabillo del ojo, un destello de piel pálida se escabulló entre los árboles.

Giré y vi a una hermosa mujer de pelo largo y negro, con la piel plateada, que lavaba una tela en un arroyo helado. La tela parecía estar manchada de sangre carmesí. Cantaba en voz baja, una canción lúgubre en una lengua que no entendía. Sin embargo, me oprimió el corazón y me hizo brotar lágrimas de los ojos.

Dejé de caminar para mirarla.

Torin se inclinó hacia mí y susurró:

—La bean nighe. Es más espíritu que fae.

—Increíble —musité.

Ella pareció oírme y se volvió, clavando los ojos negros en mí. Tenía los labios del mismo rojo que la tela que había lavado y las manos manchadas de sangre. Solo llevaba una bata blanca delgadísima. Negros como el carbón, sus ojos se volvieron hacia el rey.

—¿Su majestad? —dijo en voz baja—. La muerte está llegando a Feéra.

—Siempre es así. ¿Tenemos permiso para entrar en el bosque?

Ella me echó un vistazo y luego volvió a mirar al rey.

—Por supuesto, su majestad —dijo al fin—. Esa pertenece aquí, en la naturaleza.

El rey Torin inclinó la cabeza en señal de respeto.

—Gracias, señora.

Nos internamos más en el bosque helado, y la bruma nos envolvió.

La mujer espeluznante tenía razón. De verdad sentía que pertenecía a este lugar.

13
AVA

En cuanto cruzamos los primeros árboles, el rey Torin levantó la mano, indicándome que me detuviera.

—Bueno —dijo—. Aquí termina el primer kilómetro. Hasta el bosque, no hay mucho de qué preocuparse.

Contemplé la bruma que me rodeaba, y una fría sensación de temor empezó a recorrerme la espalda.

—Entonces, ¿de qué debo preocuparme aquí?

—Es aquí, en el bosque, donde espero que haya gente gravemente herida. Son las demás concursantes por las que debes preocuparte.

Me abracé bajo la capa.

—No mencionaste esto cuando firmamos el contrato.

—¿Habrías rechazado cincuenta millones solo por un poco de peligro?

No.

—Tal vez. ¿Y qué es lo que vamos a hacer? ¿Pelearnos como ciervos?

—Es una carrera para seleccionar a las fuertes y ágiles. Cada competencia implicará subterfugios, engaños y agresiones mortales.

Me quedé dura. Cinco años de servir tragos a los humanos no me habían preparado para combatir agresiones mortales.

Parecía que me había equivocado. Esto no se parecía en nada a *Casadas y cosidas*.

—Estas mujeres harán lo que sea para ganar —continuó él—, y en el reglamento no hay nada que prohíba la violencia. Una reina fae debe ser despiadada, así que, en realidad, es de esperar. Usarán la magia para intentar derribar a cualquiera que esté en el frente. Y es por eso que siempre es una princesa la que gana. Las fae comunes como tú no tienen magia.

Se me retorcía el estómago.

—¿Vas a llegar a la parte en la que me explicas cómo puedo ganar?

Se volvió hacia mí con una sonrisa tenebrosa.

—Por fortuna, no toda la magia requiere la capacidad de lanzar un hechizo. —Torin metió la mano en un bolsillo y sacó tres pequeños frascos de vidrio. Me entregó uno—. Ten mucho cuidado con esto.

El frasco zumbó en mi mano de forma antinatural. Dentro, se arremolinaba un gas naranja oscuro.

—¿Qué es? —pregunté.

—Es una ampolla de magia purificada.

—¿Qué puedo hacer con ella?

—Esa —dijo señalando la ampolla con el gas naranja brillante— contiene un vapor muy potente que te hará arder la nariz y los ojos si lo inhalas. Lánzalo detrás de ti mientras corres y el vidrio se hará añicos. Cualquiera que esté dentro de un radio de tres metros terminará abrumada por el vapor y no podrá ver durante al menos cinco minutos.

Brutal.

Torin me entregó otros dos frascos de cristal. Uno era casi opaco y contenía un vapor blanco, mientras que el último contenía un líquido verde claro. Tenía una tapa de rosca, en lugar de ser una ampolla de vidrio.

—¿Qué es este? —dije, mostrando el recipiente opaco.

—Es niebla mágica básica. Igual que el vapor picante, debes tirarlo al suelo. La diferencia es que es una cortina de humo. No hará daño a nadie, pero nadie podrá ver nada. Es cien veces más espeso que lo que ves ahora. Podría ayudarte a escapar en una situación difícil.

Parece útil.

—¿Y este otro? —pregunté, sosteniendo el verde.

—Una poción contra el dolor. Imagina que estás tomando chupitos de tequila en el Trébol Dorado y bébetela de un solo trago. Si estás herida, no sentirás dolor durante al menos diez minutos. Pero ten cuidado si te la bebes. Puedes hacerte más daño porque no sentirás nada.

—Esperemos que no tenga que usar esa.

La expresión del rey Torin se ensombreció, y tuve la clara impresión de que no creía que eso fuera probable.

Señaló el bosque con un gesto de la cabeza.

—Sigamos, ¿de acuerdo?

Él se adentró en el bosque y yo lo seguí. El camino se estrechaba y la temperatura descendía a medida que un espeso dosel de hojas perennes se cerraba sobre nosotros. El musgo alfombraba el camino entre la nieve. En el suelo del bosque, se alzaban unos árboles enormes con los troncos cubiertos de corteza retorcida. Aunque miré con atención, no vi ningún rostro tallado en ellos.

El denso dosel de agujas de pino ocultaba por completo el cielo. En algunos lugares se filtraban rayos de luz que veteaban el suelo con motas doradas. Donde la luz brillaba con más intensidad, revoloteaban pequeños grupos de mariposas azules y moradas en el aire invernal.

—¿Qué quiso decir la lavandera —mi aliento se hacía bruma a mi alrededor— cuando dijo que la muerte se acercaba?

—Nunca lo explica, pero podría ser cualquier cosa. Quizás sea un fae anciano que está muriendo en este momento. El reino mismo está en una agonía invernal, a menos que encuentre a una reina. —Me miró—. O, por supuesto, quizás alguien muera durante la carrera.

—Genial.

El aire estaba quieto por completo, y sentí que contenía la respiración. Era hermoso, pero al mismo tiempo, percibí que algo no iba bien. Sentía en la nuca las punzadas de una sensación incómoda, como si me estuvieran observando.

—¿Torin? —le pregunté—. ¿Qué tipo de animales viven en este bosque?

—Ciervos y jabalíes. Tal vez algunos osos.

—¿No hay dragones?

—No, los dragones se extinguieron —respondió él, con el ceño fruncido.

Bebí un sorbo de café, preguntándome si había soñado con el dragón volador. Pero estaba segura de que había estado despierta.

—¿Estás seguro de que se extinguieron todos? Anoche vi algo en el cielo que podría haber sido uno.

El rey Torin se detuvo en seco y se volvió para mirarme. Sus ojos brillaban con un azul claro en la tenue luz del bosque.

—Dime lo que viste, exactamente.

—Voló por delante de la luna —dije—. Era grande, con alas. Estoy segura de que lanzó fuego.

Él soltó una bocanada de aliento brumoso.

—¿Viste a dónde fue?

—No. —Negué con la cabeza—. Solo vi su silueta recortada contra las estrellas.

El rey Torin me miró por encima del hombro y luego se inclinó para susurrarme.

—Y esto es parte de la muerte que regresa a Feéra. No son solo los inviernos. Sin una reina que genere nueva magia, vuelven a emerger criaturas malignas y fuerzas destructivas de las sombras.

—¿Como el dragón?

—Exacto. Esa criatura nunca habría estado aquí hace diez años, pero la oscuridad está llenando el vacío que provoca la falta de magia. —Unas sombras le cruzaron los ojos—. Y por desgracia, Ava, ahí afuera hay cosas peores que los dragones.

14
AVA

Seguimos caminando por el bosque helado, y los árboles empezaron a espaciarse. Iluminados por el sol, los campos nevados se asomaban por entre los huecos de los árboles hasta que llegamos al último kilómetro de la carrera, un camino despejado y hecho hielo que llegaba al castillo. A medida que nos acercábamos a las gradas de madera, me di cuenta de que ya había algunas personas sentadas en ellas.

—Torin —dije—, creo que ya hay gente aquí.

Él echó un vistazo a las gradas construidas para el torneo.

—Diablos. ¿Qué hacen levantadas a esta hora? —suspiró—. Bueno, ya es inevitable.

Se dirigió hacia las gradas a toda velocidad. Al acercarnos, se me cayó el alma a los pies. Moria y Cleena estaban sentadas justo al frente, vestidas con pieles de animales bien ajustadas. Intenté evitar el contacto visual, pero las dos mujeres enseguida se me pusieron delante.

A Moria le caía la impresionante melena bordó por los hombros, y me estudió con una hostilidad más que evidente.

—¿Dando un paseo con el rey? —Su tono destilaba veneno.

—Nos encontramos de casualidad —me apresuré a responder—. Parece que ambos somos madrugadores. .

Torin estaba lejos y no alcanzaba a oírnos, así que Moria fue a la yugular.

—¿Qué llevas debajo de esa capa? —Se volvió hacia Cleena—. Sabes, princesa, la mayoría de las mujeres hacen *cualquier cosa* con tal de llamar la atención de los hombres: muestran los muslos como Ava, tratando de llamar la atención del rey y de desviarla del hecho de que, por dentro, no tienen nada. —Su mirada volvió a mí—. Pero las mujeres como Cleena y yo no necesitamos recurrir a ese tipo de tácticas. No, porque tenemos la mente aguda de un hombre para mantener atento a un rey. Y también tenemos el apetito de un rey por la comida y la guerra. Un revolcón en el bosque puede ser una distracción momentánea para él, pero una conversación ingeniosa con una mujer que es su par no se olvidará tan rápidamente.

—Por favor —dije, alzando las cejas—, avísame si alguna vez vas a hacer gala de tu ingenio. Suena *muy* singular. Para una mujer, quiero decir.

Los ojos de Moria se entrecerraron cuando respondió:

—Parece que esta mañana te conseguiste una ventaja injusta. Si crees que te elegirá a ti solo porque te revolcaste con él, me temo que te equivocas. Puede conseguir un montón de fae comunes con las que aparearse en Beltane, pero jamás se va a acordar del nombre de ninguna.

Al darle un vistazo a Cleena, vi que parecía más aburrida que sedienta de sangre. Me pregunté si debía molestarme en explicarle que no había habido revolcón, pero estaba segura de que la princesa ya lo había decidido.

—Me perdí en el bosque y el rey me ayudó a encontrar la salida. Eso es todo —dije, tras recomponerme.

Se le habían cristalizado unos copos de nieve en las largas pestañas negras.

—¿Como ayer, que justo te trajo al castillo en su carruaje?

—La vida está llena de coincidencias —respondí.

Empecé a alejarme, pero Cleena me tocó el brazo.

—¿Cómo te llamas, fae común? ¿Y quiénes son tus padres?

—Ava. —Dejé que el silencio quedara en el aire. No iba a molestarme en responder sobre mis padres.

—Bueno, Ava —dijo Moria—, si juegas con fuego, te quemarás los dedos.

—Ah. —Agrandé los ojos—. ¿Como este? —Le mostré el dedo medio, lo que parecía ser mi nuevo hábito, muy maduro.

Y así, le pasé por al lado a toda prisa, con la esperanza de volver al castillo antes de meterme en más discusiones.

Pero antes de llegar a la puerta, una mano se extendió desde las sombras de la tribuna y Torin me arrastró a la oscuridad bajo los asientos.

No tenía buena cara.

—Te dije que no hablaras con las princesas.

—Fue imposible esquivarlas.

A Torin se le encendieron los ojos.

—Si te ven como una amenaza, complotarán para eliminarte. Me temo que ahora podrías estar en peligro.

—Nos vieron juntos. Ya estoy en peligro.

Él se acercó a mí, con un brazo en mi codo y el otro cerca de mi cintura. Sus ojos azules recorrieron mi cara, inspeccionando cada centímetro de mí, la frente, las cejas, la nariz, los labios y el mentón.

—¿Qué haces? —susurré.

—Intento decidir cómo hechizarte.

—¿Para que no me den una paliza?

—Si no lo hago, no durarás ni diez minutos.

Antes de que pudiera preguntarle cómo sería el hechizo, empezó a susurrar en la misma lengua fae que había usado madame Sioba para crear mi vestido. Un calor delicioso se extendió por mi piel, y los vellos de los brazos me hormiguearon cuando la sensación se trasladó a los hombros.

El rey Torin tenía los ojos cerrados por la concentración, pero yo era incapaz de apartar la mirada. Estudié la curva oscura de sus pestañas, las espesas cejas negras y el ceño fruncido. Debía de ser la magia, pero sentía como si nos uniera un vínculo poderoso. Por un momento, mi mirada se desvió hacia sus labios.

El calor de su magia se extendió por mi estómago y la cadera.

Un aroma inesperado llenó el ambiente, y tardé un momento en reconocerlo: helado de fresa.

La magia de Torin me subió por el cuello, me rozó los párpados y se arremolinó en torno a mis labios hasta que, por fin, él abrió sus brillantes ojos azules.

—Listo —dijo en voz baja—, con eso debería alcanzar.

Torin extendió la mano, me puso un mechón de mi cabello delante de mis ojos, y ahogué un grito. Había pasado de castaño a un violeta claro en las puntas.

—Ahora sí pareces fae.

Respiré hondo, intentando ser positiva.

—Está... bonito.

—Me alegro de que te guste, porque te quedará así un buen tiempo.

—¿No puedes deshacer el hechizo? —pregunté.

—No, pero desaparecerá en unas semanas y volverás a la normalidad.

Torin sacó una pequeña daga de una funda de cuero que llevaba en el costado y levantó la hoja para mostrarme mi reflejo en la superficie reluciente. Además del cabello violeta, Torin me había oscurecido las cejas y pintado los labios de un rojo intenso. Ahora tenía los ojos del mismo color violeta que mi pelo.

Me quedé mirándome en su daga.

—¿Los labios y las cejas quedarán así durante semanas también?

—Solo el pelo —respondió él, negando con la cabeza—. Pero Ava, mantente fuera de la vista hasta que empiece la carrera. Si vuelven a ponerte en la mira, será el fin.

15
AVA

Estaba parada en la línea de salida, y nadie me prestaba atención. El gélido viento invernal se abalanzaba sobre nosotras, y me quedé mirando hacia abajo, con los mechones violetas azotándome la cara.

Los periodistas y camarógrafos estaban a los costados, con las cámaras enfocando a las princesas de adelante. Habían formado un grupito cerca de la línea de salida, mientras que el resto de las fae comunes pululaban detrás de ellas. Por el momento, me conformaba con quedarme atrás.

Moria y algunas otras se habían decorado el rostro con pintura de guerra azul, lo que no ayudaba a calmar mis nervios. No cabía duda de que íbamos a una batalla, no a una divertida carrera dominical.

Por fin, uno de los lacayos del rey Torin se puso al frente de la línea de salida, un hombre con unas largas trenzas rojas que le colgaban sobre el uniforme azul. Llevaba un bastón de plata, que golpeó dos veces contra la tierra helada.

—En treinta segundos, al sonar la trompeta, comenzará la carrera.

Sus palabras me pusieron los nervios de punta y apreté los puños, repitiéndome el mantra.

Cincuenta millones de dólares. Cincuenta millones de dólares.

A mi alrededor, las concursantes se disputaban las buenas posiciones, aunque nadie se acercaba a las princesas. Terminé en una fila más atrás, entre una fae musculosa de pelo rosado y otra que estaba misteriosamente empapada.

Miré a mi derecha. Un lacayo marchaba hacia la línea de salida con su trompeta. Se la llevó a los labios, y contuve la respiración, esperando el sonido.

Cuando la trompeta sonó, me retumbó el corazón.

Las concursantes se lanzaron en tropel hacia delante, cruzando la línea de salida y bajando la colina. Yo mantenía un ritmo decente detrás de las princesas, pero ellas corrían a toda velocidad. ¿Cómo iban a mantener ese ritmo? Todas éramos fae y dudaba que ellas pasaran más tiempo corriendo que yo. Iban a agotarse después de medio kilómetro.

A medida que la distancia se ampliaba entre nosotras, empezó a retorcerse cierta preocupación en mi pecho. ¿Qué planeaban con este sprint?

Mientras yo corría colina abajo en medio del punzante aire invernal, salió el sol de detrás de las nubes. La luz dorada resplandeció en las piedras, reflejándose en los copos que nos rodeaban y convirtiendo las ramas heladas de los árboles en cristales relucientes. Las princesas que iban delante de mí exhalaban nubes de aliento mientras corrían al máximo de su capacidad.

Un camarógrafo corría a nuestro lado en un vehículo pequeño, una imagen que parecía fuera de lugar aquí. Pero se centraba sobre todo en las que iban delante.

Yo había estado guardando algo de energía, esperando a saber qué se traían entre manos. Cuando estaban por llegar al bosque, empezaron a correr aún más rápido y al unísono, sin decirse una palabra.

Habían pensado algo con antelación, y tal vez yo no debería estar en el frente cuando ejecutaran el plan. Porque esto no era una simple carrera, sino una batalla.

Volví a meterme en la masa de corredoras que venía detrás, recordando la advertencia de Torin de que el bosque era la parte más peligrosa de la carrera.

Nos adentramos en la sombra de los árboles, y una niebla helada y antinatural se extendió a mi alrededor hasta que ya no pude ver nada. Solo oía la respiración acompasada y el golpeteo de los pies contra el suelo.

Unas mujeres corrieron más rápido delante de mí y desaparecieron de mi vista unos cinco segundos antes de que unos gritos agónicos perforaran el silencio. El corazón me dio un vuelco, y me quedé un poco atrás. No me pareció buena idea correr hacia los gritos.

Más adelante, otro grito horrorizado atravesó el aire. Ninguna podía ver lo que ocurría, pero sonaba brutal.

Estaba claro que las princesas nos habían tendido una trampa. A mi alrededor, las demás fae comunes se detuvieron donde comenzaba la niebla, y apenas conseguía distinguir sus siluetas.

—¿Qué demonios está pasando? —preguntó alguien cerca de mí—. ¿Qué se supone que tenemos que hacer aquí?

Nadie, incluida yo, parecía tener la respuesta, pero el tiempo se acababa. Si esperaba demasiado, no tendría oportunidad de recuperar terreno, y ya me parecía que había perdido la carrera. Tenía que vencer al menos a una de las princesas para pasar a la siguiente competencia, y todas me llevaban mucha ventaja.

Pensé en las opciones que tenía. La niebla se extendía por todo el bosque. No iba a poder rodearla.

Las pociones no servían. Gas, niebla, antidolor...

¿Tal vez podría trepar a un árbol?

En ese momento, oí el canto tenue y lastimero de la bean nighe. Me acerqué al sonido y la encontré de pie junto al arroyo. Ella me miró fijo, con los ojos negros como el carbón y la piel plateada como si estuviera bañada por la luz de la luna. Su belleza sobrenatural me dejó sin aliento.

Ella se dio la vuelta y se metió en la niebla... una mancha de oscuridad en la nube que me rodeaba.

El viento aullaba con fuerza a nuestro alrededor, ahogando el canto de la bean nighe. Cuando levanté la vista, vi que el viento arrancaba la nieve de los árboles y agitaba las ramas. El vendaval helado barría también la niebla. Pero a su vez, el viento arrastraba consigo los sonidos del tormento. Los gritos flotaban entre las ramas.

¿Esto había sido obra de la bean nighe?

Cuando la niebla se disipó, alcancé a ver a cuatro fae heridas y se me revolvió el estómago. Una de ellas yacía desplomada en medio del camino, sujetándose el tobillo derecho. Se me entrecortaba la respiración a la vez que sentía ganas de vomitar. Le habían arrancado el pie de cuajo y la sangre manchaba la nieve a su alrededor. Su rostro estaba gris por la conmoción.

—Por los dioses —dijo una mujer que estaba a mi lado.

Mi mirada pasó a la otra concursante que se retorcía en la nieve manchada de sangre. Le faltaban los dos pies, y las piernas terminaban con unos muñones ensangrentados.

Me quedé mirando con horror. Este lugar, esta gente, eran unos salvajes de terror.

Las corredoras que me rodeaban gritaron espantadas.

Las princesas se pararon justo detrás de las corredoras heridas, recuperando el aliento. Tal y como había predicho, la carrera inicial las había agotado por completo.

—Malditas psicópatas —murmuré. Quería correr, pero aún no sabía cómo funcionaba la trampa. Y el hecho de que las princesas siguieran allí, vigilando, me indicaba que aún no había terminado.

Escudriñé el suelo ensangrentado, intentando averiguar qué les había cortado las piernas. Tardé unos segundos en notar que había un tenue brillo en el aire, una línea estrecha que cruzaba el camino. De ella goteaban unas gotas rojas de sangre, unas gotas redondas perfectas, de rojo sobre blanco, como bayas de acebo caídas en la nieve. Las princesas habían puesto una especie de alambre mágico, afilado como una cuchilla.

Los gritos de dolor aún se oían en medio del frío.

Con un quejido, me incliné, tomé una rama delgada y la lancé contra el alambre. La madera se partió en dos y oí a las princesas reírse a carcajadas al otro lado.

—¿Les parece divertido? —grité—. ¿Les gusta herir y desfigurar a la gente? —Me di la vuelta—. ¡Pusieron un alambre filoso!

A mi alrededor, las demás fae empezaron a insultar a las princesas a los gritos.

Las princesas se callaron, y a Moria se le borró la sonrisa. Se dio la vuelta y se alejó dándole pisotones a la nieve. La vi empezar a trotar de nuevo, aunque su paso lento indicaba que estaba cansada de la corrida anterior.

Podía saltar por encima del alambre y ya, pero no sabía si todas me habían oído. ¿Quería cincuenta millones? Claro que sí, demonios. Pero ni siquiera esa cantidad de dinero valía cargar con una tonelada de miembros amputados en mi conciencia.

Vi una roca musgosa al borde del camino. La tomé, me acerqué unos pasos y la lancé contra el alambre. Este se rompió con un fuerte crujido.

Empecé a correr a toda velocidad, esperando que no hubieran puesto otros. Mientras corría, iba escudriñando el suelo, atenta a si veía el brillo tenue de algún alambre.

Más adelante, las princesas parecían fatigadas. Empezaba a ganarles terreno. Cuando salimos del bosque, no estaba a más de cinco metros de ellas. A toda velocidad, agité los brazos y pasé a la princesa más rezagada, una belleza delicada de piel oscura que jadeaba tremendamente. Pasé junto al cadáver destrozado de una fae de cabello blanco, a la que le habían arrancado la cabeza, manchando la nieve de color granate.

Más adelante, una princesa pelirroja atravesaba con sus largas garras a otra fae común, desgarrándole el pecho.

Maldita sea.

Pero yo seguía avanzando más rápido, alcanzando a las princesas. Podía oírlas jadear.

A unos trescientos metros, estaba la línea de llegada. Con un último esprint, podría pasarlas a todas. Esquivé a otra, y fui acercándome a Moria.

Pero cuando acorté distancias, ella se volvió para mirarme. Su codo me golpeó el pecho con una fuerza que me hizo caer de espaldas. Me levanté con dificultad, pero otro pie me alcanzó por el costado. Algo se quebró, el inquietante ruido de un hueso que se rompía...

Ay, *mierda.*

Fue una sensación extraña, no me dolió de inmediato, pero después un dolor punzante me atravesó como una lanza. Al empezar a correr detrás de las princesas, se me desgarraba el costado. Más adelante, Moria cruzaba la línea de llegada, con el cabello bordó ondeando a sus espaldas y los brazos en alto.

Avancé tambaleándome, intentando correr.

El dolor se apoderó de mi pecho, y me costaba respirar. Tosí, y salpiqué la nieve con sangre. Miré con horror las gotas rojas.

Me habían perforado un pulmón.

Me tambaleé hacia delante, escupiendo sangre tibia al suelo. Jadeante, miré las gradas a lo lejos y a las princesas que subían trotando la colina hacia el castillo.

Estaba a punto de perder.

Más adelante, oí a una mujer gritar:

—¡No puedes correr con un agujero en el pulmón!

Avancé a los tropezones, sujetándome el costado. Faltaban trescientos metros para llegar al castillo, que se alzaba por encima del paisaje, pero ya no podía caminar, y mucho menos correr.

Metí la mano en el bolsillo, buscando los frascos de magia que Torin me había dado. ¿Quería correr hacia una nube de gas? Por supuesto que no. ¿Era la única forma de superar esta prueba y acercarme a mis cincuenta millones? Probablemente, sí.

Temblando, metí la mano en el bolsillo y saqué uno de los frascos, mirando aturdida la tenue luz anaranjada que brillaba entre mis dedos.

Justamente como Torin me había dicho que *no* hiciera, lo lancé por delante de las princesas que habían tomado la delantera.

El frasco explotó y una neblina naranja se esparció por el aire.

Incluso desde aquí, el gas ardía muchísimo y respirarlo con una costilla rota y un pulmón herido era una agonía cegadora que me enloquecía.

A juzgar por los gritos que se oían delante de mí, era peor a solo seis metros de distancia.

Por fortuna, tenía otro frasco con el que no sentiría nada.

Metí la mano en el bolsillo y saqué la poción contra el dolor.

Temblando, tragué el contenido, una mezcla algo nauseabunda de hierbas medicinales y un dulzor empalagoso. Cerré los ojos, sintiendo el calor que se esparcía por mi pecho, y el dolor desapareció de inmediato.

Más adelante, las corredoras se habían detenido y caído al suelo en medio de la nube de veneno.

Empecé a moverme de nuevo, no a toda velocidad, sino poniendo un pie delante del otro. Me corrían lágrimas por las mejillas mientras me arrastraba por la nube rosada. La bruma se disipó y las demás fae, las que tenían dos pulmones sanos, volvieron a sobrepasarme. Avancé arrastrando los pies, intentando mantener el ritmo, acercándome al castillo negro en la cima de la colina y a los periodistas que me esperaban.

Una princesa de pelo negro azabache me pasó por al lado y me lanzó una mirada fulminante, pero parecía demasiado cansada para atacarme.

Una a una, las demás concursantes pasaron por la línea de llegada, mientras alguien gritaba sus nombres con voz atronadora. Sonaba una trompeta y el público gritaba.

Mis pies golpeaban la tierra helada, y mis ojos se dirigieron a las gradas.

El rey estaba sentado tranquilamente en un estrado, con sedas de color granate encima de él, una corona de plata en la frente, y rodeado de guardias.

Aunque no podía sentir el dolor del pulmón perforado, tenía la respiración áspera. Sibilante. Estaba mareada por la falta de oxígeno.

Una gota de sangre cayó en la nieve desde mis labios, pero parecía muy lejana, cubierta de sombras.

Una oscuridad me nubló la vista por completo y me desplomé sobre el hielo. Como si viniera de lejos, oí al presentador gritar:

—¡La única fae común que pasa a la siguiente ronda!

16
AVÁ

Cuando abrí los ojos, alguien me cargaba. Me llevaban unos brazos fuertes, y mi cabeza descansaba sobre el pecho de un hombre. Tenía un aroma agradable, a bosque antiguo, con un ligero rastro de arroyo de montaña.

Unos gritos lejanos flotaban en el aire. No eran agónicos, como antes. Eran eufóricos. ¿Había perdido?

Estos pensamientos flotaban como semillas de diente de león en el viento, porque la poción contra el dolor empezaba a desvanecerse. Lo que había sido un dolor distante pasó a ser intenso y atroz.

Tosí, y la vista se puso blanca.

Sentí un aliento tibio en la cara, y una voz tenue me susurró al oído:

—Te pondrás bien. Te tengo.

Ese timbre sonoro... Lo reconocí, pero no podía ser Torin, ¿verdad? Abrí los ojos, y la vista borrosa se centró en un rostro perfecto: unos pómulos bien definidos por las sombras, unos ojos claros que miraban al frente.

—¿Torin? —pregunté con la voz áspera.

—No hables —dijo él—. Te golpearon, tal y como me temía. Estás muy malherida.

Intenté formar las palabras para preguntarle si seguía en carrera por los cincuenta millones, pero mi siguiente respiración fue como tragar trozos de vidrio.

En ese mismo momento, empecé a pensar que tal vez esto no valía ese dinero. Tal vez todo esto era otra pésima decisión en una vida de pésimas decisiones.

La mirada de Torin se posó en mi rostro, y si no lo conociera, diría que las arrugas de su frente eran de preocupación por mí. Eso me hizo pensar que quizás yo estaba a punto de morir, y él a punto de perder su plan maestro.

Cuando Torin me apoyó una mano en la mejilla y su piel entró en contacto directo con la mía, ya podía sentir su magia deslizándose sobre mí. En voz baja, murmuró en la lengua de los fae, un susurro tenue e hipnótico que me hacía vibrar la piel. Había algo rítmico en su forma de cantar; su piel brillaba con magia. Era fascinante, me recordaba al redoble de unos tambores, a fogatas ardientes bajo un cielo estrellado.

Sus ojos se clavaron en los míos, y bajó la mano desde mi mejilla hasta mi pecho, justo entre mis senos. El corazón se me aceleró. Si las circunstancias fueran diferentes, si no supiera que todo esto es falso y mi vida no fuera un completo desastre, me enamoraría de este hombre sin dudarlo.

Y con cada palabra tenue que él pronunciaba, con cada leve roce de sus dedos, el dolor empezaba a disminuir y mis músculos se iban suavizando y relajando. Sentía como si el rey seelie tuviera el control absoluto de mi cuerpo, orquestando mi sanación como un artista. Y eso no me generaba tanto rechazo como debería.

Me pregunté si Torin podría oír el latido de mi corazón, porque la magia que él poseía tenía un toque inquietantemente sensual, que me hacía sentir el cuerpo pleno, aunque apenas me tocara.

Bajó el rostro y me recorrió los ojos con su mirada. Me estudiaba de nuevo, atento a las reacciones de mi cuerpo. No solo me estaba quitando el dolor, sino que su magia fluía *dentro* de mí. Desde el punto en que su mano entró en contacto con mi cuerpo, unos zarcillos de calor entraron en mi pecho, adentrándose en lo más profundo de mi ser.

En mi mente, aparecieron imágenes de Feéra y, luego, sin que las invitara, imágenes de cómo sería él con el torso desnudo, cazando en el bosque. No cazando para matar, sino cazando sexo, para hacer gemir a las mujeres y llenarlas con el poder que extraía de la tierra.

Por los dioses, su poder era *salvaje*, como alimentarse de la tierra misma...

Cerré los ojos, cada vez más consciente de mi ropa mojada contra la piel, pegada a mi cuerpo, y tuve la inquietante sensación de que quería arrancármela, que me viera desnuda, que usara su boca en vez de las manos... una verdadera fiesta *seelie*.

Pero me negué a aceptar el dolor que se iba formando en mi interior, porque ya no iba a volver a enamorarme de un imbécil.

Andrew. Piensa en Andrew. Sin embargo, en los ojos de mi mente, solo podía ver a Torin rasgándome la ropa interior, abriéndome las piernas y tomándome fuerte y rápido contra un roble hasta que olvidara mi nombre.

Maldita sea, solo había estado con él un día, y eso alcanzó para caer bajo el hechizo de un hombre hermoso. ¿Y la promesa que me había hecho a mí misma?

Apretando los dientes, me incorporé y le quité la mano de encima.

—Ya basta —dije, recuperando el aliento. Me tapé el pecho con las sábanas como si estuviera desnuda, aunque seguía totalmente vestida. Mientras intentaba controlarme, mi voz sonó furiosa. Imperiosa, diría.

Torin arqueó una ceja, sorprendido.

—No había terminado.

—Ya me siento bien. Puedes alejarte de mí. —Señalé la puerta con un gesto de la cabeza—. Necesito dormir, gracias.

Nunca en mi vida había sonado tan correcta, como una bibliotecaria irritada en un convento. Maldita sea. Tal vez él tenía razón cuando dijo que yo era sumamente crítica.

Recordé nuestra conversación, esa en la que me había burlado de él porque no le gustaban las fiestas. Pero, ¿quién era la mojigata ahora?

Él lo había descrito: *Una verdadera fiesta seelie.*

Y ahora entendía perfectamente lo que quería decir.

Me desperté sobre unas sábanas suaves y limpias y respiré hondo. Una brisa fresca susurró sobre mi piel. Shalini estaba sentada en un sillón de seda, bañada por la luz del sol.

Me miró y se le iluminaron los ojos. Cerró de golpe el libro que tenía entre las manos.

—¡Te despertaste!

Me toqué el pecho y paseé la mirada por los libros de la pequeña habitación. Me habían llevado de vuelta a la recámara donde había dormido la noche anterior. Inspiré profundamente, aliviada al comprobar que el dolor casi había desaparecido, y luego me estremecí un poco, por los magullones que tenía por encima de las costillas.

—Creo que estoy mejor.

—Espera un momento —dijo Shalini, levantándose—. Puedes hablar con el médico especialista. —Se dirigió a la puerta y le hizo señas a alguien.

Unos segundos después, Torin entraba en la habitación, y su mirada penetrante se posó en mí. Tragué saliva.

—Aún no me has dicho si pasé de ronda —señalé.

—A duras penas —dijo él—. Dos costillas rotas y un pulmón perforado. Estabas al borde del colapso cuando cruzaste la línea de llegaste. Podrías haberte asfixiado o desangrado. —Arqueó una ceja—. La última en pasar de ronda. Apenas cruzaste la línea a tiempo, pero lo lograste.

—Ay, gracias a los dioses —dije, soltando un suspiro largo y lento.

Torin se sentó en la cama junto a mí, y sentí que el colchón se hundía con su peso.

—Dime si algo te duele si lo toco.

Ay, por los dioses. Ahí va mi moderación.

—Bueno... —dije lentamente, sin saber si con eso terminaría en una especie de espiral de lujuria no deseada. Empecé a incorporarme, apoyándome sobre los codos, pero él levantó una mano y me indicó que me quedara acostada.

Torin retiró las sábanas y me miré la camiseta empapada de sudor. Él me rozó con los dedos las costillas del lado derecho. Se le formó una arruga de concentración en el entrecejo.

—¿Te duele? No me dejaste terminar de curarte por razones que, a decir verdad, me encantaría analizar.

A mí no.

—Ahí sí me duele —dije con una mueca cuando me tocó las costillas por debajo del seno. Él evitaba ser brusco, pero igual sentí una punzada en el pecho—. ¿Estás estudiando para ser médico o algo así?

—En Feéra, el que tiene la magia más fuerte es el mejor médico, y yo tengo la magia más poderosa de todos los fae de este reino. La habrás sentido.

—¿Qué les pasó a las mujeres con los pies cortados? —pregunté.

—No lograron cruzar la línea de llegada a tiempo, así que se recuperarán en el pueblo fae común del que hayan venido.

Las cejas se me dispararon hacia arriba. *Qué fría crueldad.* En cuanto consiguiera mi dinero, me largaría de este lugar. Siempre había desconfiado de los demás fae, pero nunca había llegado a ver lo aterradores que eran.

Torin hizo una pausa; un destello malvado le ardió en los ojos.

—A menos, Ava, que haya alguna razón por la que tengas miedo de que esté cerca de ti.

—No digas tonterías. Es que no necesito que se preocupen por mí, solo eso. —Otra vez mi voz de chica correcta, que jamás había usado en la vida. Ahora era una institutriz victoriana sumamente reprimida.

Él me apoyó una mano en el costado y su magia se adentró en mí. Un destello de calor se encendió en mi interior e inspiré con fuerza. Me invadió una sensación relajante, como si agua tibia corriera por mi piel y me relajara los músculos. Entonces su magia me recorrió por dentro, haciendo que mi cuerpo se sintiera pleno y maduro con su esencia, su poder primigenio...

Era una sensación divina que hacía que mis miembros se sintieran lánguidos y relajados, y a pesar de lo que dijera la institutriz victoriana, mi verdadero yo no quería que terminara.

—Ya deberías estar curada por completo. —Torin me dedicó una media sonrisa y luego me quitó la deliciosa magia de mi interior—. Me impresiona que te hayas arrastrado hasta la línea de llegada.

Asentí, y una imagen oscura se desplegó en mi mente: las dos mujeres con los pies amputados, gritando en charcos de su propia sangre.

—Fue un buen día para los dos, entonces. Yo aún puedo ganar el dinero y tú tienes una posible reina, sin ningún enredo emocional problemático.

—Tal como debe ser para un rey. —Era imposible interpretar su expresión.

—Lo de hoy fue una salvajada —dije—. ¿Has pensado alguna vez en prohibir las mutilaciones y los intentos de asesinato durante las pruebas?

Él apartó la vista y se quedó mirando por la ventana.

—Esa no es la forma de ser de los fae, Ava. No intentes cambiarnos solo porque has vivido unos años entre humanos insípidos, con toda la comodidad que su cultura implica. Somos criaturas de la cacería salvaje, y jamás podremos ser algo distinto. Si crees que lo nuestro es excesivo, es porque vives una mentira sobre tu verdadera naturaleza. —Se le curvó la comisura de los labios—. Porque en el fondo, eres tan despiadada como el resto de nosotros.

Se levantó y se dirigió a la puerta sin más. Miré a Shalini con ojos nerviosos y, por primera vez, vi que ella también estaba intranquila. Se encogió de hombros con aire despreocupado, pero por el ceño fruncido me di cuenta de que se preguntaba si nos habíamos equivocado en venir aquí.

Torin se detuvo en la puerta y me miró.

—Volveré a buscarte más tarde. Debemos prepararnos. Porque si la competición de hoy te pareció una salvajada, no sé si sobrevivirás a lo que viene después.

Me envolvió una niebla de pavor helado, y me aferré a las mantas.

Al menos ya no pensaba en Andrew.

17

AVA

Cuando me desperté, ya era la tarde. El sol vespertino entraba por la ventana, llenando la habitación de una luz de tono meloso. Bañaba de oro los viejos lomos de los libros y la manta de piel negra, y proyectaba unas largas sombras de azul oscuro sobre el suelo de piedra. Aquí, incluso la luz parecía encantada: más intensa, más vibrante.

Me levanté despacio de la cama y me pasé la mano por las costillas para ver si me dolían. El dolor se había desvanecido y, como mucho, se sentía como un magullón a punto de disolverse.

Bajé la vista y me indigné un poco al ver que aún llevaba la ropa de correr. Pero bueno, no había nadie para juzgarme.

Parpadeando, entré en la habitación grande y encontré a Shalini acostada en la cama, leyendo un libro. Me miró con una sonrisa.

—Vaya, ya estás mejor.

La cabeza me latía como si tuviera resaca.

—Casi. —Me eché en la cama junto a ella, cerrando los ojos. Parecía que el rey Torin habría logrado sanarme, pero me había dejado muy doloridos los músculos y el cartílago entre las costillas—. ¿Has tenido novedades sobre la siguiente prueba? Torin dio a entender que sería más salvaje que la primera.

—Mierda. No, no he oído nada. Pasó Aeron a traer comida, nada más.

Me hizo ruido el estómago y me incorporé. Junto a la puerta, había una pequeña mesa de madera cargada de fuentes plateadas tapadas con campanas.

—Hay pollo y una especie de ensalada de hierbas con flores —dijo Shalini, que agregó—: Me sorprendió lo sabrosa que es.

Apoyé los pies en el suelo, me acerqué a la mesa y quité una de las campanas. La comida tenía un aspecto exquisito, y la ensalada era un descontrol de tonos primaverales y de atardeceres: verde, violeta, zanahoria, amarillo canario y ciruela. Tomé un plato de la mesa y fui a un escritorio para comer; luego me metí en la boca una florcita amarilla, aderezada con una vinagreta de naranja de sabor ácido.

En el fondo de mi mente, danzaba la preocupación.

Espero que Torin me mantenga con vida hasta que esto termine.

Cuando terminé de comer, entré en el baño y abrí el grifo de la bañera de cobre. Afuera, un refulgente atardecer carmesí teñía el cielo y le daba un tinte rojo a la nieve. Me quité la ropa sucia y sumergí los pies en el agua caliente.

Me metí en la tina, y la piel adoptó un tono rosado a medida que me envolvía el vapor. Este no era mi lugar. Incluso las piedras oscuras del castillo me hacían sentir eso. A pesar de mis orejas y mis genes, era humana hasta la médula: la hija de Chloe.

Al cerrar los ojos, seguí viendo imágenes de la sangre que se filtraba en la nieve.

Aparté esos recuerdos de mi mente, estiré los brazos por encima de la cabeza y dejé que el agua caliente corriera sobre mí, recordando la sensación de la magia de Torin. Ahora podía sentir que se aflojaban los nudos y la opresión de mi pecho. La piel que cubría las costillas estaba intacta, sin magullones. El toque sanador de Torin había sido milagrosamente eficaz.

Tomé una barra de jabón y me la pasé por el cuerpo. Olía a árboles de hojas perennes y tierra mojada por la lluvia.

Me quedé en la tina hasta que el agua empezó a enfriarse. Me sequé el pelo y el cuerpo con una toalla. Aún húmeda, fui a la habitación principal y descubrí que ya no estábamos solas. Torin había vuelto y se había echado en un sillón aterciopelado.

—Tenemos que entrenar. —Sacó una petaca plateada y bebió un sorbo—. ¿Estás lista?

Me quedé mirándolo.

—¿Te parece que estoy lista?

—Vístete, Ava. Tratemos de que la próxima prueba salga mejor que la de hoy. —Señaló con un gesto de la cabeza una pila de ropa blanca, doblada con cuidado sobre la mesa donde había estado la comida. Se levantó de la silla y se guardó la petaca en el bolsillo—. A ochocientos metros al este del castillo, encontrarás un claro en el bosque. Un cementerio. Busca las antorchas encendidas entre las ramas de los árboles y me encontrarás allí.

Cuando la puerta se cerró tras él, me volví hacia Shalini, aún aferrando mi toalla, y fruncí el ceño.

—Qué mandón es.

—Bueno, es un rey fae con un poder mágico casi ilimitado, así que... creo que es de esperar.

—Pero ¿un cementerio? —Tomé la ropa de la mesa—. ¿Dijo qué haríamos?

—Ni una palabra. —Shalini saltó de la cama y se puso una capa—. Pero voy contigo.

—¿Por qué no te quedas aquí, que no hace frío? —Conocía a Shalini lo suficiente como para soltar la toalla y empezar a vestirme.

—Porque vine aquí en busca de aventuras, y no las conseguiré leyendo libros. Aunque algunas de las partes obscenas están muy bien. —Sonrió alegremente.

Me puse unos pantalones blancos, una camisa que hacía juego y una capa de lana blanca. La ropa perfecta para confundirme con la nieve.

—Si muero durante la próxima prueba, ¿crees que podrías quedarte e invitar a salir a Aeron?

—¿Y si mejor no lo averiguamos?

Fruncí el ceño ante la capa roja de Shalini, pensando en la reina inglesa medieval que en pleno invierno había escapado de un asedio a su castillo camuflada de blanco.

—Si quieres venir conmigo, tienes que vestirte como yo. Toda de blanco. No creo que deban vernos; si no, las princesas volverán a patearme las costillas.

Shalini ladeó la cabeza, y la luz cálida se reflejó en sus ojos café oscuro.

—Escucha, Ava, todo esto da mucho más miedo de lo que imaginaba, pero creo que tienes que dejarte llevar. Después de todo, eres fae. Vi videos de Moria y las princesas en internet. No tienen piedad. Debes ser tan salvaje como ellas.

—Bueno, hoy envenené a un montón de gente con gas mostaza o algo así —admití—, lo cual es algo que nunca esperé hacer en la vida.

–Bien. Si vuelven a atacarte, lánzate a la yugular. Porque es una cuestión de ellas o tú, y te prefiero *mucho más* a ti.

Abracé con fuerza mi capa mientras nos adentrábamos en el paisaje oscuro y el viento helado me punzaba las mejillas. Shalini había encontrado una capa blanca varias tallas más grande y caminaba con dificultad a mi lado. Oía el castañeteo de sus dientes, pero no se quejó ni una sola vez. Entramos en el bosque anochecido. La luz de la luna corría por las ramas heladas de los árboles.

–¿Qué crees que estén haciendo las princesas? –preguntó Shalini.

–Dándose un baño caliente, quizá. Y bebiendo champagne. Celebrando su victoria.

–Y eso es lo que haremos después de tu próxima victoria –dijo ella, con entusiasmo.

Había un dejo de alegría fingida en su voz, y aprecié el esfuerzo. Me di cuenta de que estaba preocupada por el desenlace de todo esto, pero hacía todo lo posible por no demostrarlo.

Entre los troncos oscuros parpadeaba una luz cálida. A medida que nos acercábamos, eché un vistazo a las cintas y adornos que decoraban las ramas de los árboles. Me detuve a ver uno de los objetos centelleantes que se mecían con la brisa. Era un pequeño marco dorado que rodeaba el retrato de una mujer hermosa con un vestido de cuello alto. Había joyas, baratijas y llaves antiguas que se balanceaban colgadas de cintas de seda, y unos juguetes diminutos dentro de pequeñas esferas. Unas caras de niños adornaban algunos de los pequeños retratos. No sabía qué significaba todo eso, pero un escalofrío me atravesó la espalda.

Me detuve de nuevo para mirar uno de los pequeños retratos ovalados que se retorcían con el viento. En el dorso, alguien había grabado unas palabras:

¡Márchate, oh, niño humano!
A las aguas y lo silvestre
con un hada, de la mano,
pues hay en el mundo más llanto
del que puedes entender.

La tristeza de las palabras me embargó por dentro y tardé un momento en darme cuenta de que las había visto antes, en un poema de Yeats titulado "El niño robado".

—¿Solo soy yo —susurré— o este lugar es espeluznante?

—No eres solo tú —susurró Shalini—. Un bosque lleno de imágenes de niños que cuelgan de los árboles es, sin duda, más espeluznante que la mierda.

—Ava... —La voz grave de Torin flotó en el viento, y se me aceleró el corazón.

Seguí las luces parpadeantes, hasta que cruzamos un claro. Unas lápidas torcidas sobresalían de la tierra nevada como dientes monstruosos. Cuando miré más de cerca, vi que tenían tallada una calavera encima de las inscripciones.

Alrededor del claro, colgaban cintas y baratijas de los árboles, y algunas tintineaban con el movimiento del viento. A la sombra de un roble, Torin estaba de pie junto a Aeron. Dio unos pasos hacia delante, y vislumbré que llevaba dos estoques en las manos.

Me abracé a mi capa como si fuera un escudo.

—¿Qué hacemos aquí?

Levantó uno de los estoques y me lo lanzó. Este salió disparado por el aire y me lancé hacia delante para tomarlo por la empuñadura, sorprendida al ver que era mucho más pesado de lo que estaba acostumbrada. Era una espada de verdad, no de las modernas con las que había practicado.

—No te interesan mucho los protocolos de seguridad de la esgrima, ¿verdad? —señalé.

Torin marchó por la nieve, pasando por encima de una pequeña lápida que, por su tamaño inquietante, podría pertenecer a un niño. Cruzó a una zona abierta, un círculo despejado de nieve ubicado entre las lápidas. En otro tiempo, tal vez hubiera allí un templo o una iglesia.

La comisura de sus labios se curvó al decir:

—Sé que eres campeona de esgrima, pero eso fue con los humanos. Necesito ver cómo compites al nivel de los fae.

Me contuve de afirmar que por supuesto que era buena, porque la verdad era que los humanos no eran tan rápidos, fuertes ni diestros como los fae. Quizás él tenía razón.

—¿Por qué estamos en un cementerio en el bosque? —pregunté—. ¿Qué es este lugar?

—Estamos aquí porque nunca viene nadie. —Torin se acercó un poco más, al acecho, grácil como un gato. Cuando estuvo a pocos metros de mí, se detuvo y miró a su alrededor, como si notara por primera vez lo extraño del lugar—. Es el viejo cementerio de las curiosidades de antaño.

—¿Las curiosidades? —preguntó Shalini—. ¿Qué significa eso?

—Así llamábamos a los humanos que traíamos aquí. Hace mucho tiempo, los fae ricos traían jóvenes curiosidades humanas a nuestro reino y las criaban. —Se encogió de hombros—. Estaba de moda, hace cientos de años. —Me miró—. Tú te criaste entre humanos.

—Ustedes dos serían curiosidades —agregó Aeron—. Unas criaturas exóticas de otro mundo. Aunque, en rigor, una sea fae.

—No –dijo Torin, con los ojos fijos en mí–. Ava es una niña cambiada, por supuesto.

—Un momento –dije–. Entonces, ¿los fae... secuestraban a niños humanos?

—Estaban muy bien cuidados –suspiró Torin. Su mirada se posó en una hilera de lápidas pequeñas–. Bueno, al menos se *intentaba* cuidar de ellos. Los humanos son tan frágiles que nos dejan perplejos. Mueren con mucha facilidad.

—Eran otros tiempos –agregó Aeron, encogiéndose de hombros.

Torin asintió y continuó:

—Y los fae que se llevaban a las curiosidades solían dejarles un niño fae a los padres humanos. Los niños cambiados solían ser fae dementes y salvajes que no servían para nada en Feéra. Pero con la magia del glamour se los hacía parecer bebés humanos, para que las familias no se enteraran. –Ladeó la cabeza mientras me miraba–. Como tú, Ava.

—A ver, yo no soy eso –espeté. *Mierda. No era eso, ¿verdad?*

Torin levantó su espada y la inspeccionó a la luz de la luna.

—Sinceramente, fue una verdadera mejora respecto de las relaciones entre fae y humanos de hace mil años, cuando les cortábamos los ojos y la lengua a todo humano que nos viera en el bosque.

—Es de lo más razonable, entonces. –*Qué lugar desquiciado...*–. ¿Podemos seguir con la esgrima?

Torin asintió y señaló un lugar a unos metros de él.

—Ponte ahí. –Miró a Shalini y a Aeron–. Quizá les convenga salirse del medio. Nos moveremos bastante.

—Bueno. –Me acerqué a él y alcé la espada fingiendo torpeza–. ¿Así está bien? Me confundo con facilidad, porque solo me he rodeado de curiosidades y no de gente de verdad. –La agité como a un matamoscas.

Shalini soltó una carcajada.

—Sinceramente —suspiró el rey Torin—, no sé si estás bromeando, así que te lo voy a explicar de todos modos. El objetivo es que no te claven la espada.

Me quedé mirándolo. Así no era la esgrima de competición que hacía yo, que no tenía nada de mortal.

—Perdón, ¿qué? ¿Cuáles son las reglas aquí? —Con el florete, la zona de ataque era el lamé, el chaleco que cubre todo el torso. Con la espada, el blanco era todo el cuerpo. Con el sable, era por encima de la cintura. El sable era un arma cortante, pero los golpes de florete tenían que ser con la punta. Estaba acostumbrada a seguir reglas muy específicas.

¿Con esta espada, en Feéra? No tenía idea de lo que estábamos haciendo.

—Ya te dije las reglas —dijo Torin, ladeando la cabeza—. Trata de que no te claven la espada. Y trata de clavármela a mí. Si lo consigues, ganas un punto.

Bien. Empecé a caminar hacia él. Torin tenía la espada en la mano, despreocupado, y cuando me acerqué lo suficiente, golpeé mi espada contra la suya.

—No apuntes a mi espada —dijo—. Tienes que darme un espadazo.

No esperé a que terminara. Tan rápido como pude, le pasé la punta de la espada por el pecho y le hice un corte de veinte centímetros en la capa.

El rey Torin dio un salto hacia atrás, mirándome fijo, y luego se le dibujó una lenta sonrisa en la comisura de los labios.

—Bien. —Atacó de inmediato.

Esta vez paré el ataque con fuerza y desvié su espada hacia el suelo. Entonces, antes de que él pudiera reaccionar, sujeté la empuñadura de su espada y se la arranqué de la mano. La arrojé, y salió patinando por la nieve helada. Di un giro y apoyé la espada contra la garganta de Torin, sin apretar mucho.

Está bien, no fue un movimiento de esgrima normal, pero esto tampoco era esgrima normal, y parecía que estas espadas eran de las medievales peligrosas, y no las livianas con las que yo practicaba.

–¿Cómo voy? –pregunté, arqueando una ceja.

Los ojos azules le ardieron en la oscuridad. Al cabo de un momento, él me devolvió la sonrisa.

–Parece que sí aprendiste algo entre las curiosidades. O te adaptas rápido. –Levantó la mano–. Aeron. Mi espada.

Aeron ya estaba parado junto al estoque. Con la punta del pie, lo levantó en el aire con un movimiento experto, y Torin lo atrapó sin problemas.

–Muy bien –dijo, apuntándome con el estoque–. Esta vez, sé contra quién estoy combatiendo.

Levantó el brazo izquierdo y me apuntó con el derecho. Yo hice lo mismo, acomodando los pies en la posición inicial, con el pie derecho en dirección a él. Torin avanzó, rápido como un rayo, disparando el estoque hacia mí. Lo esquivé y levanté el arma por encima de mi cabeza. Con un rápido giro, tiré una estocada y le clavé la espada en el hombro. Una puñalada pequeña, que atravesó la capa, pero me quedé mirando la herida, con el estómago revuelto.

–Perdón –dije.

Las armas que yo usaba para entrenar no estaban pensadas para ensartar a nadie, pero en Feéra por supuesto que hacían eso.

–No te disculpes –gruñó él–. Al mejor de siete.

–Ava, tres; Torin, cero –exclamó Shalini con un tono de regodeo del que no cabían dudas.

Esta vez Torin fue más cauto. Me rodeó con cuidado, dando estocadas y amagando, para poner a prueba mis reflejos. Esperé a que se estirara un poco de más, detuve el ataque y le hice un corte en la rodilla. Enseguida, Torin se apartó de un salto, maldiciendo por lo bajo.

—¿Alguna otra técnica de la que quieras que esté al tanto?

—Mantente con vida —me dijo con una sonrisa.

Empezó a rodearme de nuevo, amagando y probando. Mantuve mi estrategia defensiva, esquivando sus golpes y manteniéndome fuera de su alcance. Aunque él necesitaba que yo ganara, me di cuenta de que era competitivo como nadie. Torin quería igualar el marcador, y yo estaba más que dispuesta a hacérselo difícil.

—Muy bien. —Torin me miró con una sonrisa traviesa—. Probemos con un arma más. Aeron, lánzame una daga.

Aeron, que al parecer estaba preparado para este pedido, lanzó una daga corta a Torin. Este extendió la mano que le quedaba libre y la atajó.

—¿Y yo qué? —le dije—. ¿Puedo usar una daga también?

—¿Tu asesora trajo una para darte? —Torin seguía rodeándome, como un cazador con el ojo puesto en su presa.

—Habría traído una —dije— si alguien nos hubiera dicho para qué veníamos.

—Toma, Ava —gritó Shalini.

Por el rabillo del ojo, vi un arco plateado en el aire, y luego una daga se clavó en la nieve a mis pies.

Ahora, el combate empezó en serio.

Era evidente que el rey Torin estaba acostumbrado a pelear con dos armas, y yo no. Entre las "curiosidades", la esgrima era un deporte popular, pero se practicaba una versión moderna y con una sola espada. Ya de por sí esto era más difícil para mí, considerando que no estaba en una pista de esgrima y me tenía que mover en la nieve. Agregar a eso otra arma era sobrepasar los límites de mi capacidad. Igualmente, luché lo mejor que pude.

Me defendí bien, pero Torin peleaba con todo y me llevó hasta el borde del claro. En cualquier momento, iba a caer de espaldas sobre la hilera de tumbas de niños.

Cuando vacilé, él dio una estocada y yo no pude pararla. La punta de su estoque me rozó el hombro.

—Ahí tienes —dijo, ladeando la cabeza.

Molesta, levanté la espada y repliqué:

—Igualmente, pierdes por dos puntos.

Torin regresó al círculo y adoptó la posición inicial. Me lancé hacia delante para dar un ataque sorpresa, pero él estaba preparado. Con facilidad, atrapó mi espada entre su daga y el estoque, y me arrancó la espada de la mano. En un instante, ya me había rozado el otro hombro.

Apreté los dientes, sintiendo que la rabia iba en aumento. Pero no abrí la boca porque no soy mala perdedora.

—Tres a dos. —La satisfacción brilló en los ojos del rey—. Con el siguiente toque, empato.

Torin levantó la espada, y su sonrisita indicaba que se tenía plena confianza. Me daba la sensación de que él ya sabía lo que yo iba a hacer, que este punto final sería para él. Pero yo iba a hacer todo lo posible para que eso no pasara.

Alcé mi espada, y Torin avanzó de inmediato. Su estoque serpenteaba, pero yo no estaba acostumbrada a estar atenta también a una daga. Retrocedí, incapaz de observar las dos armas al mismo tiempo.

Su estoque intentó hacerme un tajo, y yo lo desvié. Él contraatacó, y yo salté a un lado para evitar que su espada me alcanzara. Torin me dio una estocada con la daga, pero esquivé el golpe e intenté darle con la mía. Por desgracia, Torin estaba preparado y desvió mi cuchilla con la empuñadura de su estoque.

—Así no vas a poder —dijo con arrogancia, haciendo caso omiso a lo cerca que había estado de fallar.

Cuando me estabilicé, él se abalanzó sobre mí y disparó su daga. Logré defenderme, atrapando la punta de su estoque con el guardamano del mío. Las hojas de las dagas chispearon al chocar una contra la otra.

Torin empujó, bajándome el brazo con el que empuñaba mi daga y llevando la suya hacia mi garganta.

—Ríndete —me ordenó, con una voz tenue y aterciopelada que me hizo recordar la sensación de su magia en mi interior.

—No. —El brazo me temblaba, y su daga se acercaba cada vez más. Iba a aprovechar su tamaño y su fuerza para marcar el punto final. Él lo sabía, y yo lo sabía.

Lo que él no sabía era que yo siempre buscaba ganar, y con más que una espada.

Levanté la pierna y le golpeé con fuerza la rótula. Se oyó un crujido inquietante, y el rey soltó las espadas.

Poco a poco, Torin se fue encorvando hasta quedar apoyado en una rodilla, con una expresión de dolor. El viento le revolvía el cabello, y me dio la impresión de que estaba tratando de controlarse.

Apunté mi espada a la garganta de Torin.

—Lo siento, querido. No hay reglas. Ríndete tú.

Sabía que le había dolido, pero al ser fae, sanaría con suma rapidez. Después de todo, no era como los humanos frágiles enterrados allí.

Torin me miró, serio. Poco a poco, sus labios se transformaron en una sonrisa encantadora.

—Parece que elegí a la persona perfecta.

Una risa aguda flotó en el viento frío; giré y vi que se había sumado una recién llegada.

Una risa aguda flotó en el viento frío; giré y vi que se había sumado una recién llegada: Orla estaba de pie entre las sombras, junto a un roble, con el cabello rubio a merced del viento.

Torin se levantó, sonriéndole con indulgencia. Sin embargo, cuando volví la vista para verla, ya se había ido, confundiéndose con la noche que nos rodeaba.

Me desplomé en la cama, con los dedos de las manos y los pies entumecidos por el frío. El fuego crepitaba en la chimenea, la única luz de la habitación. Bajo el calor de las mantas, mis músculos empezaban a derretirse.

El torneo de esgrima sería la prueba final, dentro de varias semanas. Pero como era la *única* fae aquí sin magia, Torin estaba decidido a asegurarse de que yo tuviera toda la ventaja posible en términos de destreza. Iba a entrenar con él todas las noches.

El día me había dejado agotada. Había sido, literalmente, más ejercicio del que había hecho en una semana en el mundo humano.

—¡Shalini! —grité—. Me duele todo el cuerpo.

—Cincuenta millones —me respondió ella.

Cierto. Buen punto.

Y cualquier otra cosa que Andrew y Ashley estuvieran haciendo, no sería ni la mitad de interesante que el día que pasé.

Esta noche, no me quedaba energía para buscar dragones en el cielo. Eché un vistazo rápido a las estrellas a través de las ventanas con parteluz, cerré los ojos y me quedé profundamente dormida.

18
AVA

En mi sexto día de entrenamiento con el rey, me dolían los músculos y ambos teníamos el cuerpo lleno de magullones. Desde que le di un talonazo en la rodilla, Torin dejó de contenerse.

Sola, me adentré en el cementerio sombrío, donde la luz de la luna teñía la nieve de plateado. Estaba aprendiendo a ignorar el frío y combatir sin la capa para poder moverme con más facilidad. Al entrenar, el esfuerzo me daba el calor suficiente.

Encontré a Torin solo en el claro del cementerio, con la capa a merced del viento. Como siempre, había traído dos estoques. En cuanto entré en el círculo nevado, me lanzó una por los aires. Me tomó desprevenida, y apenas conseguí atajarla por la empuñadura.

–Dame un minuto, Torin. –Molesta, tiré del botón de mi capa. Sabía que él intentaría atacarme por sorpresa, así que me la quité enseguida y la arrojé sobre la nieve a mis espaldas.

Torin se puso rígido, y su mirada recorrió mi cuerpo mientras observaba la ropa negra ajustada que llevaba debajo.

¿Me estaba mirando la figura? ¿A cuántas concursantes había mirado la semana pasada? Sin dudas, el rey era un poco mujeriego, y por eso no podía casarse de verdad. Mientras no fuera más que un acuerdo comercial, podría estar con todas las mujeres que quisiera, libre de culpa.

Sus ojos volvieron a encontrarse con los míos y yo avancé, abalanzándome sobre la tierra nevada.

Al chocar nuestras espadas, él mantenía la mirada fija en mí, y los ojos le brillaban con cierto entusiasmo. Me daba la impresión de que él lo estaba disfrutando, de que lo hacía sentirse vivo.

Y lo más extraño era que yo empezaba a sentir lo mismo...

Andrew me había hecho sentir segura. Pero ¿Torin? Él me hacía sentir como si estuviera parada al borde de un precipicio, a punto de caer, con el corazón acelerado y la sangre bombeando. Nunca había sentido semejante exaltación. ¿El problema? Era una emoción pasajera, una vela encendida que se consumiría enseguida. De nada servía detenerme en estos pensamientos, ni siquiera por un segundo. Estaba claro que el hombre no era apto para una relación.

De ninguna manera iba a someterme a más decepciones. Apenas me había recuperado del último desengaño.

El aliento de Torin formó una nube alrededor de su cabeza a medida que acercaba su estoque, casi rozándome la cintura. Su expresión era feroz y le centelleaban los ojos.

Retrocedí de un salto y casi me derriba una rama nevada.

Maldita sea.

Mi mente había divagado y Torin me había arrinconado contra el tronco de un árbol.

Bloqueé su ataque, y él empujó su espada contra la mía, inmovilizándome contra el árbol.

–Parece que te tengo justo donde quiero, mi niña cambiada favorita –dijo, curvando la comisura de los labios.

–¿Favorita? –Le devolví la sonrisa–. ¿Has olvidado que nos odiamos? Porque yo no.

–Pero Ava. –Su cara estaba cerca de la mía ahora; la luz de la luna y las sombras le esculpían los pómulos–. Es por el absoluto desprecio que me demuestras que es aún más excitante tenerte bajo mi control. –Su rodilla se deslizó entre mis muslos, y arrimó su rostro al mío. Los bordes de ambas espadas se me acercaban cada vez más.

»Es más excitante –susurró– si pienso en tu total desdén por mí.

Una llama feroz y competitiva se encendió en mi interior. Armándome de todas mis fuerzas, lo empujé para alejarlo. Pero ya me estaba cansando y tropecé un poco.

Torin intentó atacarme y yo lo paré, pero la fuerza de su golpe rompió mi espada. Me quedé mirando el arma quebrada tan solo una milésima de segundo antes de salirme de delante de él.

A estas alturas, lo conocía lo suficiente para saber que tenía un control absoluto de su espada y que nunca me atacaría si pensara que iba a hacerme daño de verdad. Pero el caso era que yo no quería perder.

Me desplacé hacia la derecha y lo sujeté con fuerza por la muñeca. Con una fuerte patada en la cara interna del muslo, lo hice doblarse, y le retorcí el brazo hacia atrás hasta que dejó caer el estoque en la nieve. Rápidamente él se soltó y giró, levantando los puños como si estuviéramos a punto de empezar a boxear.

–¿Vamos a pelear a puñetazos? –pregunté, arqueando una ceja.

–¿Por qué no? Aquí no hay reglas.

—Entonces, en Feéra, ¿está bien golpear a un rey?

—No, es un delito castigado con la pena de muerte. Pero no le contaré a nadie si tú no lo cuentas. Aquí, en este claro, no hay reglas. —Una sonrisa burlona—. Y como tu rey, te ordeno que juegues como yo quiero.

—No eres mi rey, pero de acuerdo. —Levanté los puños, sin saber lo que estaba haciendo. A decir verdad, me atraía la idea de un combate cuerpo a cuerpo con un alto rey de los seelie.

Justo lo que una persona necesita para olvidar una ruptura amorosa horrible.

Y tal vez me quedaba un *problemita* de agresividad que resolver.

Me abalancé y di el primer golpe. Él me bloqueó, una y otra vez, y sentí que mis nudillos estallaban contra su antebrazo.

Con una sonrisa diabólica, el rey me asestó un golpe, pero levanté el brazo y él me terminó golpeando cerca del codo. Hice una mueca a medida que el dolor me subía hasta el hombro.

Él oyó que se me entrecortaba la respiración y se quedó quieto. Se le desvaneció la sonrisa y bajó un poco las manos.

—¿Estás bien?

Le di un puñetazo en la mejilla y lo hice retroceder. Pero cuando su cara se acercó a la mía, otra vez me miraba con ojos exultantes.

—Se acabaron las contemplaciones, entonces.

—Sí. Soy una niña cambiada, demasiado salvaje para este reino, por supuesto. No tengo ningún sentido del decoro.

El viento jugueteaba con su capa, y los ojos le ardían con una luz helada en la oscuridad. Una sonrisa se dibujó en sus labios.

Volví a avanzar para golpearlo, pero él me sujetó la muñeca con fuerza y me torció el brazo. Ahora le tocaba a él retorcerme el brazo contra la espalda. La posición y el movimiento brusco dolían como mil demonios.

—Eres sorprendentemente hábil —me murmuró al oído—. Para ser una niña cambiada.

Apreté los dientes y repliqué:

—Resulta que tengo problemas de ira desde la noche en que te conocí. —Lo golpeé en la cara con la parte posterior de mi cabeza y él me soltó—. Y los hombres lindos son mi objetivo.

Agotada y magullada, giré hacia él.

—Otra vez. —Arqueó una ceja—. Otra vez dices que soy lindo.

En ese momento, el aire se volvió aún más frío, el hielo me caló hasta los huesos. Y por la forma en que brillaba el aire, no dudé de que eso fuera obra del rey. Pero ¿cómo iba a quejarme de que él usara magia después de declarar que no había más consideraciones?

Me obligué a moverme, intentando entrar en calor de nuevo, pero me envolvió una oscuridad que lo consumía todo.

Aturdida y desorientada, retrocedí dando tumbos, con el corazón latiéndome contra las costillas y el pánico inundándome el pecho. Mierda. Nunca había sentido tanta vulnerabilidad.

Pero en un momento, recobré el sentido. Al ser fae, siempre había tenido mucho mejor olfato que los humanos, pero esto... Detecté todos los olores de un kilómetro a la redonda: la corteza de los robles, las agujas de pino y los nidos de búho, el musgo helado, incluso el olor de la nieve. Y los sonidos: el castañeteo de mis dientes, el susurro del viento entre los árboles y las lápidas, y el sonido del corazón de Torin latiendo casi al mismo tiempo que el mío.

Y también sentía el olor de él, más intenso y terroso que el del bosque que me rodeaba, con unas tenues notas de un arroyo de montaña rocoso y cristalino.

Ahora no me sentía como una mera niña cambiada. Me sentía como una cazadora. Y sabía exactamente dónde estaba Torin, a unos metros de distancia, con el corazón que se le salía del pecho, igual que el mío.

Bloqueé el frío penetrante y me lancé hacia delante, golpeándolo en la cara de nuevo. En cuanto mi mano tocó su quijada, la magia se desvaneció y volví a ver los ojos salvajes de Torin.

Él me sujetó el brazo, me lo volvió a retorcer detrás de la espalda y me apretó contra el tronco de un árbol, con su enorme cuerpo pegado al mío. La corteza se sentía áspera contra mi cara, pero la euforia me encendió los nervios. Entrenar con Torin era adictivo de verdad.

–¿Qué es lo que te tiene enojado? –Intenté recuperar el aliento–. Tienes todo lo que se puede llegar a desear. O lo tendrás pronto.

–¿Y tú? –me susurró él al oído–. ¿Cuántas responsabilidades pesan sobre los delicados hombros de una bartender mal pagada?

Le clavé el talón en el pie y él me soltó. Lo empujé con la cadera y lo alejé.

Giré e intenté darle un puñetazo, pero él me atajó el puño, después me sujetó la otra muñeca, y me dejó inmovilizada, con ambos brazos por encima de la cabeza, contra el tronco del árbol. Justo donde me quería... otra vez. Sentí una tensión por dentro cuando su rostro se acercó al mío y sentí su aliento tibio en mi garganta. Con las muñecas apretadas contra el tronco y su cuerpo musculoso firmemente apoyado contra el mío, sentí que me embargaba el deseo. Aspiré su aroma terroso, y se me calentó la sangre. La cabeza de Torin se apoyó en mi cuello y lo oí inhalar con fuerza, consumiendo mi aroma. Se puso rígido, apretándose más contra mí, con la rodilla entre mis muslos.

Y esto era lo que yo sabía: entre humanos, olerse así era muy raro. Pero era un instinto fae, un instinto que yo no sabía que tenía. Y si bien era natural, en el fondo también era increíblemente íntimo.

—¿Piensas que no tengo responsabilidades? —Se me cortaba la respiración—. No sabes nada de mí —dije casi sin aliento, con el aire frío que me punzaba los pulmones.

Él volvió a levantar la cara, y nuestras nubes de aliento se entrelazaron en el aire helado de la noche.

—Ni tú de mí. Por eso eres perfecta, mi niña cambiada, y por eso ansío tu compañía. —Sus ojos se cerraron y sus labios rozaron los míos.

Aunque el roce fue ligero, hizo que un calor abrasador me recorriera por dentro. El efecto fue instantáneo, como si me derritiera sobre el hielo.

Con un breve suspiro, él me soltó y se apartó.

—Perdón —susurró—. No debería haber hecho eso.

Me quedé mirándolo, preguntándome qué diablos acababa de pasar. Me costaba respirar.

—No logro entender qué hacemos aquí. Tú eliges a la ganadora. ¿Por qué tengo que practicar tanto?

Él se dio la vuelta, adentrándose en las sombras, y se detuvo para volver a mirarme.

—¿Quieres que te muestre algo? ¿Una vista de mi reino? Tengo whisky.

—¿Y me contarás todos tus secretos y por qué estoy aquí?

Lo seguí por un sendero sinuoso que nunca habíamos tomado antes, cubierto de algunas zarzas. La luz de la luna atravesaba las ramas que teníamos encima, y la luz plateada bailaba sobre la nieve bajo nuestros pies.

Torin me esbozó una sonrisa irónica y dijo:

—Tal vez. Te diré una cosa, Ava. Tengo que asegurarme de que sobrevivas a este torneo. La prueba final puede ser sangrienta, y es mi responsabilidad asegurarme de que salgas con vida. No necesito cargar con más muertes. No quiero que me persiga el fantasma de Ava Jones. —Sacó una pequeña petaca de plata y bebió un sorbo–. Ya tengo suficientes espíritus vengativos encima.

Me reí con un resoplido, y el aire frío me punzó los pulmones.

–¿Y con cuántas muertes cargas?

–Si no elijo una reina –respondió con seriedad–, estaremos hablando de cientos de miles. Y en cuanto al pasado... –Me miró, con los ojos centelleantes en la penumbra–. Se espera que un rey participe en duelos en tiempos de paz, y lo he hecho. Se supone que un rey debe demostrar que tiene el poder para derrotar a demonios y monstruos, pero en realidad es para demostrar a los reyes de los clanes que ninguno de ellos debe atreverse a alzarse contra su alto rey. Así que he matado a nobles fae en duelos, he derramado sangre para mantener la paz. Aquí en Feéra, el alto rey es como un dios. Pero debo demostrarlo una y otra vez.

–¿Y una reina debería poder hacer lo mismo? –pregunté, tragando saliva.

Él me miró de reojo y respondió:

–Y por eso seguimos practicando, sí.

–Entonces, las muertes que te atormentan, ¿son las de estos duelos?

Sus ojos destellaron en la oscuridad cuando respondió:

–Hay una muerte que me pesa más que todas, y eso, mi niña cambiada, es un secreto que me llevaré a la tumba.

Por supuesto, ése era *el* secreto que yo necesitaba saber.

Torin me pasó la petaca y bebí un largo sorbo. El sabor a turba se deslizó por mi lengua.

Los árboles del bosque oscuro empezaron a espaciarse a medida que ascendíamos por una ladera empinada, y el viento soplaba con fuerza entre los árboles. En la cima de la colina, el terreno escarpado descendía en picada. La vista desde allí era impresionante: una región montañosa que rodeaba un valle con un lago congelado, plateado bajo la luz de la luna. La nieve espolvoreaba las laderas negras que rodeaban el valle, y de sus cimas sobresalían imponentes castillos cuyas ventanas brillaban a la distancia con una cálida luz.

Me quedé mirando la belleza de Feéra.

—Santos cielos.

Torin se subió a una gran roca y quitó la nieve para hacerme un lugar. Las ramas de roble se arqueaban sobre nosotros.

Tomé otro sorbo del whisky y se lo devolví.

—¿Tú eres responsable de todo esto?

Él señaló las montañas oscuras al otro lado del valle, donde un castillo negro parecía surgir de las laderas escarpadas.

—Allí está el reino de los gorros rojos. Hasta ahora, seis jóvenes príncipes gorros rojos me han desafiado en duelos.

—¿Y seis murieron?

—Cuatro murieron. Dos sobrevivieron, pero ya no podían luchar. Y en consecuencia, su padre, el rey gorro rojo, los ejecutó.

—¿Mató a sus propios hijos?

—No voy al reino de los gorros rojos a menos que sea absolutamente necesario. El rey es un espanto. —Señaló un castillo de piedra clara en las laderas a nuestra izquierda—. El reino de los dearg due. Antes, llevaban a humanos a su reino para beber su sangre. Ahora, se conforman con cazar ciervos y alces. —Señaló el lago cristalino—. Los clanes kelpie viven alrededor del lago, en campos pantanosos. Antes podían transformarse en caballos, aunque ya no lo hacen. No podemos ver los reinos de los demás clanes desde aquí.

—Es un lugar hermoso.

—Pero turbulento. En una época, los clanes estuvieron en guerra, y tienen poco en común hasta el día de hoy. Es mi trabajo mantenerlos unidos. Tener una reina, devolver la vida a Feéra, es absolutamente necesario. —Me volvió a pasar la petaca.

—¿Y si un día quieres casarte de verdad?

—No voy a querer.

Mis dientes comenzaron a castañetear, y Torin se inclinó hacia mí. Irradiaba calor a través de su ropa, y lo disfruté más de lo que me gustaría admitir.

—¿Sabes, Ava? —dijo él con voz tenue—. Pensé que eras un desastre cuando te conocí. Evidentemente. Pero no fue justo de mi parte juzgarte así si vivías en un mundo al que nunca perteneciste.

—Tampoco creo que pertenezca aquí —suspiré.

—Pertenecemos a la familia. Y no tenemos eso, ¿verdad?

En mi mente, crepitaban fragmentos de recuerdos de mi madre y la calidez que había sentido de pequeña. Siempre había querido estar lo más cerca posible de ella.

Me atravesó un rayo de soledad, y el frío me caló hasta los huesos.

Me levanté, frotándome los brazos para entrar en calor mientras buscaba mi capa en la nieve.

—Voy a volver. ¿Vienes?

—No, gracias. Me quedaré aquí un rato más.

Me puse la capa y le eché una última mirada a Torin antes de atravesar la nieve. Él estaba sentado, con los hombros caídos, en las sombras oscuras debajo de un roble. Los copos de nieve caían en espiral a nuestro alrededor.

El rey, el fae más poderoso que existía, parecía estar absolutamente solo.

19
TORIN

Estaba sentado en el extremo de una larga mesa, con la mirada puesta en la magnífica carpintería del salón y en las paredes carmesí que se alzaban por encima de las boiseries. De la caoba colgaban armaduras antiguas, y ante mí se extendía un piso a cuadros blancos y negros. En una gran chimenea de piedra, ardía un fuego que me provocaba un incómodo calor en la espalda.

Mi mirada se desvió hacia el espantoso tapiz de la pared: la conquista de los demonios por parte de los seelie, tres mil años atrás. En la imagen, el rey Finvarra sostenía una cabeza de demonio cortada, con astas doradas y ojos negros. Lo que la imagen no mostraba era que los demonios nos habían maldecido. Tras la conquista, nos condenaron a inviernos interminables hasta que aprendimos a mantenerlos a raya con el poder de una reina y un trono. Los demonios volvieron a maldecirnos con los Erlkings, que llegaban cada cien años para sembrar su muerte de hielo.

Y cuando intentamos hacer las paces con ellos una última vez, maldijeron a toda mi familia. Dejaron ciega a Orla. Sentenciaron a mis padres a muerte. Y me condenaron a matar a toda mujer que amara.

Incluso sin el tapiz de este salón, nunca podría olvidar a los horribles demonios astados y lo que le habían hecho a nuestro mundo.

Me serví una copa de vino, mientras mis pensamientos danzaban con la muerte.

Mis padres habían luchado contra los demonios en este salón principal del castillo, habían derramado sangre por las baldosas del suelo, pero esa no había sido la primera masacre ocurrida en este lugar. Más de mil años antes, el gran rey Trian, soberano de los seis clanes, había celebrado aquí un banquete con dos príncipes dearg due. Los jóvenes habían amenazado con recuperar sus tierras ancestrales, y Trian había prometido la paz. A mitad de la cena, los sirvientes mostraron la cabeza cortada de un toro negro, nuestro símbolo de la muerte. Y en veinte minutos, las cabezas cortadas de los dearg due pasaron a estar exhibidas en las puertas de nuestro castillo, clavadas en lanzas.

Y así era como un alto rey seelie conservaba la paz: manteniendo las barrigas llenas y cortando gargantas cuando era necesario. Pero nada de esa historia podía compararse con el horror de lo que me esperaba hoy.

Cuando los humanos de la televisión empezaron a desplegar sus equipos en el otro extremo del salón, ya se me revolvía el estómago.

Ni en un millón de años habría accedido a esto, a comer con cada una de las princesas y con Ava, si no hubiera sido una parte muy específica del contrato. Sin esto, el trato se cancelaba y yo iba a seguir con montañas de deudas. Los humanos querían filmarnos mientras comíamos juntos y transmitirlo a su nación de mirones. Lo llamaban "la parte de las citas" del programa.

Me acaricié la quijada, observando en silencio cómo instalaban el equipo delante de mí. Una vez, en una visita a Versalles en el reino humano, me enteré de que el rey Luis XIV permitía a todos sus cortesanos conocer su intimidad. Veían a su esposa dar a luz. Los veían dormirse y despertarse.

Al parecer, esto era lo que la gente quería: acceder a nuestro mundo, sentirse parte de nosotros.

Y por mucho que lo detestara, haría lo necesario para que los seelie estuvieran alimentados y felices.

Mis pensamientos divagaban mientras los humanos trabajaban afanosamente a mi alrededor, colocando luces y sujetando un micrófono a mi traje añil.

Volví a dar un sorbo al vino, con la mirada fija en la puerta. Los productores no me habían dicho con qué mujer me reuniría primero y, sin querer, esperaba que fuera Ava.

¿Le habrían contado qué pasaría hoy? Se suponía que debía cocinar para mí. Una ridiculez. Una reina fae no cocinaba; en la realeza teníamos gente que se encargaba de eso. Tampoco podía imaginar a Ava cocinando, teniendo en cuenta su afición por la comida para llevar.

Necesitaba dejar de pensar en ella. ¿Cómo podía ser que me pasara eso? ¿Y por qué? Estaba su aspecto, por supuesto: esa hermosa boca, los ojos grandes enmarcados por las pestañas negras, el cuerpo perfecto... el hecho de que se le acelerara el corazón cuando me acercaba a ella y se le sonrojaran las mejillas.

Pero muchas fae eran hermosas y no se habían instalado en mi mente como ella. Tal vez ansiaba a una mujer a la que no le importara una mierda que yo fuera el rey. Y también estaba el hecho de que parecía estar batallando consigo misma por el deseo que sentía por mí, lo que me daba ganas de hacerle las cosas más indecentes posibles, cazarla por el bosque hasta que ella cediera a la lujuria y se quitara la ropa...

Por supuesto, no podía desearla demasiado, así que reprimí esos pensamientos con firmeza y los hice a un lado.

Cuando se abrió la puerta al otro extremo del salón, me quedé mirando a Moria. Sin dudas, ella sabía cómo atraer las miradas.

Llevaba un vestido que parecía una columna de marfil. El cabello bordó, adornado con flores silvestres de colores vívidos, contrastaba con la piel blanca como la crema. Me quedé de pie viéndola cruzar el salón, y las cámaras enfocaron su andar elegante mientras avanzaba flotando cerca del suelo, como un espectro.

Se parecía mucho a su hermana... pero no podía permitirme pensar en eso ahora.

En lugar de comida, trajo una botella de vino. Moria se acercó a la mesa y tomó asiento a mi lado.

—Gracias por acompañarme, princesa. —Me senté derecho, tratando de no hacer caso a las cámaras que me apuntaban a la cara.

—Estoy encantada de volver a verte —dijo ella con una sonrisa—. Somos viejos amigos, ¿verdad? —Levantó la botella de vino—. ¿Sirviente? Ábrela.

Un sirviente salió de las sombras, blandiendo un sacacorchos.

—No ibas a esperar que cocinara, majestad. —Se apoyó en su mano, sonriéndome—. Qué ridículo.

—Solo esperaba tu agradable compañía. —Antes, estaba sumamente cómodo cerca de Moria. Pero ahora, solo sentía el filo de la cuchilla de la culpa.

—Bueno, eso no es todo lo que traje, por supuesto. El vino es de un viñedo que ha pertenecido a mi familia durante miles de años. Llegó a pertenecer a la reina Melusine, una de mis antepasadas.

—La historia de tu familia es en verdad noble. —Noble... y llena de una larga historia de beber sangre, lo que, para ser sincero, me hizo dudar en cuanto al vino, aunque no iba a poder rechazarlo.

—Me encantaría mostrarte nuestros castillos alguna vez, majestad. Y los viñedos de las tierras de los dearg due. —Moria sonrió—. Me han dicho que eres notablemente hábil en el tiro con arco a caballo. ¿Es cierto? Deberíamos ir de cacería.

—Me encantan los caballos.

El sirviente sirvió dos copas de vino y las apoyó en la mesa. Moria levantó la suya y se reclinó en la silla.

—La caza es mi deporte favorito —dijo ella—. Practico todas las tardes. Tengo un caballo absolutamente hermoso, Nuckelavee. A diferencia de las demás princesas, monto y disparo tan bien como un hombre fae. Soy bastante exigente al juzgar a otras mujeres, y me han dicho que tú haces lo mismo. Es por eso que aún no te has casado, ¿no? Tienes un gusto exigente.

—Tengo estándares muy altos. —*En concreto, no puedo estar cerca de alguien a quien ame.*

Entonces ¿estaba cometiendo un error con Ava?

No, ella había dejado muy en claro lo que pensaba de mí. Para alguien con un cargo como el mío, me daba una curiosa sensación de libertad estar cerca de alguien que no me respetaba en absoluto.

"Un imbécil guapo y rico... Es todo falso".

Moria me miró con ojos serios, y me di cuenta de que habría notado que no la estaba escuchado.

Levanté las cejas, alentándola a continuar.

—Por mi parte —dijo la princesa—, no adapto mi opinión sobre las destrezas que debe demostrar una persona en función del sexo débil. Para impresionarme, una alta fae debe ser tan hábil como un hombre. Debe montar a caballo y disparar con una precisión perfecta. Debe tener un conocimiento exquisito de los clásicos fae. Debe estar libre de todo escándalo o deshonra pública, desde luego.

—Desde luego. —¿De qué estaba hablando Moria?

Ella reprimió una carcajada y continuó:

—Ante cualquier muestra grotesca de embriaguez y vulgaridad en público, por ejemplo, una persona quedaría eliminada de mi lista. Jamás esperaría encontrarte en ese estado.

Si me hubiera visto hace dos semanas mientras planeaba este evento, ella no diría eso. Y después de hoy, tenía toda la esperanza de emborracharme como una cuba. Pero todos esperaban que aquí fuera agradable y encantador. Aburrido.

—Es muy cierto —dije con indiferencia.

Luego me pregunté si acababa de conspirar con ella para insultar a Ava en público.

—Una mujer digna de admiración debe tener voz de sirena —agregó la princesa— y formación clásica para tocar el arpa. Pero más allá de todo eso, debe ser grácil y elegante, de porte regio, y una conversadora brillante e ingeniosa. Por supuesto, casi nadie cumple con esa descripción. Salvo tu hermana, Orla, por supuesto, pero no se me ocurre ninguna otra. —Soltó un suspiro exagerado.

—Y tú, por supuesto. —Bebí un sorbo de vino, plenamente consciente de que se esperaba que yo dijera eso. Moria siempre se deleitaba con los halagos, y yo siempre la consentía, como a una hermana menor a la que quería complacer. Pero ¿ahora? La halagaba porque me moría por compensar lo que había hecho—. Y, desde luego, puedo agregar otro elemento fundamental a tu lista. Debe ser una luchadora implacable que esté dispuesta a hacer lo que sea para ganar.

Mi intención fue halagar a Moria una vez más, pero mientras lo decía, una imagen resplandeció en mi mente: una fae impresionante y despiadada con ojos violetas y mejillas sonrosadas por el frío...

Las mejillas de la princesa se ruborizaron, y ella me tocó el brazo al decir:

—Veo que compartimos la misma visión del mundo, su majestad. Hacemos buena pareja, sin duda.

A lo lejos, sonó una campana, lo que interpreté como el final de nuestro *tête-à-tête*. Me levanté, haciendo una leve reverencia.

—Gracias, Moria. Siempre disfruto de tu compañía.

Mientras Moria se alejaba, los sirvientes se apresuraron a limpiar la mesa.

Y ya estaba entrando al salón principal Etain de las leannán sídhe, una fae conocida por romperles el corazón a los hombres y dejarlos como una sombra de lo que solían ser. También hay hombres en su clan, los gean cánach, aunque se mantienen a distancia de mí. Etain se acercó bamboleando la cadera. Llevaba un cuenco de cerezas y me esbozó una sonrisa por debajo de sus pestañas. El pelo de color violeta y albaricoque le caía en cascada sobre los hombros desnudos, y el vestido negro abrazaba sus curvas.

Cuando se sentó a mi lado, su rodilla rozó mi muslo. Me quedé mirándole la boca mientras se metía una cereza entre los labios y le arrancaba el cabito. Me estaba hablando, pero mi mente insistía en volver a la noche anterior, cuando estaba sentado bajo el roble con Ava, hasta que Etain me apoyó la mano en el muslo.

—Me importa un carajo lo que piensen los demás —dijo, mientras la mano subía por mi pierna—. Yo tomo lo que quiero. Y si quiero tener sexo con un rey sobre una mesa, no me importa quién esté mirando.

Una sensación de calor sucedió a su caricia, pero me imaginaba a Ava diciéndome esas palabras, pensando en sus labios carnosos contra los míos. La había presionado contra el árbol, mi cautiva hermosa y salvaje, el sonido de su corazón acelerado, la respiración entrecortada, música para mis oídos.

Luché por mantener la compostura. En presencia de una leannán síd-he, mis pensamientos ardían de deseo. Pensaba en cómo se vería Ava desnuda en medio del vapor de un lago caliente, imaginaba el sabor de su piel al descubierto. Ella me odiaba, pero tal vez, si podía hacerla gemir mi nombre de todos modos...

¿Qué me pasaba? Parecía que solo quería a alguien que me odiara. Incluso teniendo a esta mujer increíblemente preciosa sentada a mi lado, apretándome la pierna, yo pensaba en la fae que me había dicho que era un imbécil falso, dejando en claro que odiaba a los hombres.

Interesante.

Quizás era porque, en el fondo, me odiaba a mí mismo.

—Las demás fae de aquí son unas malditas lunáticas —dijo Etain—. Te das cuenta, ¿no? Lo mío es el amor, no las peleas.

El presentador del programa se puso delante de la cámara, sonriendo.

—Disculpen las palabrotas. —Se rio nerviosamente—. Pero a los fae no se los puede controlar, ¿verdad? Y por eso nos resultan tan fascinantes. Ahora, la próxima cita del rey Torin será con otra princesa: Cleena, una clara favorita en estas pruebas. Como parte de las citas, hemos pedido a las mujeres que traigan un alimento al rey. En la tradición fae, la reina es responsable de gestionar la cocina del castillo.

Miró a un lado, haciendo un gesto frenético para que alguien se lle-vara a la princesa Etain. Mientras se marchaba, Etain le mostró el dedo medio a la cámara.

—En el mundo humano, me metería en problemas por decir que hoy en día queremos que las mujeres se queden en la cocina. —El presentador se acomodó los gemelos, riendo entre dientes—. Por lo visto, no se me permite decir que eran los "buenos viejos tiempos". —Se rio demasiado alto cuando las puertas se abrieron de nuevo y entró la princesa Cleena.

La joven lucía en verdad hermosa con un vestido color narciso que realzaba su piel oscura a la perfección. Un maquillaje brillante resplandecía sobre sus pómulos.

Cruzó hacia la mesa, moviéndose lánguidamente. Así como yo estaba acostumbrado a que me obedecieran, no cabían dudas de que la princesa Cleena estaba acostumbrada a que la admiraran.

El periodista dijo con voz tenue y atemorizada:

—La princesa Cleena de las banshees es considerada la princesa fae más bella del último siglo, y está aquí representando al clan banshee. Esperemos que no me grite, porque ya sabemos lo que eso significa. —Sonrió—. Significa la muerte.

Cleena se sentó a mi lado y sonrió.

—Me alegro de volver a verlo, su majestad.

—Yo también me alegro de verla, princesa Cleena.

—Le hice algo, su majestad —dijo, con un suspiro. Le hizo señas a alguien fuera de cámara—. Lo tengo aquí.

Un sirviente se acercó a toda prisa con una especie de versión en miniatura de un pastel de bodas, cubierto de un polvo dorado.

—El dorado es mi color favorito. —Ella sonrió mirando el pastel—. Está hecho con capas de caramelo. —Me sonrió un momento antes de volver a centrar la atención en el pastel—. Si no se lo come usted, me lo comeré yo.

Tomó un tenedor, lo que, a decir verdad, me impresionó. Había traído un pastel delicioso, se lo iba a comer y le importaba un carajo lo que yo pensara.

Tomó un bocado del pastel y se quedó inmóvil, con el tenedor suspendido en el aire. Los ojos se le oscurecieron y los músculos se volvieron rígidos; la mirada se posó en los camarógrafos.

Por los dioses. Se me paró el corazón.

La princesa Cleena se levantó de la silla, con los ojos fijos en la cámara, revoleando las piernas por encima de la mesa a la vez que el vestido amarillo se arrastraba a sus espaldas. Ya en el suelo, se acercó a la cámara, moviéndose con gracia.

Abrió la boca y emitió un sonido estremecedor, una canción de otro mundo, como si se estuviera desgarrando el infierno y todas las almas salieran hechas un lamento. El horror espeluznante del sonido me llegó hasta los huesos.

–¿Christopher? –gritó ella–. Christopher, ¿dónde estás?

La cámara giró hacia un hombre delgado y de cabello castaño que sostenía un micrófono con brazo. Tenía una expresión de terror absoluto. La princesa Cleena se acercó a él y volvió a gritar su nombre.

–¿Christopher?

Él dejó caer el micrófono con un fuerte estrépito, pero la princesa ni se inmutó. Se paró junto a él, y el ruido tembloroso de su voz se hizo cada vez más fuerte hasta convertirse en un aullido insoportable.

Christopher o alguien a quien él quería mucho iba a morir.

Cuando la cámara volvió a enfocar a Cleena, parecía haberse recuperado y ya estaba tranquila otra vez. Con una pequeña sonrisa, se acercó a la mesa y tomó el pastel dorado. Me sonrió con añoranza.

–Tiene muy buena pinta, ¿verdad? –dijo.

Sintiéndose satisfecha, Cleena se marchó.

Pero ninguno de los productores se ocupó del pobre Christopher, porque un lacayo ya estaba trayendo a la siguiente princesa.

Alice, princesa del clan kelpie, se apresuró a entrar en el salón, sosteniendo una bandeja de plata tapada con una campana. El cabello brillaba sobre un vestido esmeralda con pequeñas perlas. Cuando se acercó tímidamente a mí, sus ojos se abrieron de par en par, nerviosos. Apoyó la bandeja sobre la mesa.

—Su majestad. —Se sentó en la silla de golpe, con una sonrisa de oreja a oreja que parecía forzada—. Le he traído un regalo.

—Maravilloso, Alice. —Le devolví el saludo con lo que esperaba fuera una sonrisa tranquilizadora.

Ella le quitó la campana a la bandeja.

—Es un pastel hecho con duraznos. Me han dicho que le encantan los duraznos. Lo hice yo. —Tomó una gran cuchara de plata y empezó a servir un poco del pastel en mi plato con las manos temblorosas—. Coseché los duraznos de los árboles del invernadero del este. —Hablaba con torpeza. Luego se le desencajó la cara—. Tenía la intención de traer crema para acompañarlo, pero, por desgracia, la leche se puso rancia. —Sacudió la cabeza—. Tal vez no debería mencionar lo rancio...

—¿Se echó a perder la leche? —interrumpí, con una sensación de temor que me pesaba sobre los hombros.

—Sí. —Ella respiró hondo—. No deja de hacerlo.

—Me temo que son los boggarts —dije en tono grave, asintiendo con la cabeza—. Desaparecerán cuando tengamos una nueva reina, junto con el resto de la magia oscura.

La luz del fuego entibió los rasgos pálidos de Alice.

—Me alegra mucho que me haya permitido participar, a pesar de mi pasado escandaloso.

Me quedé mirándola. No tenía idea de lo que estaba hablando, y Alice no me parecía una persona escandalosa.

—Bueno, el pasado es el pasado.

—Él era pirata, sabe. Del clan selkie. Y estuvo a punto de robarme mi honor, pero no tiene de qué preocuparse, porque mi padre me rescató antes de que él me estropeara para siempre. Lloré durante semanas, su majestad. No quería comer ni levantarme de la cama. Tenía el corazón roto por completo. Porque de verdad pensé que él me amaba, pero resultó que ya había estropeado a muchas kelpies ingenuas, y solo quería mi dinero. Me dejó casi en la miseria.

—No hace falta que me lo cuentes —dije, con un tono más brusco de lo que pretendía.

—Pero ahora tengo una segunda oportunidad en el amor, ¿no? Y me encantaría tener hijos. Todos los que pueda. Toda una prole de fae pequeñitos, correteando, metiéndose en cosas. Le enseñaría a cada uno a montar un poni, luego caballos. Y les leería todas las noches.

Pero querida Alice, el amor verdadero no tiene lugar aquí.

Cuando sonó la campana y Alice se levantó para irse, mi humor se ensombreció. Toda esta farsa era una ridiculez, tal y como Ava había dicho cuando nos conocimos.

Miré a Sydoc, que entraba en el salón con una especie de filete crudo en una bandeja.

Ni en broma iba a tocar eso, y temía que pudiera ser de origen humano.

Llevaba una pequeña boina roja sobre la lustrosa melena negra, y un vestido rojo muy elegante. Los tacones de sus formidables botas negras repiqueteaban en el suelo al caminar. Al llegar a mi lado, apoyó la carne delante de mí, y el aroma oxidado de la sangre me llegó hasta las fosas nasales. Sus pestañas eran negras como el carbón e inusualmente largas.

—Su majestad. ¿Recuerda que me salvó hace unos años? En el bosque de Karnon, cuando estaba cazando. Me perseguían unos gorros rojos forajidos y rebeldes. Usted los mató a todos.

Un tenue recuerdo surgió de los recovecos de mi memoria: una mujer de cabello negro, con el vestido rasgado, huyendo por la niebla a toda velocidad de tres gorros rojos salvajes, con los pechos desnudos manchados de sangre.

Mis cejas se alzaron con sorpresa.

—¿Esa era usted?

Ella asintió y dijo:

—Y entonces supe que debía casarme con usted. Porque era alguien que podía protegerme.

Se me heló la sangre.

Ay, no, Sydoc. De ninguna manera puedo hacer eso.

—Y ya sabe cómo son las cosas en el reino de los gorros rojos —continuó—. Cuando mi hermana mayor, Igraine, demostró que no era tan sanguinaria como debía, mi padre hizo que la ahogaran en el lago y colgaran su cuerpo del muro de nuestro castillo.

La sangre se me escurrió de la cabeza cuando empecé a preguntarme si había dejado a los demás reinos demasiado margen para desarrollar sus propias leyes.

—Pero la cultura aquí es muy encantadora —dijo ella—. Hay arte, música y libros. No se trata solo de a quién puedes descuartizar.

—Solo durante los duelos —señalé, inclinando la cabeza.

Ella me tocó el brazo y le brillaron los ojos.

—Lo he amado desde el momento en que vi su retrato colgado en nuestro castillo. Y cuando me salvó en el bosque de Karnon, no me quedó ninguna duda. Estamos hechos el uno para el otro. Nunca en mi vida me había sentido tan protegida. Y los mató con tanta rapidez, con tanta pericia.

Le hice un gesto al sirviente para que me trajera la botella de vino que me había traído Moria, y me sirvió otra copa.

—Bueno, esperemos que los torneos me ayuden a decidir quién es la mejor reina para todos los seelie. Porque no solo será mi esposa, sino la reina de los seis clanes.

Ella repiqueteó sus largas uñas contra la mesa.

—Pero seguramente verá que Ava tiene algo que *no está bien*, ¿no?

—¿Ava? —Bueno, esto sí me sorprendió.

—No lo digo solo porque vive con los humanos. Es por su forma de moverse... Soy gorro rojo, somos cazadores. Estamos en sintonía con el movimiento. Y ella no se mueve como los humanos, ni como nosotros. A veces se queda demasiado quieta. Como una estatua. Es *desconcertante*.

Mi niña cambiada...

Me preguntaba si esas eran las palabras desesperadas de una princesa que solo quería escapar de su mundo triste.

"Lo he amado desde el momento en que vi su retrato".

Pero yo sabía que eso no era cierto. Ella me veía como su boleto de salida de una fortaleza sombría donde habían colgado el cadáver de su hermana de uno de los muros.

Cuando Eliza, princesa de los selkies, entró en el salón, yo ya había terminado más de la mitad de la botella de vino de Moria, y corría el riesgo de desafiar la predicción de Moria de que nunca presenciaría ninguna muestra grotesca de embriaguez o vulgaridad de mi parte en público.

Eliza llevaba un vestido de gala azul verdoso, excesivamente adornado, que se deslizaba por el suelo. Llevaba el cabello verde en un recogido alto, decorado con perlas y conchas marinas, y la luz del fuego ondeaba sobre la piel bronceada. Caminaba decidida, con el ceño fruncido y los labios apretados. No parecía más contenta de estar aquí que yo.

Llevaba una tarta con aire resuelto.

Le corrí la silla y se sentó a mi lado. Sin mirarme a los ojos, empezó a cortar la tarta.

—Me han dicho que tiene un sentido del gusto ejemplar. Y por mi parte, hace muchos años que no pruebo unas bayas tan delicadas como estas, sin la vulgaridad de un exceso de dulzor.

Un sirviente apoyó enseguida dos platos de porcelana sobre la mesa y luego se escabulló. Eliza usó el cuchillo para poner una porción de tarta en mi plato y después frunció el ceño cuando se desarmó.

—Tiene un aspecto estupendo.

Por fin me miró a los ojos.

—He estudiado sus intereses, su majestad. He estado leyendo una lista de sus libros preferidos, aunque la poesía no es algo que entienda, pero me esforzaré por apreciarla.

Me serví otra copa de vino, dejando que mi mente vagara de nuevo. ¿Dónde podrá encontrarse una lista de mis intereses?

—Observo que sus ojos se desvían mientras hablo —se apresuró a decir ella—. Pero comparto la opinión de que un rey no puede parecer muy ansioso, por miedo a mostrar debilidad. Lo felicito por su fortaleza y su sabia toma de decisiones.

Nunca en mi vida me había sentido tan aliviado como cuando volvió a sonar la campana y entró Ava en el salón. Llevaba un delicado vestido color peltre. La tela era un poco transparente, pero con las capas justas para desesperarme por ver su cuerpo debajo de ellas... De hecho, quería ordenar a todos que se fueran, rasgar la tela delicada, abrirle las piernas y explorar cada centímetro de su cuerpo hermoso. Me parecía saber lo que le gustaría. Y quería enseñarle lo que significaba ser fae, someterse al poder de un rey y perderse en el éxtasis...

No, si no estuviera maldito, la haría olvidarse de quienquiera que le hubiera enseñado que ser fae era malo. Ava tenía un aire descorazonado, y yo podía hacer que su cuerpo palpitara con un goce de sensualidad hasta que olvidara por completo al idiota humano que le dijo eso y solo quedara mi nombre en sus pensamientos. Si no estuviera maldito, la poseería hasta que olvidara el nombre de él...

Ay, por los dioses. Tengo que parar. *Concéntrate, maldita sea.* Me estaba volviendo loco. Porque el hecho era que estaba maldito.

Pero de seguro esto no era más que lujuria fuera de control. Y el impulso de un rey por conquistar, domar, hacer que mis súbditos me adoren en cuerpo y alma.

¿No?

20
AVA

Entré en un gran salón de paredes revestidas de roble tallado, donde había una enorme mesa en forma de *u* recta. Mis ojos se dirigieron a un tapiz espantoso de una criatura demoníaca decapitada en el bosque.

Los camarógrafos estaban en el centro, y las luces y la cámara apuntaban al rey Torin. Él se puso de pie cuando entré, me hizo un leve gesto con la cabeza y sus ojos claros se detuvieron en mí.

El conductor de televisión me presentó, y escuché con espanto que les recordaba a los espectadores mi arrebato descontrolado en plena borrachera.

Me senté en la silla que estaba vacía, con ganas de desaparecer.

—Y seguramente nadie esperaba ver a Ava aquí. Después de todo, se jactó de ser una fae que se rige por las reglas humanas y calificó las pruebas como vergonzosas. Sin dudas, Ava Jones sabe lo que es pasar vergüenza. Su arrebato se hizo viral, y ella se ganó el desprecio y las burlas de todos los rincones del mundo.

Apoyé la cabeza entre las manos, deseando hacerme invisible.

—Según dijo ella —continuó el presentador—, la vida del rey Torin es el nadir de la civilización humana. No me pregunten qué significa eso, pero no creo que lo dijera a modo de halago, en especial porque le dijo que era guapo y rico, pero imb... —El conductor se volvió hacia Torin con una sonrisa y luego miró a la cámara—. Bueno, me encantaría que ella terminara esa idea, pero por desgracia eso no se permite en televisión en el horario de protección al menor. La verdadera pregunta es: ¿se beberá Ava todo ese whisky y nos deleitará con otro desastroso...?

—Ya es suficiente, gracias. —La voz de Torin desde mi derecha me sorprendió.

Lo miré. Era evidente lo molesto que estaba, y tenía los ojos claros clavados en el presentador.

—Parece que el soltero real está ansioso por probar su bebida —dijo el conductor con una sonrisa burlona—. De ninguna manera osaría interponerme en el camino de un rey.

Luego, el hombre salió de la vista de las cámaras y su sonrisa se desvaneció al instante.

Me quedé inmóvil por unos segundos, mientras mi mente seguía dándole vueltas a la imagen que el conductor había pintado. Para ese único momento, por supuesto, la imagen era de lo más exacta, y así se transmitió a todo el mundo.

Pero yo no era una noche y nada más.

No podía permitirme ni por un segundo pensar en lo que Andrew podría haber pensado de aquella presentación, o me desconcentraría por completo.

Me obligué a abandonar esos pensamientos desenfrenados y vi que Torin me miraba con cierta preocupación y las cejas levantadas.

—Estoy ansioso por ver lo que me tienes preparado, Ava —dijo con voz tenue.

Respiré hondo. Dirigí la mirada a los ingredientes que había dispuesto para preparar tragos y me puse en modo bartender.

Delante de mí había una botella grande de whisky de centeno, un recipiente más pequeño de vermut, una botella de amargo de Angostura, un recipiente cerrado con lo que esperaba que fueran cubos de hielo, una coctelera de acero inoxidable, un colador de coctelería, un vaso medidor, un cuchillo pequeño, un tazón con limones, una copa para champán y, por suerte, como había pedido, un pequeño recipiente con cerezas al marrasquino.

—¿Has tomado alguna vez un Manhattan? —Me aclaré la garganta—. ¿Su majestad?

—No. —Torin alzó las cejas—. Se llama así por la ciudad humana, ¿no?

—Ahí es donde se creó, hace mucho tiempo. En la época victoriana —le expliqué con una sonrisa—. Y sé que te gusta el whisky porque es lo que pediste en el Trébol Dorado.

—No me di cuenta de que estabas prestando atención.

—Ah, tenías toda mi atención. —Le sonreí, empezando a olvidar el espanto de la presentación—. Tenía mucha curiosidad por saber qué ibas a pedir.

—El escocés es de mis preferidos.

Asentí, y me di cuenta de que él tenía un ligero aroma a whisky escocés con turba.

—Este es de centeno, pero creo que te gustará. Y yo soy la bartender mal pagada y sin responsabilidades ideal para prepararte el primero.

Él me esbozó una verdadera sonrisa sincera.

Abrí la botella de centeno y vertí dos medidas de whisky en la coctelera.

—Esto es lo que los humanos llaman coctelera. Uno de sus mejores inventos.

—Aquí tenemos algo parecido a los cócteles. Pero los hacemos con magia.

—No tenemos magia en el mundo humano, y por eso se usan muchas herramientas. —Vertí una medida de vermut en la coctelera—. Este es un vino fortificado.

Torin me observó en silencio mientras yo agregaba dos chorritos de amargo de Angostura y, luego, sacaba cinco cubos de hielo.

—Lo tradicional es revolverlo —dije—. Pero, como al gran James Bond, a mí me gusta agitado.

—Interesante —dijo el rey Torin, observándome con atención. Estaba claro que nunca había visto a nadie preparar un cóctel como corresponde.

Puse la tapa de cristal transparente en la coctelera y empecé a agitarla. El ruido parecía molesto, con los cubos de hielo que chocaban contra el metal, pero al menos volví a sentirme cómoda. Shalini sí que era lista: me preparó algo que sabía que podía hacer con los ojos cerrados.

Después de agitar el cóctel, quité la tapa y lo vertí en la copa pasándolo por el colador.

—¿No vas a prepararte un trago para ti? —me preguntó Torin.

Negué con la cabeza.

—Ya todo el mundo piensa que soy alcohólica. Un trago a las diez de la mañana no mejorará esa situación.

—Teniendo en cuenta todo el vino que me han dado esta mañana, deberían juzgarme a mí —dijo Torin riendo.

¿A quién quería engañar? Un hombre rico y divino tenía muchas más chances que yo de salirse con la suya ante los ojos del público.

Él tomó el vaso, pero le aparté la mano. Curiosamente, cuando nuestros dedos se rozaron, un pequeño escalofrío eléctrico me recorrió el brazo.

—Tengo que decorarlo. —Arranqué una de las cerezas y, con el cuchillo de la bandeja, corté una delgada cinta de cáscara de limón. Le di una vuelta sobre el vaso y la dejé caer dentro.

—¿Son importantes? —preguntó Torin.

—Mejoran el aroma.

—Fascinante. —Se lo llevó a la nariz e inhaló, sin dejar de mirarme—. Sé apreciar un buen aroma.

El tono aterciopelado de su voz hizo que el deseo me calentara la piel, y terminé ruborizándome.

Él cerró los ojos y bebió un sorbo, dejando que la bebida se deslizara por su lengua durante un momento, saboreándola de verdad. Al instante, sus ojos clarísimos volvieron a abrirse.

—Delicioso, Ava. —Inspiró con fuerza—. Ahora, ¿por qué no me cuentas qué fue lo que pasó en el Trébol Dorado?

Me quedé mirándolo, horrorizada. Si de verdad quería preguntármelo, ¿por qué lo sacaba ahora, delante de las cámaras? ¿No sabía que yo quería dejar eso atrás?

Miré a la cámara y tragué saliva.

—Me gustaría escuchar tu versión de la historia —dijo—, porque llevas aquí más de una semana y he visto una faceta tuya muy distinta de la que conocí aquella noche.

Ah. Volví a sostenerle la mirada y me di cuenta de que intentaba darme una oportunidad de redimirme ante el mundo. Por mucho que quisiera que se olvidaran del video, eso nunca iba a suceder.

Respiré hondo y tomé su cóctel.

—Bueno, al final voy a necesitar un sorbo de esto si voy a hablar de ese tema. –Cerré los ojos mientras bebía, saboreando el leve ardor en la garganta.

Cuando abrí los ojos, Torin me miraba con curiosidad.

¿Por dónde podía empezar?

–La noche en que te conocí, Torin, era mi cumpleaños. O al menos ese fue el día que mi madre, Chloe, decidió que era mi cumpleaños cuando me adoptó. Nunca supimos cuál era la fecha verdadera porque alguien me encontró fuera de un hospital humano cuando tenía unos seis meses de edad. Y creo que como mi madre estaba siempre empeñada en que me sintiera normal, como una más, hacía unas fiestas de cumpleaños impresionantes. Pasteles enormes, magos, veinticinco niños... Creo que pensaba que me ayudaría a hacer amigos. Incluso en la escuela secundaria, los cumpleaños eran extravagantes, con viajes al Caribe o a París. Ella no necesitaba hacer todo eso, por supuesto, pero creamos unos recuerdos maravillosos.

Me quedé mirando el Manhattan, dándome cuenta de que había empezado esta historia mucho antes de lo que pretendía, y ahora me dolía el corazón.

–En fin. Cuando estaba en la universidad, mi madre murió. Pasó de repente, y... –Bebí otro sorbo del Manhattan–. Pero para entonces ya tenía novio, y él se encargó de hacer mis cumpleaños especiales para que no me sintiera muy triste por la ausencia de mi madre. Me preparaba cenas y pasteles. Con los años, los cumpleaños dejaron de ser importantes, pero eso es lo que pasa cuando te haces mayor. Así que compraba comida para llevar y veíamos una película. Por mí, estaba bien. Lo que en verdad importaba era que íbamos a formar nuestra propia familia. Mi madre ya no estaba, pero formaríamos una nueva familia con niños pequeños a los que podría mimar en *sus* cumpleaños.

El salón estaba sumido en un silencio incómodo, y no podía creer que estuviera diciendo todo esto delante de las cámaras. Pero no me parecía que se lo estuviera contando al mundo. Me parecía que se lo estaba contando a Torin, y por cómo me escuchaba tan atentamente, él era el público perfecto.

—Él me decía que éramos almas gemelas, y habíamos planeado un montón de cosas —agregué—. Yo trabajaba en un bar para que él pudiera estudiar administración de empresas y le pagaba la hipoteca. Luego él iba a ayudarme a invertir en mi propio bar. Y le iba a poner el nombre de mi madre: "Chloe". —Sonreí—. Ese era mi plan.

Se formó una arruga entre las cejas de Torin.

—¿Y qué pasó en tu cumpleaños? ¿La noche en que nos conocimos?

Volví a tomar su Manhattan y me bebí la mitad, ya sin importarme lo que pensara el resto del mundo.

—En mi cumpleaños, Torin, llegué a casa y encontré a mi novio desnudo en la cama con una rubia que conoció hace dos años mientras estábamos de vacaciones. Parece ser que ahora ellos son las almas gemelas, y yo me quedé sin nada de todo lo que había planeado. La familia, los niños con los cumpleaños elaborados, las parrilladas en el jardín y el bar con el nombre de mi madre. Así que fui al Trébol Dorado y me emborraché hasta olvidarme de todo. O eso intenté, al menos.

El rey Torin me miró fijo, mientras se le tensaba un músculo de la mandíbula.

—Pero tú pagaste la hipoteca de ese sinvergüenza.

—Sí, lo sé. —Resoplé—. Me dijo que debía alegrarme por él porque había encontrado el amor verdadero.

—Rompió un contrato. —En su voz había una furia contenida que me puso un poco nerviosa.

—Bueno, no teníamos un contrato oficial.

—Pero él te había dado su palabra de que invertiría en tu bar —dijo, alzando una ceja—. Y te mintió durante dos años. ¿Qué clase de canalla miserable hace eso? Dime su nombre y me encargaré de esto.

Se me abrieron los ojos con un pánico que iba en aumento.

—No, gracias. Mira, hubo un lado bueno, ¿no? Ahora estoy aquí, en Feéra después de todo. Salió bastante bien.

Él se detuvo unos segundos, como si estuviera pensando en lo que estaba por decir.

—¿Te gusta estar aquí?

Mi propia respuesta me sorprendió:

—La verdad es que sí. Cuando llegué, tenía la sensación de que no pertenecía aquí. Me parecía que los muros del castillo rechazaban mi presencia, pero estoy empezando a disfrutar de la compañía de otros fae.

Pasaron unos segundos más, pero al final, una sonrisa le curvó los labios.

—Somos criaturas salvajes, y es precisamente por eso que perteneces aquí —murmuró Torin. Extendió la mano para tocarme la muñeca, pero cuando lo hizo, sentí como si en el brazo me hubiera inyectado hielo puro.

—¡Ay! —dije, ahogando un grito y apartando el brazo.

Los ojos del rey Torin se abrieron de par en par, pero vi en ellos ese destello de frío mortal. Un escalofrío recorrió el salón, y no entendí muy bien lo que acababa de ocurrir.

Pero antes de que pudiera decir otra palabra, sonó la campana, señalando el final de nuestra cita.

21
AVA

Esa noche, por primera vez en once días, Torin no se presentó en mi habitación para entrenar. Me sorprendí al darme cuenta de que estaba desilusionada.

No sabía por qué lo echaba de menos. Él me había dejado *muy* en claro que no le interesaba el amor verdadero, que ni siquiera era capaz de sentirlo. Me había dicho que me había elegido por el simple hecho de que yo no le gustaba. Según las palabras de Shalini, era un fae mujeriego.

Tal vez solo me gustaba la emoción de combatir contra él.

Esta noche, el castillo parecía vacío.

El aire frío me helaba la piel y me tapé el mentón con las mantas, dejando afuera solo la nariz. Había pasado la mayor parte del día leyendo libros con Shalini, y Torin no había venido a buscarme para entrenar.

Shalini había estado revisando las redes sociales y los tabloides en internet para ver qué decían de mí. Si bien no tenía muchas ganas de saberlo resultó que después de la cita televisada de hoy, me había convertido en una de las favoritas del público. Parece que la gente desdeñaba la infidelidad, y la opinión pública sobre mi arrebato dejó de ser tan severa. Ya habían sacado a la luz la identidad de Andrew, y sentí culpa por ello. Estaba enojada, pero no era nada divertido que te echaran la bronca de forma tan pública.

Miré el cielo negro como el carbón a través de los rombos de las ventanas. Esta noche, las nubes ocultaban la luna y tapaban las estrellas.

El fuego se había reducido a brasas. A decir verdad, me encantaba esta habitación pequeñita: lo acogedor, la vista por la ventana minúscula. Era un rincón seguro, un verdadero contraste con el resto de las habitaciones gigantescas y los pasillos extensos del castillo. Empezaba a sentirme parte de este lugar.

Volví a mirar por la ventana, donde los copos de nieve caían y se derretían en pequeñas gotas.

Me acurruqué bajo las sábanas, feliz de estar abrigada, y se me cerraron los ojos.

No sé qué me despertó. No fue una corriente de aire: la habitación estaba igual de fría que cuando me dormí, y me gustaba que estuviera fresca para dormir. Tampoco fue un cambio en la luz. ¿Un sonido, tal vez? Un crujido de las tablas del suelo o el chirrido de la bisagra de una puerta...

Pero no era solamente un ruido. Algo estaba muy mal.

Revisé la habitación, pero no pude ver casi nada. Afuera, el cielo seguía nublado y la luz era tenue.

En silencio, abrí la puerta de la habitación de Shalini y observé el espacio desde el vano. Todavía ardía un fuego tenue en la chimenea y todo parecía estar en su lugar: el pecho de Shalini subía y bajaba mientras dormía, las sombras se acumulaban en los rincones silenciosos.

La puerta que daba al pasillo se abrió poco a poco, sin hacer ruido, y volví a refugiarme en la oscuridad de mi habitación. Una silueta se detuvo en el vano de la puerta. ¿Qué diablos?

El intruso me estudió durante unos largos segundos; yo me eché un poco hacia atrás y me quedé inmóvil. Él se acercó a la cama de Shalini, alto y envuelto en sombras.

Se me cortó la respiración cuando vi la daga que brillaba en su mano.

Mierda. Yo no tenía ningún arma.

Podría gritar, pero entonces él quizá se asustaría y arremetería contra ella. No quería ponerlo en alerta. La figura se deslizó hasta el pie de la cama y su sombra negra se arrastró por las sábanas como una nube de humo.

Tomé el frasco de niebla mágica de la mesa de noche y salí disparada hacia la otra habitación.

—¡Shalini, despierta!

La figura giró hacia mí y le lancé la poción a la cara. Al instante, una espesa niebla se deslizó por la habitación, ocultándonos a Shalini y a mí de nuestro atacante. Ella gritó, lo que tenía sentido, dado que se había despertado en medio de un caos total, pero yo ya no podía verla a través de la niebla fría y húmeda.

—¡Shalini! —le grité—. ¿Estás bien?

Unas pisadas resonaron en la piedra y se oyó un portazo.

—¿Qué está pasando? —gritó ella.

Avancé a los tropezones por la densa nube de niebla hasta que rocé uno de los postes de la cama con los dedos.

—Se metió alguien.

La puerta se abrió y la voz de Aeron atravesó la bruma.

—¿Qué diablos está pasando ahí?

Entró un viento helado que disipó parte de la niebla. Se me puso la piel de gallina, giré y vi a Torin de pie en el vano de la puerta, rodeado de magia plateada. Tenía una espada. Y sin poder creerlo, me di cuenta de que solo llevaba ropa interior negra.

La imagen de su pecho esculpido y musculoso y de los tatuajes oscuros que se encorvaban sobre los hombros y bíceps, entrelazándose por encima de la clavícula, me dejó sin palabras. Los dibujos eran abstractos y recordaban a las líneas sinuosas y escarpadas de las ramas del roble.

—¿Qué pasó? —preguntó Torin. Y mientras su mirada recorría mi cuerpo, me di cuenta de que yo estaba prácticamente tan desnuda como él: solo ropa interior negra y una camisola casi transparente.

Supongo que ya estábamos todos listos para conocernos mejor.

—Alguien entró aquí con una daga. —Tomé aire, esperando no haber soñado todo esto—. No pude encontrar ningún arma, aparte de la niebla mágica, pero estoy segura de que lo vi de pie junto a la cama de Shalini. Estoy casi segura de que lo oí salir corriendo después de que la niebla llenara la habitación.

Aeron ya había empezado a buscar, revisando debajo de los muebles y detrás de las cortinas. Al igual que Torin, solo llevaba ropa interior y empuñaba una espada en la mano derecha.

En ese brazo, tenía tatuada una bandada de cuervos remontando vuelo.

Torin caminó hacia mí. La luz tenue de la chimenea de Shalini le iluminaba el pecho desnudo desde abajo, y las sombras rozaban el contorno de sus músculos.

—Pondré un guardia en la puerta —dijo—. Ni tú ni Shalini deben salir de esta recámara sin escolta. Aeron montará guardia fuera de la habitación esta noche y haré que registren el castillo. ¿Hay algo más que puedas decirme sobre su aspecto?

—Creo que llevaba una capa. —Me froté los ojos—. Creía que la puerta estaba cerrada con llave.

—Quizá sea hábil forzando cerraduras, pero no podrá atravesar mi magia —dijo Torin, respirando hondo. Se volvió hacia la puerta y presionó la palma de la mano contra la madera. Empezó a hablar en la lengua mágica de los fae, y el aire alrededor de su mano empezó a brillar con una luz fría. Cobrando más brillo, unos zarcillos de escarcha se arrastraban por la madera. El rey Torin habló más rápido, y la escarcha empezó a retorcerse y a girar formando figuras extrañas. Cuando él se detuvo, la escarcha resplandeció con una luz deslumbrante. Cuando mis ojos volvieron a ver bien, me di cuenta de que la escarcha brillosa había desaparecido. Torin dio un paso atrás y se volvió para mirarme.

—Ahora solo podremos entrar nosotros cuatro. Voy a poner patrullas a buscarlo por todo el castillo, pero Aeron es el fae en el que más confío.

Descubrí a Shalini mirando a Aeron, con la mirada de una mujer hambrienta que ve comida por primera vez en meses. Esperaba que yo no tuviera la misma cara.

Torin apoyó la espada junto a la puerta, la hoja contra la pared.

—Dejaré esto aquí. Aeron, ¿podrás hacer guardia toda la noche o debo enviar a otros por turnos?

Shalini levantó la mano.

—¿Y si se queda dentro de nuestra habitación? Quiero decir, estará más cómodo.

—No —dijo el rey Torin—. Por un lado, necesito que esté atento al intruso antes de que llegue a la puerta y, por otro, no queremos que nadie se lleve la impresión equivocada de que ha renunciado a su voto de castidad.

–¿A su *qué*? –Los rasgos de Shalini se retorcieron de espanto, una expresión que me recordó a la vez que le dije que la contraseña de mi wifi era "contraseña".

Los ojos de Torin se encontraron con los míos, pero por un instante recorrieron mi cuerpo, y atisbé una levísima curvatura en sus labios sensuales.

–Espero que duerman bien. Volveré por la mañana para ver cómo están.

22
AVA

La luz nacarada de la mañana, teñida de ámbar, entraba a raudales en mi habitación. Me froté los ojos, todavía con la sensación de que los sucesos de la noche anterior habían sido un sueño. ¿Quién mierda había entrado aquí con una daga? Me estremecí al pensarlo y abrí un cajón de la cómoda.

Las mujeres de Feéra tenían básicamente dos opciones: vestidos hermosos o leggings de cuero con blusas y chalecos de cuero. Yo opté por unos pantalones de cuero color café y una camisa blanca de seda con las mangas abultadas. Una vez vestida, me recogí el cabello en una coleta.

Cuando entré en la habitación de Shalini, ella ya estaba vestida, tomando café en la cama. Estaba sentada con el teléfono en el regazo. Salía humo de su taza y las mantas formaban un nido retorcido alrededor de sus leggings color café.

—¿Un voto de castidad? ¿*Quién* hace eso? —dijo, mirándome por encima del café–. Se supone que es para que nada lo distraiga de proteger al rey. Sinceramente, es lo peor que he descubierto sobre la cultura fae hasta ahora.

Me acerqué a la mesita de noche y me serví café con crema.

–Hay muchos otros fae, ¿lo sabes?

–Lo sé. Pero me gustaba él. Anoche hablamos a través de la puerta. Tiene un gato llamado Caitsith y hace pan. Y ha leído muchísima poesía, Ava. Lee libros de poesía bajo un sicomoro junto al río. Dijo que me mostraría el lugar.

–¿Y el voto? –Me senté a los pies de su cama, sorbiendo mi café.

Ella estaba sentada de piernas cruzadas, con el largo pelo oscuro que le caía sobre una camisa de seda azul.

–Los votos pueden romperse, y ya sabes que me gustan los retos. Es como... un sacerdote sexy. –Me sonrió, de una forma tan deslumbrante que no dudé de que lograría su cometido... hasta que se le borró la sonrisa y levantó el teléfono–. No sabía si contártelo, pero Andrew me está enviando mensajes de texto en mayúsculas.

–¿Por qué? –pregunté, mirándola fijo.

–Desde que tus fans de Reddit publicaron quién es, lo han acosado por la calle y creo que recibió amenazas de muerte.

–Mierda –dije, ahogando un grito–. Eh, digo... estoy enojada con él, pero no quería que recibiera amenazas de muerte. No pensé que descubrirían quién era.

–No es culpa tuya, Ava. Es un imbécil y está cosechando los frutos de su imbecilidad.

Llamaron a la puerta y abrí. El rey estaba en el umbral, esta vez completamente vestido con una camisa gris, pantalones negros y botas altas. En su cabeza brillaba una corona hecha de hebras de plata enroscadas y con pinches, como ramas espinosas. Aeron estaba a su lado, con aspecto agotado.

—Buenos días, Ava —dijo Torin—. Intenté que Aeron se retirara a dormir un poco, pero parece estar muy comprometido.

Los ojos de Aeron estaban clavados en Shalini cuando dijo:

—No me importa si me quieres aquí o no. Hoy te protegeré.

—Bueno —dijo Shalini, encogiéndose de hombros—. ¿Qué tal si me llevas a recorrer un castillo, entonces? —Se levantó de la cama con una gracia felina, dedicándole a Aeron la misma sonrisa deslumbrante que me había mostrado unos minutos antes.

—No creo que sea seguro ir a lugares así —respondió él, negando con la cabeza.

—Vinimos en busca de aventuras —dijo Shalini.

—Iré con ustedes —anunció Torin—. Nadie se atrevería a atacar en mi presencia.

Tomé mi capa blanca y me la eché sobre los hombros.

—¿Qué les gustaría ver? —preguntó Aeron, abriendo la puerta.

Salí al pasillo, donde ya se sentían las corrientes de aire.

—¿Podemos ver los tronos mágicos de cerca?

—Lo que quieras, niña cambiada.

Torin empezó a guiarnos por el pasillo, pasando junto a las altas ventanas de celosía con vista al patio nevado. Giró hacia una estrecha escalera.

—El rey Finvarra construyó este castillo hace tres mil años, después de unir a los clanes y reclamar la tierra a los monstruos —explicó—. No sé si lo he visto todo. Sospecho que moriré antes de terminar de descubrir cada pasadizo del lugar. Y es justamente por eso que aún no hemos encontrado al asesino.

–Hay leyendas... –dijo Aeron detrás de mí, y su voz resonó contra la piedra– de que una vez, una larga primavera bendijo la tierra, y el castillo creció de la tierra misma, a fuerza del canto de la diosa vernal Ostara.

Torin me miró mientras nos conducía a un pasillo en el nivel inferior.

–Si crees en los dioses.

–¿Por qué no? –dije, encogiéndome de hombros–. Con todo lo raro que he visto aquí, bien podríamos agregar dioses.

–Si crees en los dioses –agregó Aeron–, entonces debes creer que ellos designaron a Torin para que gobernara.

–¿La diosa Ostara también designará a la reina de los *reality shows* para que gobierne? –pregunté.

Aeron resopló y dijo:

–En mi opinión, creo que su festival anual de primavera era solo una excusa para que los fae se dieran duro en el bosque.

–Aeron –dijo Torin, cortándolo.

–Lo siento –se disculpó Aeron–. Para *fornicar* en el bosque.

–Puede que tengamos que reconsiderar tu voto de castidad –dijo Torin, mirándolo con ojos serios–. Tengo la sensación de que lo que menos está logrando es que no te distraigas.

Torin nos condujo al patio blanco y reluciente. Recorrí con la mirada los muros de piedra oscura del castillo, adornados con carámbanos y tallados con imágenes de ciervos y serpientes.

–La verdad es que no parece que tenga tres mil años –dije.

–Porque está bendecido por los dioses –señaló Torin. Cuando se volvió para mirarme, la luz de casi mediodía bañaba su piel, dándole un brillo de otro mundo.

Ante el aire helado, me apreté más la capa.

Aeron enlazó su brazo con el de Shalini y empezó a guiarla por el patio, explicándole el significado místico de cada una de las esculturas de las paredes. Tal y como esperaba, los camarógrafos se habían ubicado en algunas de las torres, y alcancé a ver el destello de las lentes bajo el sol invernal.

—Normalmente, estos programas no son así —dije—. Las cámaras están muy lejos.

—Soy el rey de Feéra. No voy a permitir que se metan en mi intimidad más de lo que ya se han metido. Me negué a llevar un micrófono o a permitir que me siguieran las veinticuatro horas del día. Pueden filmarme a distancia y entretenerse igual. Yo conseguiré el dinero que necesito. Y todo acabará pronto.

—Qué romántico eres —dije aleteando las pestañas—. Parece una boda soñada.

Me dedicó una sonrisa socarrona y señaló:

—Pero tú no eres cualquier chica, ¿verdad? Has renunciado al amor, al igual que yo. Ambos sabemos que el amor no te alimentará durante el invierno, cuando el hielo cubra las cosechas, ni llenará el estómago de tus hijos cuando se mueran de hambre.

—Estoy absolutamente de acuerdo. El amor es para tontos. Pero ya sabes, si necesitan más niños, siempre pueden volver a robar humanos.

—Ay, niña cambiada —dijo, acercándose a mí—. Pero hace tiempo decidimos que nada del reino humano merece la pena. Demasiado caos.

Volví a mirar las cámaras.

—Debe de ser molesto necesitarlos.

Él me tomó el mentón y me pasó el pulgar por el labio inferior. La sensación me produjo un escalofrío de placer prohibido.

—Cuando terminemos con esto, ya no necesitaremos nada de los humanos. —Se acercó más y me susurró al oído—. Tres semanas en el trono, niña cambiada, es todo lo que hará falta. Nuestras tierras serán restauradas, y nuestros mundos se separarán. Como siempre debió ser.

¿Había algo de arrepentimiento en su voz, o me lo estaba imaginando?

Torin se apartó de mí y se metió la mano en uno de los bolsillos. Y cuando retrocedió, sentí la pérdida de su calor. El aire cortante del invierno me recordó la magia de Torin, y me volví hacia él.

—Necesito preguntarte una cosa, majestad. Después de hacerte el Manhattan, tu magia me hizo algo. —Levanté la muñeca, tiré de mi manga y señalé una marca. Tenía el tamaño de una huella dactilar, era de color rosa pálido, rodeada de un círculo blanco, como si fuera una lesión por congelación—. ¿Qué es? ¿Y por qué no desaparece?

Unas sombras se deslizaron por los ojos de Torin, fijos en la marca. Y aunque no parecía posible, sentía que el aire se enfriaba aún más.

—A veces, cuando estoy muy cansado, pierdo el control de mi magia. —Se encontró con mi mirada, sus ojos de un azul sobrenatural parecían absorberme por completo—. No volverá a ocurrir, Ava.

Sentí como si crecieran espinas en el silencio que había entre nosotros. Había algo que no me estaba contando.

Pero antes de que pudiera pedirle más detalles, él se dio la vuelta y se alejó de mí.

—Querías ver los tronos. Vamos a ver los tronos.

Estaba claro que lo había molestado, pero no tenía ni la más mínima idea de por qué.

Torin se dirigió a una enorme puerta de roble adornada con metal negro y la empujó con fuerza para abrirla. Aeron y Shalini lo siguieron, y yo me apresuré a alcanzarlos.

Torin nos condujo por una serie de pasillos hasta que llegamos al salón, donde sobresalían dos tronos del centro del suelo de piedra. Uno era más grande que el otro, y parecían tallados en un único bloque de mármol blanco con vetas oscuras.

—¿Es el del rey? —pregunté, señalando el de mayor tamaño.

—Es el de la reina. —Torin se volvió hacia mí, arqueando una ceja—. La magia de una reina fae es más poderosa que la de un rey, y ella es la que volverá a traer la vida a esta tierra.

Me pareció que el trono me empujaba, una sensación extraña de temor que me advertía que no me acercara. Sin embargo, no podía apartar los ojos de ambos.

—Fascinante —dije, y caminé alrededor de los tronos.

—¿Cuánto tiempo llevan en el castillo? —preguntó Shalini, mientras sus pisadas retumbaban contra las losas.

—Los tronos han estado aquí desde antes de que se fundara el reino de los seelie, y el castillo se construyó alrededor de ellos. Creemos que están hechos de la roca que hay debajo de nosotros. Algunas de las imágenes talladas en el castillo sugieren que nuestros primeros antepasados consideraban que las piedras representaban a los dioses. Como ángeles inamovibles. Con el correr de los milenios, las cincelaron y tallaron para perfeccionarlas.

Shalini extendió la mano para tocar uno, y Aeron se la tomó con delicadeza.

—No debes tocarlos. La magia de los tronos es muy poderosa, y si un humano los toca, no se sabe lo que podría hacer la magia.

Rodeé las piedras, fascinada por la energía que emitían. Incluso desde donde yo estaba, sentía vibrar su poder. Su magia hacía brillar el aire y me helaba la piel. La primera vez que entré en el castillo, tuve la sensación inquietante de que la propia piedra no me quería. Y aquí, junto a los tronos, las alarmas sonaban aún más fuerte en el fondo de mi cabeza.

Me alejé de ellos y me abracé, temblando.

Desde el otro lado del trono, vi que Torin me miraba. No pude evitar preguntarme qué era yo y por qué la magia de este lugar me advertía que me alejara. ¿Acaso mis padres biológicos me habían amado y habían muerto de manera trágica? ¿Acaso me habían echado porque no paraba de gritar? ¿Era de verdad una especie de niña cambiada, tan rebelde que no quisieron conservarme?

Esta era al fin mi oportunidad de saber la respuesta. Respiré hondo.

—¿Torin? ¿Cómo averiguo quiénes fueron mis padres fae?

Una de sus cejas negras se arqueó.

—Hay que buscar los registros de nacimiento. Ava Jones, por fin sabremos quién eres.

23

AVA

Shalini quería ver el arsenal, aunque lo más probable era que quisiera ir a algún lugar sola con Aeron.

Torin me llevó por un largo pasillo con arcos góticos y estatuas oscuras de reyes y reinas fae. Mientras caminábamos, un escalofrío me recorrió el cuero cabelludo. Tenía que descubrir la verdad, pero quizá detestara la respuesta una vez que la encontrara. Cuanto más nos alejábamos del salón del trono, más se me relajaba el pecho.

—¿Y si de verdad soy una niña cambiada? —pregunté en voz baja—. ¿Y si de bebé fui una pesadilla y mis padres no me quisieron conservar? ¿Y si gritaba sin parar?

Torin se volteó y me miró, perplejo.

—Creo que todos los bebés gritan y no dejan dormir a sus padres, Ava. No naciste con nada malo. Te lo prometo. Yo solo te puse ese apodo en broma. ¿Lo sabes, verdad?

No había esperado que me respondiera algo tan dulce.

—¿Qué pasó con tus padres, Torin? —Sabía que habían muerto jóvenes, sobre todo siendo fae.

Él tomó aire con fuerza y me miró.

—Los monstruos los abatieron. Lentamente.

Me quedé con la vista clavada en él.

—¿Qué quieres decir con *monstruos*? ¿Como un dragón?

—Peor. —Me miró con seriedad, y los ojos claros le brillaban con una señal de advertencia—. Los humanos quizá los llamen demonios. Pero no puedo decir más, en realidad. Incluso hablar de ellos podría atraer su atención retorcida.

Me picó la curiosidad, pero estaba claro que no quería hablar de la muerte de sus padres y no debí preguntar.

—Por supuesto. No debería ser tan entrometida.

—Está bien. —Pero el aire parecía mermar, hasta que por fin, Torin rompió el silencio punzante—. Recuerdo a mi madre. Dicen que se supone que uno no se acuerda de cosas de antes de los tres años, pero la recuerdo. No recuerdo a mi padre. Me acuerdo de que yo me subía al regazo de mi madre y ella me cantaba. Tenía un collar con el que yo jugaba: un relicario pequeño con una foto mía. Me encantaba jugar con él. Cuando eres tan pequeño, no distingues entre tu madre y tú, y recuerdo que estaba siempre encima de ella. Intentaba masticarle el pelo o dormir apoyado en su hombro. Recuerdo cuánto deseaba siempre dormir en su cama...

Dejó de hablar, y sentí que la tristeza se le retorcía en el corazón.

—Conozco bien esa sensación —dije— de echar de menos a la única persona que siempre te hacía sentir que nada podía pasarte.

Me miró con una sonrisa triste, un ínfimo destello de vulnerabilidad que mostró por primera vez desde que lo conocí, antes de volver a dominar sus facciones. Una máscara de compostura.

—No sé por qué te estoy contando todo esto.

Por primera vez, me di cuenta de que, salvo por Aeron, daba la impresión de que Torin estaba sumamente aislado. Pero era obra suya, ¿no? Se había construido una prisión para mantener a todos alejados.

Se me hizo un nudo en la garganta al darme cuenta de la verdad.

—Me estás contando esto por la misma razón por la que ya me elegiste para ganar. Soy la que no supone riesgos, la persona de la que no debes preocuparte por enamorarte. Porque no te agrado, y por eso tus secretos no corren peligro conmigo. No hay sentimientos complicados.

Torin se detuvo ante la entrada de una gran biblioteca con unas imponentes columnas de piedra.

—Y yo tampoco te agrado —dijo, arqueando una ceja—. ¿Verdad?

Una hoja afilada se deslizó por mis pensamientos. Sabía qué respuesta quería él.

—Verdad.

Él inspiró profundamente y apartó la mirada. Cuando volvió a mirarme, sus ojos ardían de intensidad.

—Bien. Y eso es lo que te convierte en mi novia perfecta. Y eso me recuerda... lo de esta noche. ¿Sabes bailar como los fae? En nuestra corte, es una especie de baile de salón.

—No tengo ni la más mínima idea. Las dos formas de baile que conozco son el básico contoneo de caderas y el tango.

—¿El tango?

—Nos anoté a Andrew y a mí para tomar clases juntos porque pensé que sería divertido para... —Cerré los ojos, sintiendo el calor subir por mis mejillas al darme cuenta de lo lastimosa que era: había imaginado nuestro primer baile de casados cuando él nunca me había propuesto matrimonio–. Solo pensé que sería divertido. Dos años de clases de tango.

—Bien. Creo que puedo bailar un tango. Solo sígueme la corriente, Ava, y nos veremos lindos y románticos para las cámaras.

—Por supuesto.

Me condujo entre las altísimas columnas a una biblioteca magnífica con dos pisos de libros conectados por escaleras en forma de espiral. El techo sobre las estanterías de caoba era abovedado y tenía pintadas imágenes de fae bailando en campos cubiertos de césped, con flores silvestres enhebradas en sus rizos de vivos colores. Al mirarlas, sentí una gran nostalgia por un pasado que nunca había conocido.

En el centro de la sala, había unas lámparas de pantalla verde dispuestas sobre hileras de escritorios. Unas sillas de cuero esperaban a que las usaran. Del techo colgaban unos círculos sencillos de madera, iluminados con velas parpadeantes que sin duda eran el peor riesgo de incendio del mundo.

Torin se volvió hacia mí y dijo:

—Espera aquí unos minutos. Volveré con algunos de los registros de nacimientos de tu año. Tienes la misma edad que yo, ¿no?

—Veintiséis —asentí. Calcular la edad de una beba fae abandonada en la entrada de un hospital no era una ciencia exacta, pero estaba bastante segura del año y el mes.

Cuando Torin me dejó sola, deambulé entre las estanterías, cautivada. Había miles y miles de volúmenes con arabescos dorados en la tapa, todos escritos en un idioma que no sabía leer. Otros volúmenes con tapas de cuero brillante estaban escritos en lenguas humanas modernas.

Caminé por la biblioteca hasta que por fin vi a una fae esbelta de cabello plateado, sentada detrás de un escritorio de caoba.

—¿Puedo ayudarte? —me dijo con voz fina y aflautada.

—¿Se pueden sacar libros?

—Si tienes credencial de la biblioteca. —Sus ojos eran de un verde brillante extraordinario y me estudiaron con un gesto que no era del todo amistoso.

—Me temo que no tengo.

Ella repiqueteó las uñas contra el escritorio y dijo:

—Nadie puede sacar libros de la Biblioteca Real sin credencial. —Apoyó un papelito sobre el escritorio delante de mí y me encajó una pluma estilográfica—. Firma aquí.

Firmé y feché el contrato. Apenas terminé, el papel emitió una luz brillante y desapareció.

—¿Puedo sacar cualquier libro? —pregunté.

—Hay un límite de diez por vez —dijo la bibliotecaria—. Si no los devuelves en catorce días, se activará tu marca.

—¿Mi... marca?

—Bueno, en rigor, es un contrato real —aclaró la bibliotecaria—. Si no devuelves los libros a tiempo, te aparecerá una letra "L" brillante en medio de la frente. Te quemará la piel hasta que devuelvas los libros.

Me quedé mirándola.

—Eso se podría haber explicado antes.

—Mientras devuelvas los libros, no habrá ningún problema. —Me entregó una pequeña tarjeta dorada con mi nombre escrito—. ¿Qué tipo de libro buscabas?

—¿Qué me recomiendas sobre la historia de los fae? —Aunque ya no estaba muy segura de querer pedir uno prestado.

La bibliotecaria giró en la silla, murmurando en una lengua fae, y un libro rojo voló por el aire hasta su mano. Lo dejó caer sobre su regazo. Al libro rojo le siguieron uno color café y otro encuadernado con una tela azul descolorida. La mujer volvió a girar la silla y apoyó los tres libros sobre el escritorio.

—Está *Una breve historia de los fae* de Oberón, *Una historia un poco más larga de los fae* de Mistress Titania y, por supuesto, el clásico *La historia completa de los fae* de R. Goodfellow.

Eché un vistazo a los títulos, pero me resultaron ilegibles.

—¿Sabes qué? No podré leerlos, así que...

La bibliotecaria cerró los ojos y empezó a conjurar un hechizo, moviendo los dedos con movimientos espasmódicos, como los de un insecto.

De repente se encendió una luz ante mis ojos y sentí como si me hubieran insertado un clavo en el cráneo. Me sujeté la cabeza, tambaleándome por el dolor.

—Quédate quieta —me regañó la bibliotecaria—, a menos que quieras acabar con papilla en la cabeza. Te estoy ayudando.

Aguantando la respiración, hice el esfuerzo de no moverme mientras unas voces extrañas zumbaban en mis oídos. Ante mis ojos se arremolinaban imágenes de la lengua fae. Ahogué un grito cuando una cantidad abrumadora de información se entretejió en mis pensamientos: cada una de las cuarenta y dos letras del alfabeto, la importancia de la *p* muda y las cinco palabras mágicas.

Entonces, de la misma forma repentina como había empezado, el torrente de información se redujo a un goteo. Mareada, apreté las manos contra el escritorio, intentando no desmayarme.

La bibliotecaria me acercó un libro.

—Bueno, ¿ahora puedes leerlo?

Recorrí el texto con la mirada y el título entró en foco.

—*Una breve historia de los fae.*

Por todos los dioses. ¿Sabía leer fae?

—¿Ava? —Torin dobló la esquina de las estanterías, cargando una gran caja de madera—. Estos son todos los registros de nacimientos en Feéra de hace veintiséis años... —Se quedó callado, mirándome—. Madame Peasbottom —dijo con voz tenue y sepulcral—, ¿qué le hizo?

A la mujer se le palideció la cara, y tartamudeó:

—Solo seguí el protocolo de seguridad habitual. No podemos permitir que nos roben libros.

—Yo asumiré personalmente la responsabilidad si se daña o pierde un libro. Pero *no* se marcará a mis invitadas. —Un aire helado se disparó por mi piel.

—Lo siento, su majestad —dijo la bibliotecaria, hablando con torpeza.

Luego, Torin puso su atención en mí. Habló rápido, hizo otro hechizo, y un instante después, la piel de mi frente destelló con calor y luego se enfrió.

—Ya está. He quitado la marca. —Respiró hondo—. Tengo todos los nacimientos del año en que naciste, pero ¿tienes idea de cuál era tu nombre fae, Ava?

—No tengo idea —respondí, negando con la cabeza—. Pero es probable que haya nacido en mayo, si sirve de algo.

La bibliotecaria tomó la caja y se la acercó.

—Si me permite, su alteza. Esta es *mi* especialidad. —Y agregó en voz baja—: Una niña nacida en mayo...

Parecía ansiosa por recuperarse del incidente de la marca. Después de un minuto dando vueltas, sacó dos fundas largas llenas de tarjetitas plateadas y las hojeó a una velocidad pasmosa.

—Bueno, a ver —murmuró, y luego hizo una pausa—. Aquí hay unas cuantas. —Le dio algunas tarjetas a Torin—. Pero claro, ese fue el año de la masacre... —Su voz se fue apagando.

Torin se volvió para mirarme, con expresión afligida de repente.

–Ava. ¿En qué mes te encontraron precisamente?

–En agosto. ¿Por qué?

Torin y la bibliotecaria se miraron, transmitiéndose algo implícito entre ellos, mientras una aspereza llenaba el silencio.

La bibliotecaria se aclaró la garganta y explicó:

–El mes de la masacre.

–¿Qué masacre? –El pavor invadió los recovecos de mi mente.

Ella volvió a aclararse la garganta y dijo:

–No debemos pronunciar su nombre.

–¿Se trata de los monstruos que mencionaste, Torin? –Sus padres habían muerto cuando él tenía tres años a manos de esos monstruos, pero había insinuado que había sido una muerte larga y lenta. ¿Habría empezado con esta masacre?

La expresión de Torin se había ensombrecido.

–Sí. Tal vez nuestros padres fueron asesinados por las mismas bestias.

–Muchos nobles murieron esa noche –dijo la bibliotecaria–. Pero no habrían dado a una niña en adopción. Y también murieron muchos sirvientes. Podría buscar en los registros de las víctimas si hubo nacimientos de niñas unos meses antes, pero los nacimientos de las familias de sirvientes no están muy bien registrados.

Por supuesto que no. No en este mundo.

Sentí una opresión en el pecho. Entonces era probable que esto fuera lo que les había ocurrido a mis padres, pero cada vez me frustraba más la falta de información.

Torin asintió, y la mujer empezó a hojear otro juego de tarjetas plateadas, negando con la cabeza, murmurando para sus adentros.

–Mmm. No. Ninguna niña nacida en mayo de padres asesinados.

–Miró al rey y se encogió de hombros–. Pero... claro, fue una época muy caótica. Aunque tuviéramos registros de los sirvientes, algunos se habrán perdido.

Se me abrió un pozo en el estómago, pero ahora estaba segura de que mis padres habían sido asesinados por esas horribles bestias.

–Lo siento, Ava –dijo Torin–. Seguiremos buscando.

Pero mis pensamientos ya daban vueltas con imágenes pesadillescas de monstruos que nadie se atrevía a nombrar.

24
AVA

Estaba de pie en mi habitación, contemplando el tapiz de la pared, el de los fae raros y monstruosos, los que tenían alas de insecto y manchas verdes en las extremidades. Fae con garras, astas y cuernos, con colmillos y ropas cosidas con musgo. Unos árboles imponentes y enmarañados se arqueaban sobre ellos. Al mirarlo en más detalle, vi los horrores que cometían algunos: cortaban cabezas con las garras, arrancaban las entrañas de sus enemigos.

Aún quería saber qué les había ocurrido a mis padres biológicos, pero no sentía una pena visceral. Cuando Chloe murió, el dolor me partió en dos. Esta tristeza la sentía a la distancia. No tenía ni un solo recuerdo de ellos.

Shalini abrió la puerta, con la cara sonrojada y radiante.

—Ava, acabo de tener el mejor... —Se quedó callada—. ¿Está todo bien?

Sentía una pesadez en los brazos y las piernas.

—Estoy bien. Pero Torin cree que quizás mis padres biológicos fueron asesinados por monstruos. Los mismos que mataron a los suyos. No pudieron anotar ningún registro exacto, pero... —La voz se me fue apagando—. Hubo una especie de masacre el mismo mes que me encontraron en el mundo humano. Quizá los mataron en ese momento.

—¿Qué dices? ¿Qué clase de monstruos? —preguntó ella.

Una sensación de hielo me bajó por el pecho.

—Nadie habla de ello. Es como una superstición o algo así. —Señalé el tapiz—. ¿Sabes algo de estas criaturas?

—No —respondió ella, negando con la cabeza—. ¿Tal vez solo sea una licencia artística?

Volví hacia la cama, donde había tres libros encima de las mantas.

—¿Quieres aprender acerca de la historia de los fae conmigo?

Me senté sobre las sábanas y me puse un libro de color rojo intenso en el regazo.

—*Una breve historia de los fae*, escrito por Oberón —leí—. Te lo puedo traducir.

—¿Cómo aprendiste fae? —preguntó Shalini.

—Con magia —respondí con una sonrisa. Abrí el libro en la primera página—. "*Una breve historia de los fae*, por Oberón Quiverstick" —leí—. "En este volumen, he hecho todo lo posible por resumir la larga y compleja historia de los fae. Nadie sabe cuándo llegamos a Feéra. Durante mucho tiempo, los antepasados de los seis clanes llevaron una existencia primitiva, de la que no existen registros escritos. Hubo que esperar a que el primer alto rey de Feéra uniera los clanes para que se diera inicio a nuestra historia escrita...

Empecé a leer por encima, pasando las páginas.

—Espera. Esto es superinteresante, pero quiero saber qué pasó en la masacre. –Me salté los capítulos sobre los seis clanes: los kelpie, las banshees, los selkie, los dearg due, los gorros rojos, las leannán sídhe. Al llegar al último capítulo, respiré hondo. –"El reinado del rey Mael fue quizás el más controvertido de los de todos los reyes fae".

–El padre de Torin –dijo Shalini, inclinándose sobre el libro.

Seguí leyendo:

–"Nacido segundo en la línea de sucesión al trono, Mael había sido entrenado para ser soldado, el líder del ejército. Su hermano mayor, Gram, iba a heredar el trono. Pero a los dieciséis años, el príncipe Gram fue asesinado por el Erlking mientras cazaba un ciervo. Después de eso, Mael fue nombrado heredero natural.

–Guau. –Los ojos de Shalini se abrieron de par en par–. Era esa cabeza grotesca que vimos en la pared. Aeron dijo que lo mató el rey Mael.

–Ese tiene que ser el monstruo, ¿verdad?

Volví al libro:

–"'El rey Mael pasó los primeros años de su reinado en el bosque, rastreando al fae maldito. Después de casi cinco años, encontró la guarida del Erlking y lo mató, vengando por fin la muerte de su hermano. Casi inmediatamente después, comenzaron los torneos para elegir a su reina, y eligió a la princesa Sofie. Pronto tuvieron dos hijos: un varón (Torin) y una niña (Orla). Sin embargo, el reinado de Mael se vio truncado cuando...'".

Pasé la página, pero solo encontré una imagen del Erlking que ocupaba la página siguiente, y luego varias páginas que se habían arrancado.

–¿Qué diablos? –dijo Shalini–. Se estaba poniendo bueno.

Asentí con la cabeza, tragando saliva.

–No sé qué pasó hace veintiséis años, pero no quieren que nadie lo sepa. –Me quedé mirando las páginas arrancadas. Al otro lado de ellas había un texto sobre el comienzo del reinado de Torin, pero estaba escrito en un estilo propagandístico, porque él ya era rey cuando el libro se había publicado.

Llamaron a la puerta y levanté la cabeza con brusquedad.

—Yo voy. —Shalini se levantó y abrió la puerta.

Aeron estaba de pie en el umbral, con el cabello rubio sobre los ojos, con el aspecto de uno de esos chicos de TikTok que podrían conseguir un millón de seguidores con solo quitarse la camisa y ponerse a cortar leña. Se sonrojó al mirarla.

—Hola.

—¿Quieres pasar? —preguntó ella.

Él sonrió, pero negó con la cabeza y levantó una gran caja blanca.

—Solo vine a dejar algo. El vestido de Ava para el baile de esta noche. Debería llegar al salón de baile Caer Ibormeith dentro de una hora. —Miró por encima de su hombro—. Enviaré a alguien para escoltarte.

—Ah, bueno. —Se notaba la desilusión en la voz de Shalini mientras le quitaba la caja a Aeron.

—Yo no iré al baile. Tal vez... si no tienes otro compromiso... podríamos cenar juntos.

—Estaré aquí —aceptó ella con una sonrisa—. Y estoy buscando alguna aventura, Aeron, porque en este momento, Ava se las está llevando todas.

Él le sonrió y dijo:

—Te mostraré mi bosquecillo preferido de Feéra. Abrígate bien. —Con una pequeña reverencia, se dio la vuelta y se marchó, y Shalini cerró la puerta.

Ella giró hacia mí, radiante.

—Tengo una cita con el virgen más sexy que existe. No solo el virgen más sexy. Quizá sea el *hombre* más sexy. —Se acercó a la cama y apoyó la caja sobre ella.

—Me alegro de que hayas venido conmigo a Feéra, Shalini. —Quité la tapa de la caja y saqué un vestido largo y sedoso, de un violeta intenso, unos tonos más oscuros que mi pelo—. Yo no estoy consiguiendo nada romántico con todo esto, pero parece que tú sí.

Ella se encogió de hombros y dijo:

—En este momento no necesitas algo romántico. Necesitas alguien que te haga olvidar. Y como Torin es un fae mujeriego, parece la persona adecuada para distraerte de... ya sabes... el monstruo del que no hablaremos.

—¿Andrew?

—No digas su nombre. Podrías invocarlo.

Fui al baño y llené la tina, observando el vapor enroscarse en el aire.

El problema era que algo me decía que Torin podía ser lo más peligroso que había.

25
AVA

Entré al salón de baile Caer Ibormeith unos minutos después de las ocho y vi que ya estaban allí todas las princesas, y las cámaras también.

Pero mis ojos estaban puestos en el salón en sí. Los arcos gigantescos parecían desafiar las leyes de la física. Unas enredaderas florecientes se alzaban contra la piedra y llegaban hasta la luz plateada de un cielo estrellado. Como una bella ruina medieval, el salón de baile tenía una parte descubierta para que entrara la noche. Pero colgaban antorchas alrededor de las columnas y los arcos de piedra, y se enroscaban plantas en torno a ellas.

Antes de salir de mi habitación, había encontrado el nombre "Caer Ibormeith" en uno de los libros de historia. Los fae creían que era la diosa de lo onírico, que gobernaba el sueño. Y este lugar en verdad parecía un templo de ensueño.

Pero dado el frío que hacía, las plantas debían de estar vivas por algún encantamiento. En un lado del salón, ardía un fuego en una gran chimenea de piedra, que era la única fuente de calor del lugar, y el aire helado de la noche me rozaba las mejillas.

Me quedé en un costado, y un escalofrío me erizó la piel desnuda de los brazos. Los sirvientes, tal vez parecidos a lo que habían sido mis padres, se desplazaban de un lado a otro con bandejas llenas de copas de champagne. Cuando una mujer de pelo rosado me ofreció una, la tomé. Al sorber el vino, sentí un calor en la garganta y en el pecho. El vino era como un rosado, pero con toques de miel y naranja, y una ligera efervescencia. No se parecía a nada de lo que había probado en mi vida, y tenía un encanto que consumía el frío.

Me adentré en el salón de baile y sentí que todos me miraban. Parecía que la visita al castillo que habíamos hecho ese día no había pasado desapercibida.

Sin embargo, a medida que me embargaba el calor del vino, no me importaban mucho las miradas. De hecho, creo que nunca me había sentido tan bella, con el cabello trenzado con jacintos. Si me acomodaba bien, por la abertura del vestido se podía ver mi pierna derecha hasta casi arriba de todo.

En un rincón del salón había una banda, todas mujeres con vestidos blancos. Flotaba una música maravillosa en el aire: un arpa, un violín e instrumentos de viento etéreos que no supe reconocer. Las princesas estaban de pie, bebiendo de pequeñas copas de champagne.

Solo uno de los rostros parecía amistoso: Alice, la kelpie de pelo blanco y piel iridiscente, me sonrió y alzó su copa. Levanté también la mía, devolviéndole la sonrisa, y ella se acercó a mí reflejando alivio.

Abrió bien grandes los ojos color café cuando se acercó a mí.

—El vino de Feéra me ayuda a relajarme. Estaba muy nerviosa.

—Seguro no tienes de qué preocuparte. Esto no se pondrá violento, ¿verdad?

—No —dijo ella, negando con la cabeza—, pero la última vez que vi a Torin fue un desastre. Me puse a parlotear sobre leche rancia. No fue nada romántico.

—Pero igual parecía interesado en la conversación —señalé, encogiéndome de hombros. Levanté mi copa, observando el burbujeante líquido rosa pálido—. ¿Y qué vendría a ser el vino de Feéra?

—Tiene propiedades encantadoras —explicó ella, mordiéndose el labio—. Puede hacerte sentir increíble. Incluso enamorada. Esta noche será interesante.

El corazón se me aceleró al pensarlo y, en ese momento, sentí que una magia fría y poderosa se apoderaba de la sala. Parecía que el aire se comprimía y las princesas dejaron de hablar mientras se volteaban hacia la entrada.

El rey Torin hizo su entrada, vestido con un traje negro de tela aterciopelada. Una corona de plata se posaba sobre la cabellera oscura, y paseó su mirada gélida por la sala, con una leve sonrisa en los labios. Podía sentir el aroma de su exquisita magia terrosa, que me envolvía como una caricia.

Un sirviente se apresuró a ofrecerle una copa, y él tomó una de la bandeja y bebió un sorbo.

Cleena fue la primera princesa en acercarse a él, con movimientos lánguidos y fascinantes. Llevaba un vestido largo de seda color ámbar decorado con cuentas y una corona de rosas entrelazadas con helechos. Un maquillaje dorado resplandecía sobre sus pómulos, y en su cabello brillaban gemas de color ámbar. Saludó brevemente a las cámaras antes de dirigirse al rey. Tan solo unos segundos después, lo vi echarse a reír y sentí una ínfima punzada de celos.

Bebí otro sorbo de vino y me obligué a apartar los ojos de Torin y Cleena. Lo último que necesitaba justo después de mi espantosa separación era otra oleada de celos, así que me negué a preocuparme por otro bello rompecorazones.

Alice me miró y preguntó:

—¿Cómo es que siempre pareces tan segura de ti misma?

—¿Yo?

—Sí. Es decir, no tuviste miedo de decirle al rey lo que pensabas. Y parecías muy tranquila y natural en tu cita.

Porque ya sé el resultado. Torin y yo no tenemos ninguna posibilidad de enamorarnos de verdad.

—Es algo que aprendes en el mundo humano —respondí, encogiéndome de hombros. Eso no era cierto en absoluto, pero al menos no me habían criado con un sinfín de inseguridades por mi rango en la rígida jerarquía de clases de los fae—. Creo que deberías relajarte, Alice. Eres preciosa y dulce, y ya sea Torin u otro, encontrarás a la persona adecuada para ti.

Ella me sonrió aliviada.

Volví a echar un vistazo rápido al rey, y lo encontré bailando con la gorro rojo de pelo azabache, vestida de negro por completo, con una corona de flores carmesí. No reconocí este baile, era algo exclusivo del mundo de los fae. Apenas se tocaban, daban vueltas uno alrededor del otro y solo las manos entraban en contacto, hasta que giraban y cambiaban de dirección. Los movimientos de Torin me recordaban a su agilidad y gracia felinas en el combate y, a decir verdad, me costaba apartar los ojos de él. Me quedé mirando mientras él bajaba una mano por la cintura de ella.

—¿Cómo es el mundo humano? —preguntó Alice.

—Bueno —dije, aliviada de tener una distracción—, no es tan lujoso como todo esto, y no tenemos magia. Pero algunas personas pueden ser muy cálidas–. Sentí una punzada de culpa por Alice. Parecía buena y no tenía idea de que todo esto era mentira.

Me quedé mirando mientras Moria merodeaba por la pista, interrumpiendo el baile de Torin con la gorro rojo. Moria iba vestida con un vestido blanco sin tirantes, y su larga cabellera bordó le caía sobre los hombros desnudos. Llevaba en la cabeza una corona de cicuta venenosa con unas delicadas flores blancas.

Bailó pegada a él, apoyando la cabeza en su hombro, y sus ojos oscuros se posaron en mí mientras lo abrazaba. Mientras me dedicaba una sonrisa petulante, deslizó una mano lentamente por la espalda de él hasta la nuca...

Se me revolvió el estómago. Esto era un trabajo. Nada más que un trabajo.

Parecían una pareja perfecta, dos regias bellezas fae. Estaba claro que Torin tenía miedo de enamorarse.

¿Era Moria la que más lo asustaba?

26
AVA

Tomé otro vaso de vino de Feéra de la bandeja de un sirviente que pasaba por allí y deambulé por los costados del salón de baile. Cabía la posibilidad de que una de estas princesas me hubiera enviado al asesino, ¿no? La gente parecía intuir que yo era la favorita, y ellas harían cualquier cosa por ganar.

Moria era mi primera sospechosa, pero lo más probable era que pensara eso porque ella era una completa imbécil. Mientras bebía mi vino, la banda comenzó a tocar otra canción. No era un tango, pero tenía el mismo compás, y la canción seductora flotaba en el aire.

Miré a Torin, y esta vez encontré sus ojos claros clavados en mí, torciendo un poco la boca en una sonrisa traviesa. Desde el centro del salón, me tendió la mano.

A esta altura, el vino me había acalorado, y sentía los músculos vivos y ágiles. Apoyé la copa de champagne sobre una mesita de mármol.

Sin prestar atención al resto del mundo, me acerqué a Torin. Por lo general, detestaba ser el centro de atención, pero el vino me había relajado y estaba concentrada exclusivamente en él. Y tal vez no detestaba tanto ser el centro de atención porque me sentía la más sexy del mundo con ese vestido que él había elegido para mí. El vestido violeta tenía un escote pronunciado y una abertura enorme, seductor y perfecto para bailar tango. El rey también me había regalado un collar de plata con forma de hojas y bayas de endrino que se enroscaban en mi cuello.

Le tomé la mano, sin despegar mis ojos de los suyos. Al ritmo de la música, dimos unos pasos en círculo. Su mirada me estaba haciendo pedazos. Me puso una mano en la cintura y me estrechó contra él, un movimiento brusco y posesivo. Tenía la cadera apretada contra él, que no era en absoluto como él había bailado con las demás... pero yo tampoco iba a quejarme. Aunque nunca podría enamorarme de Torin, no tenía sentido fingir que no me gustaba estar con él.

Nuestras manos se entrelazaron y su mano derecha se deslizó hasta la parte baja de mi espalda, sujetándome con fuerza. Apoyé la mano izquierda en su hombro y saboreé la firmeza de los músculos de sus bíceps y hombros bajo la chaqueta aterciopelada.

A pesar del azul glacial de sus ojos, me miraba con una pasión ardiente, encendiendo una llama prohibida en mi cuerpo.

Torin me llevaba con pericia, deslizó la mano un poco más abajo en la espalda, y me guio para hacer un giro. Mi pierna derecha se deslizó detrás de mí cuando él me inclinó ligeramente, y sentí el aire fresco en la pierna desnuda cuando mi pie se movió hacia delante.

Cuando me enderezó, soltó mi mano derecha y me sujetó la parte baja de la espalda. Con una sonrisa sensual, me estrechó contra él siendo un poco más indecente que en los tangos que había aprendido...

Todos tenían los ojos puestos en nosotros, pero ya no me importaba.

Torin me arqueó la espalda al inclinarme, acompañándome con su cuerpo, los labios casi rozándome el cuello. En el robledal, había bastado un roce de su boca con la mía para prenderme fuego. Solo recordarlo me aceleraba el pulso, me hacía consciente de cada punto en el que se tocaban nuestros cuerpos y del latido de su corazón. Si estuviéramos solos, si esto fuera real, no sé si me habría quedado ni un gramo de fuerza de voluntad.

Torin volvió a enderezarme y me entregué a él mientras tomaba el control absoluto.

Cuando volví a arquear la espalda en otro movimiento, eché la cabeza hacia atrás y cerré los ojos. Él bajó la cabeza y sentí que su aliento me entibiaba el comienzo de los pechos. Cuando Torin me levantó, mi mejilla rozó lentamente la suya y terminé con los brazos alrededor de sus hombros, acurrucando la cabeza contra su cuello. La música se volvió más intensa y el repiqueteo grave de un tambor resonó en el salón.

El rey bajó la cabeza y se acercó a mi cuello. Lo oí suspirar y aspirar mi aroma. Tocándome despacio, el dorso de sus nudillos me rozó las costillas, la caricia tranquila de un hombre que tenía todo lo que quería en sus manos. Un calor recorrió mi cuerpo al sentirlo, y sabía que él podía oír el latido de mi corazón, la respiración acelerada...

Él sabía que yo estaba excitada. ¿Seguíamos bailando?

Con un suspiro, me pasó las manos por los brazos y volvió a tomarme las mías. Las levantó por encima de mi cabeza y nuestros cuerpos se apretaron. Aturdida, incliné la cabeza hacia atrás y me encontré con su mirada.

Sentía la misma emoción excitante que cuando combatía con Torin en el bosque, pero con una sensación embriagadora y sensual en cada movimiento. Jamás en la vida había estado tan desesperada por besar a alguien. Parecía capaz de comunicarse y guiarme con sus movimientos, como si comprendiera cada músculo de mi cuerpo y supiera cómo obtener el resultado preciso que buscaba...

Si quería, podría hacerme suplicar.

Estaba segura de tener la respuesta a la pregunta de Shalini. Sí, no cabía duda de que los hombres fae eran mejores que sus homólogos humanos en la cama. Al menos, estaba segura de que *este* era así. Y por supuesto que lo era, porque estaba muy lejos de ser apto para una relación.

Con un gruñido casi imperceptible, sus manos bajaron a mis caderas. Se agachó apenas y me levantó por encima de su cabeza. Oh, por *Dios*.

Cuando Torin me bajó, volví a estar pegada a él, deslizándome lentamente por su cuerpo. En el momento en que mi pie izquierdo tocó el suelo, terminé con la pierna derecha enroscada en su muslo. Se inclinó contra mí, encorvándome la columna mientras me apretaba, sujetándome con firmeza por la parte baja de la espalda. El deseo oscureció sus ojos y él entreabrió los labios.

Puede que todo fuera por aparentar, pero yo ya no estaba tan segura. Las cámaras no podían ver sus ojos, pero yo sí. Y esos ojos decían que me deseaba tanto como yo a él. Sus dedos me apretaron en un gesto posesivo.

En lo que me pareció un acto supremo de fuerza de voluntad, Torin se enderezó, y yo desenganché la pierna y me alejé. Torin me soltó la mano, aunque sus ojos se quedaron posados en mí.

Retrocedí… después de todo, él tenía que bailar con otras mujeres. Pero el corazón me latía en el pecho como si acabara de volver de una batalla.

Me quedé, sorbiendo un poco más de vino de Feéra, viéndolo bailar con Alice no una, sino dos veces. A pesar de sus preocupaciones, ella bailaba con gracia, y el rey le sonreía de verdad.

¿Tenía que quedarme aquí y verlo bailar con una mujer tras otra? Ya había dado el espectáculo que se requería de mí. Todo había quedado registrado por las cámaras.

Así que, mientras Moria lo sacaba a bailar otra vez, me escabullí por la entrada oscura y me dirigí a mi habitación.

El castillo era enorme. Veinte minutos más tarde, mientras avanzaba por el pasillo desierto, sentí una soledad vacía y dolorosa. ¿Ahora él estaba bailando de la misma manera con otra persona? En verdad, me costaba no pensar eso.

Pero yo había renunciado a los hombres, ¿no? Por eso era "la elegida".

El sonido de unas pisadas a mis espaldas me aceleró el corazón, y me di cuenta de que volver sola a mi habitación tal vez no había sido la mejor idea habiendo un asesino suelto. Oí que la otra persona aceleraba el paso y me volteé, dispuesta a luchar.

Pero cuando me di vuelta, encontré a Torin detrás de mí, con las manos en los bolsillos. Ya no sonreía.

—Ava, no deberías andar por aquí sola si alguien intentó matarte.

—Lo siento —me disculpé, respirando hondo—. Quería irme sin que me vieran.

Una sonrisa se dibujó en la comisura de sus labios.

—¿Por qué?

¿Quería que admitiera que había sentido una mínima punzada de celos? Porque no lo iba a reconocer. Me encogí de hombros y respondí:

—Me aburrí.

Él me apretó contra la pared y me puso las manos a ambos lados de la cabeza. Con los ojos con los que me miraba, sentí como si me estuviera desarmando, examinando cada centímetro de mi alma.

—No eres para nada lo que esperaba.

Me relamí los labios, y sus ojos captaron el movimiento, deteniéndose en mi boca.

—¿Eso es bueno o malo? —le pregunté.

—Las dos cosas.

—Eso es muy confuso.

Él levantó una mano y me pasó los dedos por la clavícula. Mi cuerpo chisporroteó ante el roce.

—Dime otra vez cuánto me odias.

—¿Eso es lo que te excita? —Se me aceleró el pulso.

—Algo así.

A la luz tenue de la antorcha, podía ver claramente lo marcados que eran sus pómulos, lo perfectos que eran sus labios...

¿Por qué no seguirle el juego? Perfecto para olvidar.

—Eres arrogante y estás desesperado por dar la impresión de que tienes el control, todo para poder ocultar la verdad.

Él arqueó una ceja y me pasó la mano por la nuca. Su pulgar rozó la piel de mi garganta, sus ojos ardían.

—¿Y qué verdad sería esa? —susurró.

—Que te aterran tus propias emociones, por eso no dejas que nadie se acerque.

Una sonrisa lenta y seductora curvó sus labios.

—Sería una situación que tú entiendes bien. Un idiota te rompió el corazón y juraste no volver a amar jamás.

—Eres un snob irremediable que cree merecer el poder por un accidente de nacimiento.

Pasé las manos por su pecho glorioso mientras hablaba, deleitándome con la sensación de sus músculos de acero, provocándole un tenue gruñido.

—Seríamos una pareja destinada al fracaso —susurró él, con la vista fija en mis labios—. Tu familia carece de linaje noble, una verdad puesta en evidencia por tu falta de modales en cada oportunidad que se te presenta.

Alcé la mano y toqué su rostro.

—Y tú eres tan tonto como para pensar que eso importa, ¿no, majestad?

Su rodilla se acomodó entre mis muslos, inmovilizándome.

—Soy alguien de quien nadie debe enamorarse, ¿oíste?

Mi cuello se encorvó, el cuerpo se me tensó, listo para rendirse ante él.

—Fuerte y claro.

—Pero no puedo dejar de pensar en ti y en tu cuerpo contra el mío —murmuró—. Solo un beso, Ava. Quiero más, por supuesto. Quiero tomarme mi tiempo contigo, explorarte por completo. Pero no puedo tener eso, porque nada de esto puede ser real. Así que, solo un beso.

Era casi una pregunta, y asentí con la cabeza, separando los labios.

Por fin, él tomó mi boca con la suya y sentí el sabor dulce y afrutado del vino en sus labios. Al principio fue un beso suave, hasta que él inclinó la cabeza y metió la lengua. El calor irradió dentro de mí a medida que el beso se hacía más intenso y su lengua acariciaba sensualmente la mía.

Mi cuerpo se encendía como pólvora; por dentro, me tensaba y me ablandaba a la vez. Me moría por él.

Una de sus manos me recorrió el cuerpo: el hombro, la curva del pecho, la cintura. Estaba desesperada por que me acariciara por todas partes y dejé escapar un leve gemido. Sus manos siguieron bajando por mis caderas hasta el tajo del vestido. Llegó a la curva del comienzo de mi pierna, me la levantó y la acomodó alrededor de él, y se apretó contra el vértice de mis muslos. Me sujetó y movió la cadera contra mí, y yo me encorvé contra él.

Él se separó y dejó escapar un silbido. Pero seguía aferrado a mi muslo, con una mano contra la pared y la otra sobre mí.

—Ava, ¿te he dicho cuánto me gusta cómo hueles?

Enredé los dedos en su pelo oscuro.

—Chist. No nos estamos halagando.

Había dicho solo un beso, pero era mentira. El rey de Feéra reclamó mi boca de nuevo. Mi cadera se movió contra él, y el tenue ruido sordo de su pecho hizo que mis senos se tensaran.

Sentía su dureza apretándose contra mí, y su beso se había vuelto frenético, desesperado.

Nos estábamos saboreando el uno al otro, y el placer de este beso había borrado todo pensamiento racional de mi mente con la fuerza de un viento invernal. Pero no era suficiente. El ansia entre mis muslos exigía más.

Me tomó el labio inferior entre los suyos mientras se apartaba, poniendo fin al beso. Tenía los dedos enredados en mi pelo y parecía reacio a soltarme. Recuperando el aliento, apoyó la frente en la mía. Sentía mis labios deliciosamente hinchados.

—Somos una pareja destinada al fracaso, pero nunca he deseado a nadie más que a ti, Ava Jones —dijo con voz áspera. Me miró por última vez y dio un paso atrás—. Voy a enviar guardias a tu habitación, de inmediato. No quiero que te pase nada.

Se dio la vuelta y se fue caminando por el pasillo sombrío, con la corona brillando como el fuego bajo las antorchas parpadeantes.

27
AVA

Me desperté con un intenso dolor de cabeza y un brazo sobre los ojos. ¿Me había despertado un trueno? No estaba segura de si de verdad había habido un estruendo o si era el remanente de una pesadilla.

No había tormenta. La luz de la luna entraba en la habitación, y tenía la sensación de que tenía a alguien gritando dentro de mi cabeza.

Anoche no me había sentido borracha, solo increíble. Había bebido dos copitas y media de vino de Feéra, lo que no había pensado que fuera mucho. Pero al parecer, el vino de Feéra te destruía del todo. Y como siempre que bebía demasiado, me desperté a una hora infame.

De inmediato, mi mente se fue al beso con Torin, y mi pulso se aceleró de solo pensarlo. La voz en mi cabeza volvió a gritar y cerré los ojos.

Pero eso no estaba en mi cabeza, ¿no? ¿Quién mierda gritaba?

Me obligué a salir de la cama y entrar en la habitación de Shalini. A la luz de la luna, la vi sentada en la cama, frotándose los ojos.

–¿Qué pasa? –murmuró–. ¿Qué hora es?

Me acerqué a la puerta y la abrí apenas un poco. Los gritos resonaron en los muros del castillo, y vi a los guardias corriendo por el pasillo sombrío hacia el origen del ruido. Cerré la puerta y me volví hacia Shalini.

–Creo que hay alguien herido. Pero hay muchos guardias ahí afuera por si hay un intruso.

Con el corazón que se me salía del pecho, fui a buscar mi espada, que estaba junto a la puerta.

Con cuidado, abrí la puerta un centímetro y me asomé de nuevo. Los guardias se habían metido en una recámara. Las sombras se agitaban sobre las piedras. Los gritos habían cesado.

Unas siluetas se movían por el pasillo y, a la luz de las antorchas, identifiqué a las princesas, arrancadas de la cama como yo, con el pelo enmarañado que les caía sobre el camisón. Reconocí a la gorro rojo de pelo oscuro, que avanzaba sigilosamente con los ojos aterrados abiertos de par en par, y alcancé a ver los mechones de color calabaza y morado de Etain.

–¿Qué mierda está pasando? –preguntó con un fuerte susurro.

Entré de puntillas en el pasillo, y un pavor helado me recorrió por dentro.

–¿Qué pasa? –Me acerqué en silencio a la puerta por la que habían pasado los guardias y miré por encima del hombro de alguien para ver qué había ocurrido.

A través de todos los que se agolpaban en la puerta, vislumbré el cuerpo de una mujer. Estaba acostada boca abajo, con el cabello blanco esparcido como los pétalos de una flor rota, y el camisón blanco manchado de sangre. La empuñadura ornamentada de un cuchillo sobresalía de entre sus omóplatos.

–Es la princesa Alice –dije con un hilo de voz. Su cuerpo no se movía.

El recuerdo de lo que habíamos hablado flotó en mi mente y me invadió la tristeza. Alice parecía dulce, tan diferente con el resto de las despiadadas fae.

Aeron estaba inclinado junto a ella, con las manos extendidas.

—¡Que nadie se acerque! —gritó. Luego alzó la vista hacia los demás guardias—. ¿Cómo pasó esto con un guardia en la puerta? ¿Con todos nosotros en el pasillo?

Un soldado de cabello oscuro negó con la cabeza.

—Nadie entró en su habitación.

—¿Y ninguno de ustedes vio pasar a nadie? —Una magia gélida me rozó la piel y me castañetearon los dientes. Me di media vuelta y vi a Torin caminando con paso airado por el pasillo—. Todos deben regresar a sus habitaciones de inmediato —dijo, con una mano en la empuñadura de su estoque.

Respiré hondo y me hice a un lado. Torin tenía razón: no necesitábamos un puñado de personas pisoteando la escena del crimen. Me volví y, al mirar hacia atrás, vislumbré al equipo de televisión. Arrastraban una cámara tan rápido como podían por el suelo de piedra. No quería estar presente cuando se enfrentaran con Torin por transmitir esto.

Me apresuré a ir a mi habitación, pensando en lo que Torin había dicho sobre el castillo: ni siquiera él conocía todos los pasadizos de este laberinto. Una vez que Shalini y yo ya estábamos a resguardo, coloqué el cerrojo en su lugar.

—Tenemos que revisar este lugar y ver si hay otras entradas —dije. Con el corazón palpitante, aparté tapices y busqué trampillas debajo de las camas.

—¿Por qué Alice? —preguntó Shalini, pasando los dedos por las paredes—. Moria y tú parecen ser las favoritas.

–Habrá sido Moria –murmuré–. Y tal vez no pudo entrar aquí. Alice bailó dos veces con el rey. Quizá más. Seguía bailando con él cuando me fui.

Después de buscar durante veinte minutos, Shalini y yo no habíamos encontrado nada, salvo una nota que el rey había deslizado por debajo de nuestra puerta:

Revisen cada centímetro de la habitación. Aeron montará guardia hasta que yo vuelva.

No deben salir bajo ninguna circunstancia.

Shalini y yo habíamos pasado el día prácticamente presas en nuestra habitación, aunque éramos prisioneras con toneladas de libros, un baño lujoso, abundantes entregas de comida y una breve visita de Aeron, que nos ayudó a inspeccionar la habitación una vez más. Pero ahora solo estábamos nosotras dos y los libros. Mientras descansábamos, los sirvientes nos habían traído estofados, alitas de pollo, queso azul, fruta y vino tinto.

Más allá de la amenaza de ser víctima de un asesinato, no tenía ninguna queja, la verdad.

A las seis de la tarde, estaba encorvada sobre las alitas de pollo, que estaban ahumadas y sabrosas, con la carne que prácticamente se desprendía del hueso. En mi regazo, había abierto un libro para leer mientras comía, *El castillo de Ontranto*, un romance gótico centenario que me tenía enganchadísima.

Cuando hice una pausa para beber un sorbo de beaujolais, llamaron a la puerta.

Shalini fue la primera en llegar a la puerta y pegó la oreja a la madera.

—¿Quién es? ¿Más comida?

—El rey. —Su voz grave retumbó a través de la madera—. Y Aeron.

Shalini destrabó la puerta y la abrió para dejarlos entrar.

Cuando Torin entró en la habitación, pude ver lo agotado que estaba. Tenía la cara demacrada y sombras debajo de sus ojos hermosos.

Aeron levantó la daga negra que había visto en el cuerpo de Alice. Nos miró a Shalini y a mí.

—Ustedes dos son las únicas que vieron al asesino en acción. ¿Es la misma daga que vieron aquella noche en su habitación?

Me acerqué un paso y miré la empuñadura.

—Creo que sí. Estaba oscuro. Pero recuerdo que era negra. Como de ónice.

—¿Encontraron un pasadizo secreto en la habitación de Alice? —preguntó Shalini.

—Un cuadro de Finvarra que nadie sospechaba que era una puerta —respondió Torin, pasándose una mano por el cabello—. Por ella se podía entrar a la habitación, y el asesino se habrá metido mientras ella dormía. El pasadizo lleva hasta las mazmorras, y tengo soldados revisando todo en busca de pruebas e interrogando a las demás princesas.

Despertó mi curiosidad.

—¿Por qué no sospechas de nosotras?

Aeron ladeó la cabeza y respondió:

—No habrían logrado salir conmigo en la puerta, ¿no? Varias de las otras princesas tienen pasadizos ocultos en sus habitaciones por los que podrían salir. La de ustedes no.

—A ver si adivino —dije, respirando hondo—. ¿Moria es una de ellas?

—No puedo acusar sin pruebas. Destrozaría el reino.

—Y también está, por supuesto, la historia que el rey tiene con Moria y su familia —señaló Aeron, jugueteando con el cuello de la camisa.

Él no me había contado nada de eso.

Torin miró a Aeron por un momento y después puso la vista en mí.

—Tengo a muchos guardias recolectando pruebas, Ava. Pero solo nos quedan unos días, y necesito asegurarme de que podrás defenderte en el torneo de esgrima.

A pesar de todo lo ocurrido, y a pesar de mi buen juicio, sentí un fuerte escalofrío de excitación ante la idea de volver a estar a solas con él.

28
AVA

Envuelta en mi capa blanca, iba siguiendo a Torin hacia el bosque. Pero no me llevaba hacia el cementerio de los niños cambiados, como de costumbre, sino que caminábamos por un sendero que serpenteaba entre los robles oscuros cubiertos de nieve.

—¿De verdad crees que necesito más práctica? —El aire me pinchaba los pulmones—. ¿Con todo lo que está pasando?

—El torneo de esgrima es pasado mañana por la noche. Sigo preocupado, sí. —Me miró con los ojos brillantes en la oscuridad—. Estoy dudando de si debería haberte traído a Feéra.

—¿Por qué?

—Porque estabas a salvo en el mundo humano, pero aquí no. Y ahora, es mi responsabilidad asegurarme de que no te pase nada, pero siento que ya no lo puedo controlar. Aquí se están extendiendo las fuerzas de la oscuridad, junto con la escarcha. Comenzó con los boggarts que echan la leche a perder. Luego me llegaron noticias de avistamientos de dragones y demonios sluagh... La magia oscura que llena el vacío se está apoderando de todo, y sospecho que las princesas pueden sentir esa influencia maligna, que las vuelve más sanguinarias.

—¿No es por eso que estoy aquí? ¿Para arreglarlo todo?

—Si vives. Después del asesinato, no me cabe duda de que las princesas intentarán hacerte pedazos en el torneo.

Unos dedos fríos de pavor subieron por mi espalda, intenté ignorarlos.

—Pero necesitas una reina a la que no puedas amar, o el reino morirá. Así que aquí estoy. Torin, ¿adónde vamos?

Esta noche parecía que el rey estaba envuelto en sombras, y tenía la sensación de que cargaba con un gran pesar.

—Al viejo templo de Ostara. Vamos a practicar allí.

—¿Por qué?

—No es de tu incumbencia, niña cambiada —dijo con sequedad—. Tú solo concéntrate en seguir con vida. Esta noche, cuando practiquemos, voy a usar magia. Las princesas harán lo mismo, y tienes que estar preparada.

Al parecer, Torin no estaba de humor para conversar.

Pero mientras me llevaba a un imponente templo de piedra, con arcos que se elevaban hacia las estrellas, me quedé sin palabras de todos modos. Ni siquiera pensaba en el frío mientras contemplaba la belleza desolada de aquel lugar. Entramos por un arco abierto en el templo antiguo.

La nieve cubría el suelo y espolvoreaba las piedras. Si las catedrales medievales fueran el doble de grandes y se las dejara caer en ruinas en tierras heladas durante siglos, se verían así. La luz de la luna entraba a raudales por las ventanas abiertas y el techo deteriorado se extendía sobre nosotros como la caja torácica rota de un dragón de piedra. Algunas alcobas estaban adornadas con estatuas, muchas de ellas de animales como liebres y zorros. Sentí la carga de la magia que desprendían las piedras, que vibraba sobre mi piel. Por todas partes colgaban carámbanos, cristales con destellos plateados. Unas plantas espinosas trepaban por las paredes, ya sin flores por el frío, pero el efecto era imponente y amenazador a la vez.

No tenía idea de por qué habíamos venido aquí, pero no me iba a quejar. Era un privilegio tan solo echar un vistazo a este lugar mágico.

—¿Estás lista? —Torin ya estaba desenvainando su espada, sin perder un segundo.

Suspirando, me quité la capa y la apoyé sobre la estatua medio derruida de una liebre. Levanté mi estoque, estabilizándome en el suelo helado.

Levanté la espada y lo miré a los ojos. A veces, cuando él me miraba, la intensidad de sus ojos me producía escalofríos. Era un hombre con tanto poder que casi me parecía estar viendo algo prohibido cuando lo miraba directamente.

—Espera. —Se metió la mano en el bolsillo y sacó un cristal claro que brillaba como el hielo—. Tenlo contigo. Te ayudará a moverte con rapidez cuando las princesas usen magia. Procura que su poder no te abrume.

Lo lanzó al aire y yo lo atajé con la palma de la mano. No tenía bolsillos en los pantalones de cuero, así que me lo metí en el sujetador.

Cuando me tocó la piel, una oscuridad comenzó a desplegarse en mi pecho: una sed de sangre. Sentí que el labio se me curvaba hacia atrás y me pasé la lengua por los caninos. Debía de ser la magia salvaje del lugar, o el propio cristal, pero juraría que los sentí afilados como los de un lobo. A mi alrededor, la luz de la luna parecía más brillante y las sombras se hacían más densas.

Quizá mi destino nunca fue el mundo humano. La naturaleza era mi hogar.

—No sé si estarás preparado para enfrentarme, Torin.

—Haré lo que pueda, niña cambiada —susurró él.

Sus ojos eran motas de hielo en la oscuridad. Traté de anticipar dónde me atacaría primero, y mis piernas empezaron a zumbar con una furia belicosa.

Torin se abalanzó por el suelo nevado del templo. Atacó, apuntando a mi hombro, y lo frené con facilidad. Veloz como el viento, me fui moviendo a la vez que nos trenzábamos en un revuelo de choques de espadas. Ya lo estaba haciendo retroceder, y mi corazón latía de emoción.

¿Lo que había sentido era excitación por Torin o unas ganas tremendas de experimentar el estremecimiento de la guerra? ¿Era este un lado reprimido de mí que nunca había conocido en el reino humano?

A esta altura, ya conocíamos los movimientos y ritmos del otro, así que tenía que hacer algo diferente para ganar. Bloqueé su golpe con más fuerza de lo habitual y giré para alejarme de él. Me moví en la oscuridad, rápida como las alas de un colibrí. Torin volvió al ataque e intentó darme una estocada, pero esta vez la esquivé.

No hay reglas en Feęra...

Desde el suelo, arremetí contra sus piernas, y Torin saltó por encima de mi espada. Antes de que pudiera levantarme, él volvió a darme una estocada, ahora con saña. Bloqueé el ataque, y su espada empujaba contra la mía.

Atrapada en el suelo, le golpeé la rodilla con el pie. Él soltó la espada y esta cayó al suelo con un ruido metálico. Cuando empecé a levantarme de nuevo, el rey arremetió contra mí con la fuerza de un tren de vapor. Caí de espaldas sobre la tierra rocosa y mi cabeza golpeó la piedra. Un mareo me recorrió todo el cráneo y solté el estoque.

La magia del cristal se me metió en las costillas y mi cuerpo rugió con violencia. Pero Torin ya estaba encima de mí, inmovilizándome contra la tierra nevada. Levanté la cadera, lo sujeté del pelo y tiré de él para quitarme de encima.

Torin rodó sobre su espalda, me senté a horcajadas sobre él y le di un fuerte puñetazo en la mandíbula. Su cabeza se enderezó en un segundo, pero en mi siguiente golpe, él me sujetó el puño con fuerza. Con un gruñido, me retorció el brazo para apartarlo. Di un vuelco y caí de bruces sobre la nieve. Me quedé sin aire.

Ahora tenía al rey sobre mi espalda, sujetándome las manos contra la tierra. Empujé la cadera contra él, pero no logré quitármelo de encima.

Torin se inclinó hacia mí y me susurró al oído:

—Veo que tienes un lado salvaje, pero está claro que nos queda trabajo por hacer.

Me soltó las muñecas y se acomodó. Recuperando el aliento, me di la vuelta y me puse boca arriba. Pero el rey no se movió. Volvió a sujetarme las muñecas, esta vez de cara a mí.

—Estás muy agresiva esta noche, ¿no? —Cierta locura danzaba en sus ojos claros—. Bien, pero tienes que ser aún más agresiva, Ava. Porque no toleraré tu muerte.

—Porque debajo de tu imagen de gruñón, en realidad te gusto. —Mi aliento formó una nube de vapor alrededor de él.

Torin exhaló con brusquedad y me soltó las manos, pero no se quitó de encima de mí.

—Ava —susurró, mirándome fijo.

Sus pestañas eran largas y oscuras; su rostro, un sinfín de contrastes: la piel blanca, las cejas negras como el carbón y los ojos de un celeste clarísimo.

La nieve del suelo de piedra se filtró en mi ropa, helándome la piel.

Él me acarició el rostro, me rozó la mejilla con el pulgar y apretó la frente contra la mía.

Así de cerca, el poder primigenio de su magia palpitó sobre mí y me hizo vibrar la piel. Inhalé su aroma. Estar cerca de él era como absorber el poder de un dios. El deseo se apoderó de mí y mis muslos se apretaron contra los suyos.

—Esto es solo físico —susurré, recordándomelo a mí misma en voz alta.

—Bien. —Se apartó de mí y se puso de lado, pero enredó una mano en mi cabello y me acercó a él. La otra mano se deslizó hasta mi trasero, arrimándome.

Torin giró la cabeza, rozando sus labios contra los míos, provocándome. Y cuando su boca se apretó contra la mía y entró su lengua, me besó con la desesperación de un hombre que pensaba que el mundo se acababa y que solo nuestro deseo podía salvarlo.

Torin deslizó su mano por detrás y la metió en mi ropa interior, tocándome el trasero. Gimió, con los dedos sujetándome el pelo con más fuerza. Por la tensión de sus músculos, sabía que estaba poniendo hasta la última gota de control en su ser para intentar contenerse.

Era un juego peligroso, porque ni siquiera podía admitir que yo le gustaba.

Pasé mis dedos por debajo de su camisa, sintiendo la v tallada de sus abdominales, luego bajé un poco más...

Su control se quebró.

Ahora lo único que había en el mundo eran nuestros miembros entrelazados, nuestros labios moviéndose los unos contra los otros y los corazones latiendo con fuerza. Nuestro beso era la estrella más brillante del cielo nocturno, una chispa de luz rodeada de oscuridad. Era el beso que había deseado toda mi vida sin saberlo. Todo lo demás se fundió con las sombras.

Él se apartó, sujetándome el labio inferior con los dientes por un instante, y recuperamos el aliento. Con ternura, me rozó el mentón y la mejilla con besos, manteniéndome cerca de él. Por primera vez desde que estaba con Torin, su cuerpo irradiaba calor.

Él volvió a posar la vista en mí, y parecía buscar algo en mis ojos.

—Ava —susurró.

Luego, con la misma rapidez con la que había empezado el beso, Torin se apartó de mí. Se incorporó, se puso de costado y se pasó la mano por el pelo.

Yo también me incorporé y lo miré con el ceño fruncido. Mi cuerpo echaba de menos su calor, la sensación de que él me envolviera.

Torin me devolvió la mirada, con una expresión gélida.

—Ava, sabes que es solo lujuria, ¿no? Esto no es real. No puedo... no me gustas.

Sus palabras se me clavaron como un carámbano en el pecho y me quedé mirándolo, atónita. Cuando se levantó del suelo, tardé un momento en recordar cómo funcionaban las palabras. Pero, por supuesto, ya me lo esperaba, ¿no?

Tragué saliva, ignorando la sensación cada vez más fuerte de que se me entumecían los dedos de las manos y los pies por el frío.

—No te gusto porque soy una fae común.

Por supuesto, Torin también tenía alguna historia con Moria, una alta fae de sangre azul.

—No —respondió él con voz áspera—. No es por eso. Te traje aquí por una razón.

—Y esa razón es... —Apreté los dientes.

—Necesitaba recordarme... —Se interrumpió—. Mira, la verdad es que no importa. Jamás hubo intención de que esto fuera real. Tú lo sabías.

Me levanté, quitándome la nieve de la ropa.

—No pasa nada. —Bajé la voz para que no la oyera quebrarse—. Siempre supe que no eras más que otro desgraciado bonito, y eso no ha cambiado. Así que no ha habido sorpresas de mi lado. —Estaba segura de que me estaba saliendo muy bien lo de ocultar el hecho de que él me había dejado sin aliento.

Lo curioso fue que, a pesar de que era él quien me rechazaba, una expresión de dolor le atravesó las facciones durante un instante.

Luego se dio vuelta y se alejó entre las sombras. Me quedé mirándolo. Ni siquiera se había molestado en tomar su espada.

Yo siempre había sabido qué era esto. Él no quería casarse. No quería enamorarse ni tener hijos. Y yo tampoco, porque no quería saber más nada con el amor.

Pero sentía como si igualmente se me rompiera el corazón.

29
AVA

Cuando volví a mi habitación, furiosa, los dedos de las manos y los pies ya se me habían entumecido por completo y los dientes no paraban de castañetear.

A pesar de que Torin había desaparecido sin dejar rastro, había enviado unos guardias para escoltarme a mi habitación, lo que me terminó molestando aún más.

Encontré a Shalini sentada con las piernas cruzadas en su cama, encorvada sobre un libro. En la mesa de al lado había una botella de vino y dos vasos vacíos. Empapada de nieve, sentí una punzada de celos repentina por su noche tranquila y cálida. Ella levantó la vista cuando entré.

—Pareces helada. ¿Qué tal el entrenamiento?

—Torin es un imbécil.

Shalini enseguida tomó la copa de vino vacía y empezó a servir.

—¿Ah, sí? ¿Qué pasó?

—Bueno, entrenamos. —Me quité la capa húmeda y la tendí sobre una silla—. Después nos besamos. Y después me dijo que en realidad no le gusto.

Ella se quedó mirándome, casi derramando el vino.

—¿Qué demonios, Torin? A ver, aun siendo un mujeriego, ¿no podía guardarse eso?

Tomé el vino de la mesa y me puse junto a la chimenea para entrar en calor.

—Creo que está espantado de sí mismo porque lo está volviendo loco una fae común.

—Dudo que sea tan superficial, ¿no? —dijo Shalini, negando con la cabeza.

—Bueno, no se me ocurre otra cosa —respondí, encogiendo los hombros y esbozando una sonrisa irónica—. Dada la frecuencia con la que terminamos besándonos, parece que le gusta mi aspecto. —Me encogí de hombros otra vez—. Y seguro que mi maldita personalidad encantadora no lo hace desistir. Pero en realidad no importa, Shalini. Entré aquí sabiendo que el amor era una mierda, así que no siento nada. Torin no es muy diferente de Andrew, ¿no? Estoy aquí por el dinero. Eso es todo.

Un zarcillo espinoso de acusación surcó mis pensamientos: *Mentirosa*. Porque aquel beso había volado mi cabeza y hecho olvidar a Andrew y la promesa de no volver a amar. Incluso me hizo olvidar de los cincuenta millones...

Pero ¿de verdad necesitaba admitirlo en voz alta? Mi ego ya había sufrido suficiente en estos días.

—Eres sumamente encantadora para cualquiera con sentido común. —Shalini ladeó la cabeza—. Por cierto, Aeron ya no es tan casto como debería.

—No puedo creerlo. —El calor de la chimenea me envolvió, secándome un poco la ropa, y el fuego crepitaba detrás de mí. Le devolví la sonrisa—. Bueno, al menos una de nosotras encontró a un buen chico.

Shalini apoyó la copa de vino vacía sobre la mesa.

—No es lo único que encontré —dijo.

Me froté las manos, sintiendo que la sangre volvía a bombear.

—¿Qué más encontraste?

—¿Recuerdas que revisamos la habitación para ver si había pasadizos secretos y no encontramos ninguno? —Bajó las piernas de la cama y se acercó a una de las estanterías—. Bueno, sí tenemos un pasadizo secreto. Y es un clásico de los clásicos.

—¿Qué quieres decir con un clásico?

—Mira esto. —Tiró de una gárgola de piedra de una estantería y esta hizo un chasquido. La estantería giró hacia dentro con un crujido, y algunos libros cayeron al suelo.

De acuerdo. El pasaje de la estantería era en verdad un clásico, y no sé por qué no lo habíamos intentado antes.

—¿A dónde crees que irá? —susurré.

Ella volvió a mirar hacia la puerta que daba al pasillo.

—El asesino entró por la entrada principal, ¿no?

—Quizá no conocía el pasadizo secreto. —Al acercarme, pude ver los contornos de unas bisagras antiguas de hierro fundido—. ¿Cómo encontraste esto? —dije en voz baja.

—Buscaba otro romance gótico. Ya terminé *Los misterios de Udolpho*. —Dio un paso tímido dentro y se detuvo para mirarme, con los ojos muy abiertos—. ¿Traemos a Aeron?

—No quiero que nos agreguen a las dos a la lista de sospechosos —dije, vacilante—. Por ahora, estamos bien. Tal vez deberíamos... ¿cerrarlo?

—Ava, ya sabes que vamos a entrar igual. Ni siquiera finjas discutir. —Encendió la linterna de su teléfono y se adentró en el túnel.

—Espera un segundo, Shalini. —Volví corriendo a la habitación y tomé mi estoque.

Dentro del pasadizo, la luz de la linterna iluminaba las paredes oscuras de piedra y el techo bajo. Tomé con fuerza la empuñadura del estoque y olfateé el aire. Piedra húmeda, un poco de musgo, el aroma del jabón de rosas que Shalini y yo habíamos estado usando...

En el mundo humano, no usaba esta habilidad primigenia, la de cazar por el olor. Pero aquí era algo natural, un sentido olvidado.

—Ava, querías saber sobre los monstruos, los que quizás hayan matado a tus padres, ¿no? —Shalini proyectó la luz sobre la piedra.

—¿Encontraste algo? —Las dos estábamos susurrando, pero por alguna razón, las voces sonaban fuertes, con eco—. Torin ha estado hablando de monstruos. Dragones, y algo llamado sluagh.

—Pero esos son los monstruos de los que habla la gente, ¿no? En uno de los libros de historia fae, había criaturas con cuernos y alas. Mitad fae, mitad bestias, como el tapiz. El libro decía que podrían ser un mito. Pero parece que Torin los ha visto, ¿no? Supuestamente, son criaturas malvadas y sedientas de sangre. El lado oscuro y antiguo de los fae, antes de que se civilizaran.

—Él parece no tener dudas de que mataron a sus padres. Y creo que dijo que una vez gobernaron estas tierras, antes de que los seelie tomaran el poder y construyeran este castillo. —Me latía el corazón con fuerza, se me secaba la boca—. ¿Cómo se llaman?

Ella se volvió, con los ojos brillando en la oscuridad.

—Los noseelie.

El nombre hizo que un pavor helado me recorriera la piel.

—He oído hablar de ellos. No sabía que fueran reales.

—En Feéra, parece que los monstruos son reales —señaló Shalini, encogiendo los hombros.

—Eso es cierto —dije con un suspiro—. Torin dice que porque la magia está abandonando el reino, la magia oscura está llenando el vacío.

—Me preocupa el torneo de esgrima. ¿De verdad estás preparada, Ava? Porque estas princesas *no* están jugando. —Shalini se volvió hacia mí—. ¿Y si Moria es una noseelie encubierta y te hace pedazos?

—Estaré bien —dije con la mayor tranquilidad que conseguí transmitir—. He practicado mucho con Torin. —Pero ¿había forma de saberlo?

Mientras nos adentrábamos en el túnel, mi mente volvió a la noche en que nos habían dado la habitación. Aeron había insinuado que llevaba años sin usarse y no quería que yo preguntara por ella. ¿Por qué?

Tenía la sensación, el presentimiento, de que este pasadizo era importante. ¿Quién había vivido aquí antes?

Tenía que encorvarme para no golpearme la cabeza contra el techo, y me puse delante de Shalini para sostener el estoque delante de mí. Ella me seguía de cerca, con la respiración entrecortada por la emoción.

Después de otros seis metros, el pasadizo se abrió un poco más. Shalini iluminó con la luz del teléfono y vimos dos escaleras: una que subía y otra que bajaba.

—Arriba —dijo ella.

—¿Por qué?

—No lo sé. Abajo habrá una mazmorra olvidada o algo así, y no quiero encontrar cadáveres.

Shalini me dio un empujoncito y avancé con la espada desenvainada.

Subimos sigilosamente las escaleras hasta que se detuvieron frente a una pared de roca maciza.

–¿Por qué habrá una escalera que no lleva a nada? –pregunté.

–Debe de haber otra puerta. –Shalini iluminó la piedra–. ¡Allí! Señaló una pequeña protuberancia–. Parece un botón. ¿Lo ves? Ahora se me da bien encontrar estas cosas.

Con cuidado, apreté el botón, y este hizo un clic. Lo que aparentaba ser un muro de piedra empezó a abrirse hacia fuera.

–Ten cuidado –susurró Shalini.

–Sí. –Dejé que la puerta se abriera solo un poco y me asomé por la rendija para ver–. Un pasillo.

Empujé la puerta despacio para abrirla más. Aquí dentro, el suelo estaba polvoriento y colgaban telarañas de un cuadro de marco dorado que teníamos delante, un retrato de una fae con el pelo negro azabache lleno de joyas brillantes.

El pasadizo de piedra era tosco y cada vez más estrecho, como si se hubiera construido en una época en la que los fae fueran más pequeños. Llegamos a otra escalera, estrecha y sinuosa, que subía y subía. Me aventuré de a poco a subir, con Shalini pisándome los talones. La luz del teléfono apenas iluminaba los escalones que tenía delante. Daban vueltas y vueltas hasta que empecé a sentirme mareada y claustrofóbica; parecía que las paredes oscuras se me venían encima.

Seguimos subiendo, los muslos empezaban a arderme.

Justo cuando tuve la tentación de detenerme a descansar, llegamos a otra puerta; esta era de madera, deformada por el tiempo. Giré una manija polvorienta, con cierta esperanza de que la puerta estuviera cerrada, pero giró con facilidad y se abrió con un chirrido sordo.

Me quedé contemplando una habitación oculta en una torre y la luz de la luna que bañaba una cama.

30
AVA

La luz entraba por las ventanas que nos rodeaban, dispuestas en una gran curva.

Shalini miró por encima de mi hombro y exhaló.

—Este lugar es increíble.

Asentí con la cabeza, contemplando el reino helado desde las ventanas gigantescas. Después de la escalera estrecha, este lugar era un alivio. Desde aquí, podía ver el templo en ruinas donde Torin había confesado que yo no le gustaba en absoluto: una cosa diminuta y oscura a la distancia, con las torres que sobresalían del bosque como cuchillas negras. Un mar de plata se extendía ante nosotros, y la luz de la luna brillaba en los árboles y campos nevados, y en los tejados invernales del reino.

"Una oscuridad se está extendiendo por nuestro reino".

Me di la vuelta para observar la habitación. Encima de nosotras, el techo se inclinaba hacia arriba como un cono de helado invertido. Había una cama individual y un escritorio con una silla. De día, la vista desde el escritorio sería magnífica, pero te despertarías con la luz del amanecer.

Sobre la cama había un libro polvoriento, y lo tomé. El título estaba en español, Entregada al fae de la montaña, y tenía una corona de plata en la portada. Cuando miré la página de legales, descubrí que se había publicado hacía solo cinco años.

—Shalini, alguien estaba leyendo una novela picante. Hace poco.

—Dame eso —me dijo, extendiendo la mano—. Necesito algo más apasionado que la ficción gótica del siglo XVIII que hay en nuestra habitación.

Se lo di y comenté:

—Este lugar no está abandonado del todo. El libro es de hace solo cinco años.

—Bien. Así que debemos de estar en la habitación del asesino. ¿Quizá sea mejor irnos a la mierda?

—Espera.

Fui hasta el escritorio; mi mirada recorrió un rectángulo de cuero sobre la superficie. A su lado había una lámpara antigua con una pantalla de cristales de colores y un pequeño portalápices de peltre, del que asomaban unos bolígrafos viejos. El polvo lo cubría todo.

—Parece que nadie ha venido aquí últimamente —dije—. Todo está cubierto de unos cuantos años de polvo.

Abrí el cajón del escritorio y encontré un solo libro, con tapas de cuero viejo y algo gastado. No tenía nombre, etiqueta ni nada en la superficie.

Lo abrí, y Shalini iluminó las páginas con la luz del teléfono. Esperaba ver palabras escritas en el idioma de los fae, pero al hojearlo, solo había papel de vitela beige, en blanco.

—Qué desilusión.

—Pésimo.

Pero cuando ella apartó la luz del teléfono, las páginas en blanco empezaron a brillar. A la luz pálida de la luna, aparecían en las páginas palabras escritas con trazos delgados e inseguros, de un brillante color plateado.

—Mira —le dije a Shalini–, ¿lo ves?

Ella giró y la luz del teléfono borró el texto al iluminarlo.

—Debe de ser la luz de la luna —dije–. Es lo que hace que aparezca lo escrito.

—Oh, mierda. ¿Puedes leerlo, Ava?

Gracias al hechizo de la bibliotecaria, pude decodificarlo.

—Esto parece una fecha —dije–. Un cinco de mayo, de hace tres años. —Pasé a la página siguiente–. Siete de mayo.

—Aah —dijo Shalini–, ¿un diario?

—"Estoy sentada en una torre maravillosa que creo que solo yo conozco" —leí en voz alta. El primer renglón me estremeció.

—¡Qué entrometida, Ava! Esto no nos incumbe en absoluto. Sigue leyendo, por favor.

Volví a la página y empecé a leer.

Incluso aquí, en este lugar calmo, no puedo dejar de pensar en él, en la belleza cruel de sus ojos claros. Me dice que no cree que pueda amarme, pero no por qué. Me dice que hay secretos que solo él y Orla conocen.

Pero sé que es mentira. Puedo sentir su amor en mí como una brisa cálida de primavera, y cuando nos casemos, devolveré la vida a este reino.

Recuerdo el primer día que nos conocimos, cuando me salvó de un espectro en los páramos helados. Desde luego, yo sabía quién era él. El único hombre en el mundo con una belleza capaz de romperte el corazón en un suspiro.

Nunca olvidaré cuando nuestros ojos se encontraron, fue como si mi corazón se partiera en dos en ese momento. Lo que alguna vez había estado entero, se dividió por la mitad, y una mitad era suya.

Y aunque él se niegue a admitirlo, sé que me ama.

—M

—¿Quién es? ¿Quién escribe? —me interrumpió Shalini.

Me quedé mirando las palabras, sintiendo como si unos dedos de garras afiladas me apretaran el corazón.

—No lo sé —respondí—. Solo dice "M". Pero es sobre Torin. Le encanta decir que no puede amar.

—No deberíamos estar leyendo esto —susurró ella—. Continúa.

Querido diario, parece casi imposible, pero ha pasado. Me he mudado al castillo, a mi propia habitación, decorada con tapices y llena de libros. No tendrá la magnificencia de mi hogar, pero estoy cerca de él, y eso es lo único que me hace feliz. Creo que Torin piensa casarse conmigo, pero no deja de advertirme sobre el peligro...

—M

El corazón se me salía del pecho, y sentí las enredaderas espinosas de los celos que se enroscaban alrededor de él.

¿Era la "M" de Moria? Supongo que era una letra bastante común, pero...

¿Quién había escrito esto? ¿Y por qué él decidió no casarse con ella?

La letra plateada era difícil de leer y parecía volverse cada vez más tenue, así que pasé la página y leí en voz alta lo más rápido que pude.

Octavo día de la cosecha
Querido diario:
Pasé un largo día, sola con él. Se lo veía mal, como si algo lo preocupara. Intenté hablar con él sobre ello, pero me dijo que no era nada. Ha empezado a decir que no debemos tocarnos, y no entiendo por qué.

Pasé la página. Aquí, la letra estaba más descuidada, como si la hubieran escrito con más prisa de lo habitual.

Día del ayuno
Querido diario:
El día de hoy fue un espanto. Ha ocurrido algo terrible. Fuimos a dar un paseo por el bosque, los dos solos. Debería haber sido maravilloso, pero él aún intentaba decirme que algo terrible podría suceder, que yo estaba condenada, pero no me explicaba por qué. Al fin tuve una oportunidad de estar a solas con él, pero cuando intenté tomarlo de la mano, él me congeló con hielo. Fue lo más doloroso que he experimentado en la vida, y tuve que acudir corriendo a mi querida hermana para que lo arreglara.

Ella me dijo que Torin sería mi muerte.

Me dijo que Torin ERA la muerte.

En la premonición que ella tuvo, él enterraría mi cuerpo congelado bajo la tierra del templo de Ostara, y nunca le diría a nadie que me había matado. Él guarda el secreto, cenizas en su estómago...

Tengo miedo. Mi hermana nunca se ha equivocado. Y aun así, no creo que pueda alejarme del rey...

—Me cuesta leerlo —dije. Al pronunciar las palabras en voz alta, el texto desapareció por completo y me quedé mirando una página en blanco.

Se me cortó la respiración.

—Mierda —dijo Shalini—. ¿Quién sería? ¿Crees que Torin podría ser peligroso?

—Somos fae. Todos somos peligrosos.

—Quizás el asesino también la mató. —Shalini me tocó el brazo—. Ava, sé que te insistí para que vinieras aquí. Y tú me dijiste que los fae eran aterradores, pero no te escuché. Estoy empezando a pensar que... bueno, ¿quizá no valga la pena arriesgar tu vida por esto?

—¿Por cincuenta millones?

—¿Qué vas a hacer con cincuenta millones si estás muerta? —espetó ella.

Inspiré con fuerza y respondí:

—Deberás tener fe en que no moriré.

Porque no era solo por el dinero.

No quería irme de allí.

31
AVA

Era la última noche antes del torneo, y debíamos reunirnos todas a disfrutar de una cena agradable y civilizada antes de herirnos los cuerpos con espadas. Con Shalini a mi lado y Aeron a la cabeza, atravesé los pasillos oscuros del castillo ataviada con un vestido de color plata claro. Llevaba el cabello recogido en trenzas entrelazadas con violetas, y Shalini iba vestida con un elegante traje blanco.

Mi vestido brillaba al caminar, y no podía dejar de pensar en la luz de la luna y en aquellas letras desconocidas de trazo delgado. El diario me había tenido despierta toda la noche, aunque no pudiera leerlo. Me había quedado estudiándolo obsesivamente, como si las páginas en blanco pudieran revelarme los secretos de Torin.

Parpadeé, intentando volver al presente. Cuando llegara la hora del combate mañana por la mañana, no podía estar pensando en los misterios oscuros de la vida amorosa de Torin o en lo que le había pasado a "M".

—Deja de darle vueltas —murmuró Shalini—. Estás en un castillo precioso de camino a un banquete.

—No estoy dándole vueltas. Estoy nerviosa por lo de mañana —le dije, mirándola con dureza.

—Yo también. Aún estás a tiempo de... bueno... —sugirió ella, con el ceño fruncido.

—¿De huir?

—Me temo que mañana será una masacre —susurró Shalini.

—Seguramente. Así son los fae. Solo ten fe en mi capacidad de supervivencia porque soy parte de ellos.

Me sorprendí un poco al darme cuenta de que empezaba a considerarme una fae, no una aspirante a humana.

Era una fae.

Tras semanas en el castillo, ya empezaba a orientarme. Pasamos por delante de la habitual colección de retratos de marcos dorados, armaduras y antorchas parpadeantes, y sabía que nos acercábamos al salón del trono.

Atravesamos las puertas y encontramos unas mesas dispuestas en semicírculo alrededor de los antiguos tronos. Aeron nos llevó a Shalini y a mí a nuestros lugares, y eché un vistazo al lugar que Alice habría ocupado de no haber sido asesinada. Se me hizo un nudo en la garganta.

Un criado nos sirvió vino tinto. Mientras lo bebía a sorbos, empezaron a entrar las demás princesas y tomaron asiento con toda su gracia.

Torin entró en la sala, imponente, vestido de cuero negro: esa noche parecía más guerrero que rey.

—Mañana celebraremos la final del torneo —dijo—. Será acero contra acero, espada contra espada. Mañana, deberán demostrar el noble espíritu guerrero que se requiere de una reina seelie. Aquellas que triunfen en el primer duelo continuarán combatiendo contra las demás ganadoras.

Moria se volvió hacia mí con una sonrisa agradable.

—Y si te aconteciera la desgracia de una muerte violenta, también quedarías fuera del torneo.

Torin la fulminó con la mirada.

—El primer duelo será entre la princesa Moria del clan dearg due y la princesa Cleena del clan banshee —dijo él. Me miró, y sentí que por un momento se me agitaba el corazón—. El segundo será entre la princesa Etain de las leannán sídhe y Sydoc del clan de los gorros rojos, y el tercer duelo será entre la princesa Eliza de los selkie y Ava Jones de la casa de Chloe.

Se me estrujó un poco el corazón al ver que se le había ocurrido mencionar el nombre de mi madre. Podría haberlo dejado en blanco. Ava Jones de... *nada*. Ava Jones de los padres sirvientes muertos y de la borrachera deshonrosa. Pero él sabía lo que Chloe significaba para mí, que ella era mi hogar. Que una vez, había tenido un lugar de verdad.

Miré a Eliza, una mujer de piel bronceada y cabello verde claro brillante. Sus ojos eran de un color café intenso, salpicado de verde. Me miraban entrecerrándose mientras ella hablaba.

—He estudiado desde que nací con los mejores maestros. Mi educación en el manejo de la espada no tiene parangón. En nuestro reino junto al mar, nuestros tesoros más importantes son nuestras habilidades. Cualquier fae podría pasar incontables años sin encontrarse con alguien de semejante...

—Estoy deseando que llegue mañana. —Sydoc levantó una copa, interrumpiendo a Eliza—. Para mojar mi gorra en la sangre de mis enemigas.

—¿Qué diablos dices, Sydoc? —se quejó Etain, con el ceño fruncido—. Te das cuenta de que vas a combatir contra mí en el duelo, ¿no? No vas a mojar tu gorra en mi sangre. ¿No podemos... ganar por puntos?

Los ojos de Sydoc se clavaron en ella al afirmar:

—Una reina debe demostrar su destreza en el campo de batalla. Así son los gorros rojos. Y sí, honraré la tradición de mi clan.

Una mirada de horror cruzó el rostro de Etain.

—Maldito monstruo.

Un murmullo se extendió por la sala, y me cosquilleaba la nuca con una sensación de inquietud. Miré a Moria y vi que le pasaba el teléfono a la gorro rojo, riéndose.

—Princesa Moria. —La voz profunda de Torin invadió el salón—. ¿Te estoy aburriendo?

—Ay, cielos. —Ella se volvió hacia él, con los ojos como platos—. Mis disculpas, majestad, pero pensé que deberías saber que una de estas mujeres se ha deshonrado. —Su mirada fría se dirigió a mí y su expresión se volvió seria—. Otra vez. —Miró a Torin a los ojos—. Sé que aborreces los espectáculos públicos grotescos, como yo. Y tengo la certeza de que no podrías tolerar a una novia de moral relajada, alguien cuyo cuerpo desnudo ya ha visto el mundo entero. Una reina fae debe ser casta y pura, no usada, como una fulana cualquiera.

Sentía que las ganas de vomitar me subían por la garganta al ver el teléfono pasar de una princesa a otra, mientras cada una ahogaba un grito, con las mejillas ruborizadas.

Mi corazón estaba hecho una bestia salvaje. ¿Qué demonios había pasado?

—Princesa Moria —gruñó Torin, con voz grave—. ¿De qué mierda estás hablando?

Nunca lo había visto tan cerca de perder los estribos, y parecía que exudaba sombras.

Con una copa de vino en la mano, Moria se levantó y le quitó su teléfono a la gorro rojo.

—Salió en el *Daily Mail*, majestad. Un poco pixelado en las zonas clave. Pero creo que el texto también te resultará de interés. Tal vez te dé una idea de lo adecuada que podría ser "Ava Jones de la casa de Chloe". Échale un vistazo, porque los dioses saben que el resto del mundo ya lo vio.

Mis pensamientos parpadeaban en mi mente como los focos de una cámara. ¿Fotos desnuda? No recordaba haberme sacado ninguna... excepto aquella vez con Andrew en Costa Rica...

Pero no. Él *no podía* haber hecho eso. Andrew odiaba ser el foco de atención tanto como yo.

Sentí que se me iba la sangre de la cara cuando me volví hacia Shalini y la vi mirando su teléfono boquiabierta. Con las manos temblorosas, le quité el aparato y me quedé mirando la imagen pixelada. Había ahorrado durante un año para que pudiéramos viajar a Costa Rica, y nos habíamos alojado en una pequeña cabaña junto al mar, con playa propia. Durante unos días, antes de que él conociera a Ashley y yo empezara a sentirme mal, las vacaciones habían sido increíbles.

Al no haber nadie alrededor, no siempre llevaba traje de baño y Andrew me había tomado fotos, pero ¿y qué? Se suponía que íbamos a casarnos. Nunca había imaginado que se las mostraría a nadie, y mucho menos que se las vendería al puto *Daily Mail*.

Sujetando con fuerza el teléfono de Shalini, me puse de pie, casi tirando la silla al suelo, y me fui con paso firme del salón del trono. Leí por encima el artículo, intentando leer fragmentos a través del escozor de mis ojos.

[...] obsesionada con el dinero [...]

[...] alcohólica [...]

[...] tenía ataques de ira [...]

[...] seguro de que ella me engañaba [...]

En mi mente daban vueltas pensamientos demasiado descontrolados para comprenderlos. *¿Por qué* hizo esto?

Venganza.

Shalini dijo que estaba furioso porque yo había hablado de él en mi cita, a pesar de no haber dicho su nombre. La gente lo había descubierto igual, y con esto él lograría limpiar su nombre y vengarse de mí al mismo tiempo.

En ese momento, me sentía muy fae al querer arrancarle la cabeza.

—Ava. —Oí el murmullo tenue y aterciopelado de Torin a mis espaldas, y me di vuelta para verlo.

—Todo lo que él dijo es mentira —señalé.

—Lo sé —asintió él—. Y le arrancaré las costillas y dejaré su cadáver destrozado para que lo devoren los buitres como advertencia para los demás.

—Eso es... eh... tierno —dije, pasándome la mano por la cara—, pero así no funcionan las cosas en el mundo humano. —No iba a admitir que acababa de fantasear con algo parecido.

—¿No es así como funcionan las cosas en el mundo humano? —dijo él, arqueando una ceja oscura—. ¿Y a mí qué me importa?

—Parece que en este momento los necesitas, aunque seas rey de los seelie. —Lo miré fijo—. Pero en realidad, es una buena pregunta, Torin. ¿A ti qué te importa? No nos gustamos en absoluto. ¿Recuerdas aquella conversación? No fue hace mucho.

Él apartó la mirada y respiró hondo.

—Es que cuando me gusta alguien... —dijo.

—¿No sale bien? Bienvenido a la vida, amigo.

Me volteé para regresar al salón del trono.

—Espera. —Su tono imponente no admitía discusión, y volteé a mirarlo.

—¿Qué? —pregunté.

Él extendió la mano para tocarme y luego la retiró como si tuviera miedo de quemarse. Me miraba con intensidad, y me pareció que intentaba comunicarme algo que no podía expresar con palabras.

—Eres la equivocada, Ava. No debería haberte elegido.

—¿Por un tabloide? Pensaba que la idea era precisamente que yo no fuera la adecuada. —La ira se apoderó de mis mejillas—. Creo que elegiste muy bien, querido, porque soy lo menos adecuada que hay. Y lo siento muchísimo si eso te avergüenza, pero tenemos un contrato, y un rey fae no puede romperlo. —Le sonreí, de pronto sintiéndome mejor—. Vamos a seguir adelante con este matrimonio, y yo voy a recibir mi dinero. ¿Y sabes qué? —Me incliné para susurrarle—. Muero de ganas de que llegue el día de nuestra boda. Me resultará de lo más entretenido con tu vergüenza.

—No debes tocarme, Ava, jamás. —Las palabras fueron brutales, pero las dijo con un tono aterciopelado. Casi una invitación—. ¿Entiendes?

—Créeme que no tengo ningún deseo de tocarte. —Era un mito que los fae no podían mentir, porque eso mismo era lo que yo estaba haciendo. Era que en realidad las mentiras se consideraban un pecado terrible entre los fae. Pero ¿yo? Me crie entre humanos.

Volví al salón del trono con la frente bien alta. Cleena se reclinó en su silla y me sonrió.

—Ava Jones, deberías estar orgullosa. Estás preciosa en esa foto. Y da la impresión de que tu ex es un imbécil con el corazón roto.

—Bueno —dijo Moria con amargura—, no me importa cuántas veces se haya degradado esa. Como sea, mañana por la mañana la atravesaré con mi espada. Mañana, Ava quedará reducida a unos hilos de carne.

Me esbozó una sonrisa rapaz que me heló la sangre.

32
AVA

Aeron me guiaba por la nieve mientras yo me envolvía con la capa con fuerza. Shalini caminaba en silencio a mi lado. Parecía estar furiosa conmigo, sin querer pronunciar palabra. O tal vez eran los nervios los que la tenían callada, pero un mal presentimiento se cernía sobre ambas. En tan solo unas horas, estaría combatiendo contra las princesas.

Más adelante, un anfiteatro de piedra gris se alzaba sobre el horizonte, medio en ruinas, como el Coliseo. Era dos veces más grande que el estadio romano, y la piedra negra resplandecía bajo el sol deslumbrante. Colgaban carámbanos de la roca oscura.

Hoy lucharíamos como gladiadoras en un paisaje helado.

La princesa Eliza de los selkie caminaba delante, con el cabello verde que le caía sobre una armadura plateada. Se volteó una o dos veces para mirarme; parecía tener ganas de vomitar.

Solté un suspiro largo y lento. Pronto, Moria y Cleena combatirían en el anfiteatro, y ya habían llegado. Yo ya creía saber cómo terminaría. Cleena cedería enseguida. ¿Y Moria? Lucharía hasta la muerte si fuera necesario.

El viento gélido me mordía las mejillas y mis pies crujían sobre la nieve.

No había visto a Torin ni una sola vez esa mañana, pero lo estaba sacando de mi cabeza. El objetivo de hoy era seguir con vida y ganar el premio por el que había venido.

Cuando llegamos a las ruinas heladas, seguí al guardia hasta un túnel oscuro.

—Aún estás a tiempo —susurró Shalini.

—Ten un poco de fe —le respondí con tono brusco.

El guardia sacó una antorcha de la pared para guiarnos. La luz del fuego bailaba sobre las tallas de la piedra: los nombres de los fae que habían luchado aquí antes, sus victorias sobre los monstruosos enemigos noseelie. También había imágenes: un rey que apuntaba con una espada a un fae con enormes cuernos encorvados como los de un carnero, con la cabeza inclinada en señal de rendición.

Sentí que se me oprimía el pecho al oír el clamor lejano de la multitud. El túnel serpenteaba bajo la tierra y el clamor se volvía cada vez más fuerte, hasta que por fin desembocamos en el anfiteatro y quedé encandilada por la luz brillante del sol invernal.

Cuando salimos del túnel, nos recibió un estruendo ensordecedor, el sonido de cincuenta mil fae vitoreando.

Shalini me sujetó el codo y ambas nos quedamos mirando, boquiabiertas. El estadio estaba lleno, no había un solo asiento vacío, y todos gritaban mi nombre.

—¡Ava! ¡Ava! ¡Ava!

Tragué saliva, sorprendida de haberme convertido en la favorita de los fae. Nunca había esperado que me perdonaran por haber insultado al rey en su cara, borracha, pero tal vez incluso a los fae les gustaba que ganara la más débil.

—¡Santos cielos! —Shalini me gritó en el oído. *Exactamente lo que yo pensaba.*

Eliza se volvió para mirarme, seria.

—Parece que les gustas de verdad. Aunque no seas de aquí. Aunque no seas de los nuestros. Hay algo en ti que no está del todo bien, Ava, y creo que es algo más que haber crecido entre humanos.

Percibí el matiz de resentimiento en su voz, y no respondí.

Mientras mirábamos desde el túnel, una vieja entró en el estadio, vestida con un atuendo de gasa roja que parecía demasiado delgado para el tiempo que hacía. Llevaba una corona de plata sobre el pelo rosa dorado.

El equipo de televisión se acercó a ella, lo que pareció sobresaltarla. Luego levantó los brazos.

—Bienvenidos a la competencia final por la mano del rey. —Su voz era grave, estruendosa. Incluso sin micrófono, resonaba en la piedra—. Esta noche, quizá mueran algunas de las princesas. Pero morirán por el reino seelie, para que este pueda volver a respirar vida. Y por el monarca seelie, Torin, alto rey de Feéra, gobernante de los seis clanes unidos.

La mujer giró y lo señaló. El rey Torin estaba sentado en un trono de piedra negra, con el aspecto de un emperador romano siniestro e invernal.

Sin decir nada más, la vieja subió los escalones oscuros y se ubicó detrás de Torin.

Desde el túnel, vi a Moria y Cleena entrar en el estadio. Al igual que yo, Moria estaba vestida con cuero oscuro, mientras que Cleena vestía un traje platinado de tela delgada. Por la postura de Moria, me di cuenta de que era una espadachina muy hábil. Sostenía la espada con soltura, pero no vacilaba. En cambio, Cleena parecía estar temblando. Nunca la había visto nerviosa, pero daba la impresión de estar completamente fuera de lugar.

Desde la plataforma de piedra, la vieja abrió la boca y gritó:

—¡Comienza el combate!

Mientras la multitud vitoreaba, las princesas empezaron a rodearse, con las espadas destellando a la luz del sol. Moria atacó primero, y la espada de Cleena se disparó hacia arriba. Fue una buena parada, pero apenas había conseguido desviar el ataque de Moria.

Retrocedió, con la espada preparada. Moria arremetió, y Cleena a duras penas pudo desviar el ataque. Moria, con la clara idea de que corría con ventaja, comenzó a rodear a la princesa banshee. Cada pocos segundos, arremetía, dando estocadas.

Cleena continuaba defendiéndose, pero sus paradas eran tardías y desviaba por poco la espada de Moria, cuyo cabello bordó resplandecía a la luz del sol mientras controlaba el combate. Sostenía su estoque en alto, apuntando al corazón de Cleena.

Se lanzó hacia delante, con todo su peso puesto en el golpe. Cleena intentó desviarlo, pero Moria le clavó su estoque en el hombro. Esta cayó de rodillas, gritando de dolor. Era el grito de una banshee que resonaba en el paisaje helado, y me tapé los oídos.

Pero el combate continuaba, y Cleena se puso de pie. Se alejó de Moria, con la sangre que le goteaba del hombro.

—Moria —dijo, casi suplicante.

Moria la ignoró y atacó de nuevo, esta vez dando una estocada baja. La espada atravesó el muslo derecho de Cleena.

La princesa Banshee chilló mientras la sangre salpicaba el suelo helado.

–Dos a cero –gritó la vieja, con los ojos brillantes de emoción. Soltó una carcajada que sonó desquiciada.

Moria caminaba en círculos como un buitre rondando una gacela herida. Por su lenguaje corporal, sabía que ya había ganado. Lo único que Cleena podía hacer era alejarse cojeando, tratando de mantenerse fuera del alcance de la espada de Moria. Tenía el rostro marcado por el dolor, y susurraba algo que no alcanzaba a oír. Probablemente intentaba rendirse.

Poco a poco, Moria la acechaba, con el cuerpo tenso de entusiasmo. La pierna herida de Cleena cedió, y ella tropezó y cayó de rodillas. Moria se paró delante, victoriosa, pero no atacó. En lugar de eso, me miró. Nuestros ojos se encontraron. Una leve sonrisa se dibujó en sus labios, y luego me guiñó un ojo lentamente.

Levantó la espada, lista para cortarle la cabeza a Cleena...

–¡Suficiente! –La voz de Torin invadió el estadio, y Moria quedó inmóvil.

Torin se levantó de su trono, extendiendo una mano.

–Has ganado, princesa Moria. No hay necesidad de ejecutarla. Has ganado.

Solté un suspiro largo y lento. Si no hubiera sido por ese guiño, tal vez él no habría podido detenerla. La próxima vez, pensé lúgubremente, Moria atacaría antes de que él pudiera intervenir.

Solo tenía que asegurarme de que no tuviera la oportunidad.

Etain entró en el estadio vestida con una armadura de color claro, con el pelo trenzado sobre la cabeza. Se paró frente a Sydoc, que llevaba botas metálicas y una gorra carmesí sobre el pelo negro. Sintiendo unas náuseas repentinas, me di cuenta de que Sydoc ya había empapado su gorra en la sangre de alguien. ¿De dónde diablos había salido eso?

Cuando Sydoc sonrió, percibí un atisbo de colmillos.

Pero Etain no parecía asustada. De hecho, su sonrisa era igual de aterradora, y parecía lista para hacer correr sangre.

Etain atacó primero y golpeó a Sydoc en el hombro de inmediato. La gorro rojo bramó, ahora abalanzándose, al ataque. Era brutal, feroz, y el cabello negro volaba a sus espaldas mientras hacía retroceder a su rival. Etain era rápida, pero Sydoc la superaba. Acorraló a la bella Etain contra la pared y le clavó la espada en el cuello, cortándole la yugular.

La sangre brotó de la garganta de Etain, cuyos ojos estaban desorbitados por el horror. Incluso desde donde me encontraba, podía ver cómo la luz abandonaba sus ojos. Sydoc desclavó su espada, y el cuerpo sin vida de Etain se desplomó en el suelo, con la sangre acumulándose en el hielo.

Pero a Sydoc no le alcanzó con eso. Golpeó con fuerza las costillas de Etain con su bota metálica.

Etain ya no estaba viva. No fue más que una especie de sed de sangre fuera de control.

La multitud bramó en señal de aceptación.

Maldita sea. ¿Qué le pasaba a esta gente?

Finalmente, recuperando el aliento, Sydoc se inclinó y apoyó la gorra en la sangre de Etain, empapándola. Se puso la gorra sobre la cabellera negra, sonriente.

Levantó la espada, victoriosa ante la multitud, con la sangre de Etain corriéndole por la cara.

En el túnel, Eliza y yo intercambiamos miradas nerviosas, y la confianza que alguna vez ella sintió había desaparecido por completo. Ahora solo parecía estar aterrada. Y con justa razón.

Torin tenía la cabeza inclinada y una expresión solemne. Me quedé mirando mientras alguien llevaba el cuerpo de Etain a uno de los túneles.

La vieja volvió a bajar los escalones cojeando, con el viento meciéndole el cabello. Tenía una sonrisita que me dio escalofríos.

—El próximo duelo será entre la princesa Eliza y Ava Jones.

El corazón me empezó a tronar y entré lentamente en el estadio con Eliza a mi lado. El viento invernal jugueteaba con su pelo verde, que brillaba bajo la luz clara del sol. Se ubicó frente a mí, con un estoque delgado en la mano derecha y los hombros caídos.

Quizá no sería un combate difícil.

La vieja subió al estrado y se volvió hacia nosotras. Sus dientes, curiosamente largos y blancos, brillaron al sonreír. Chilló al cielo:

—¡Comienza el combate!

Apunté con mi estoque a la selkie, y ella levantó el suyo lentamente. Lancé una estocada a su arma. La doncella del agua se defendió con una parada débil. Volví a probarla. De nuevo, desvió mi espada con desgano.

—¿Qué estás haciendo? —pregunté en voz baja.

—Véncome y ya —dijo ella por lo bajo—. No quiero seguir con esto. Solo quiero irme a casa.

—Entonces, ¿por qué te molestas con todo esto? —pregunté, rodeándola—. ¿Por qué hablabas como si te molestara que la multitud aclamara mi nombre?

—No se trata del rey. Ni siquiera me gustan los hombres. Pero nuestros clanes exigen éxito. —Se apartó de mí—. Es una cuestión de honor para nosotros. Solo se trata de eso. Lo entenderías si fueras de aquí.

–Bien. Bueno, si tu honor está en juego, te dejaré fingir que me des una buena estocada primero –propuse, mientras dábamos vueltas lentamente.

–¿En serio? –Sus facciones se relajaron de inmediato.

–Vamos. Pero que no me duela.

Ella me lanzó una estocada. Desvié la espada con facilidad, pero fingí que me había costado más.

–Bien –susurré–. Ahora haz otra.

Volvió a lanzar otra estocada y yo volví a pararla. Tras unos cuantos vaivenes más, noté que el público se aburría. Algunos empezaron a gritarnos que lucháramos.

Nuestro combate no tenía el dramatismo visceral del de Moria y Cleena, y no estaba segura de que pareciera real.

–¿Estás lista? –pregunté–. Voy a tener que sacar algo de sangre.

–Sí –susurró ella.

Le hice un corte en el muslo donde no la protegía la armadura, superficial, pero suficiente para derramar sangre sobre la nieve.

–¡Ay!

–Lo siento –le susurré.

En ese momento, ya ni siquiera hizo falta susurrar. La imagen de la sangre hizo que la multitud rugiera de emoción, ahogando cualquier cosa que pudiéramos llegar a decir.

–¡Un golpe para Ava Jones! –gritó la vieja.

–¿Estás bien? –le pregunté a Eliza.

–Sí –dijo ella–. No fue tan terrible. Solo termina con esto, ¿sí?

Volví a darle otra estocada. Esta vez, le arañé la muñeca derecha con la punta de la espada. La multitud bramó.

–Muy bien –dije–. ¿Estás lista para el golpe final?

La doncella del agua asintió, pero parecía estar al borde de las lágrimas.

—¿Cuál es el problema? —pregunté.

—Esto parecerá un fracaso. Voy a defraudar al clan de los selkie.

La multitud coreaba mi nombre, pero los ignoré.

—Atácame otra vez, entonces.

La selkie me sonrió, con los ojos color café resplandecientes. La rodeé y esta vez, cuando Eliza atacó, dejé que la punta de su espada me atravesara el bíceps izquierdo. Mi sangre goteó sobre el hielo. Me dolió muchísimo, pero me recuperaría.

Ella me sonrió, victoriosa.

Y ahora solo quería poner fin a este combate de una vez por todas. Le asesté una última estocada, que le hizo un corte en el muslo.

Su sonrisa se desvaneció y se sujetó la pierna mientras el público rugía.

La vieja levantó los brazos con una expresión exultante.

—¡Tres ataques exitosos para Ava Jones! Ha ganado el combate.

Mareada, giré y vi las cámaras acercándose, mientras me sujetaba el brazo intentando detener la hemorragia. Ni siquiera me había fijado en las cámaras durante el combate, y ahora me parecían invasivas.

Quería alejarme y dejar que el bíceps se curara… en soledad. Pero el torneo no había terminado. Ni siquiera por hoy.

—El torneo exige que continuemos hasta que tengamos una ganadora. Cleena ha anunciado que ha renunciado al torneo. —La voz de la vieja sobrevoló el anfiteatro—. La princesa Moria de los dearg due luchará ahora contra Sydoc de los gorros rojos.

En el túnel, cerré los ojos, aliviada de tener un descanso. Me sujeté el hombro con fuerza, aunque ya no estaba segura de si seguía sangrando.

Me apoyé contra la pared, intentando olvidar lo que acababa de presenciar.

—Maldita sea, ¿viste eso? —preguntó Shalini con la vista clavada en mí.

—Te dije cómo eran los fae, Shalini —le recordé entre dientes—. Tú fuiste la que quiso que viniera.

—Está bien, me equivoqué. Lo admito totalmente. No sabía que sería tan terrible. Los fae son muy reservados.

Respiré hondo y susurré:

—Torin quiere que gane. Ya viste cómo detuvo a Moria. Puede hacerlo de nuevo.

—No detuvo a Sydoc.

Aturdida, vi a Sydoc enfrentar a Moria, con la sangre de Etain que aún corría por la cara de la gorro rojo. Pero Moria no era tan fácil de vencer como Etain: sus espadas chocaron bajo el sol brillante, y el ruido resonó en el anfiteatro.

Oí el sonido de unas pisadas suaves a mis espaldas y, al girar, vi que se acercaba Orla.

—Estás herida —me dijo en voz baja. Tenía los ojos claros y lechosos entrecerrados.

—Al menos estoy viva.

—No lo estarás por mucho tiempo, Ava —dijo Orla—. Puedo oír las espadas. Debes saber que la princesa Moria tiene una espada encantada. Por eso está ganando con tanta facilidad.

—¿Ah, sí? ¿Y cómo sabes eso?

—Su espada está encantada. Por lo que puedo estimar, está a unos cinco centímetros más adelante de donde sus oponentes la perciben.

Me quedé mirándola.

–¿Eso no es trampa?

–La magia está permitida –respondió ella, encogiéndose de hombros–. Pero quiero que estés atenta.

–¿Cómo sabes eso? –le pregunté.

–Porque puedo oír las espadas. Y siempre que alguien choca la espada de Moria, lo hace tarde.

–¿Cómo sabes que son cinco centímetros?

–Cada alto fae tiene una fortaleza mágica –respondió Orla con un suspiro–. Tendrás que confiar en mí.

–De acuerdo.

–Necesitas todas tus fuerzas para combatir contra Moria. –Levantó la mano para tocarme la cara, y una magia tranquilizadora brotó de su palma como lluvia tibia. Al retirar la mano, dijo–: Tu brazo está curado. Pero quería darte algo para protegerte durante el próximo combate.

Inspiré hondo al verla sacar una cadena de plata del bolsillo. Al final de la cadena colgaba un amuleto, una cabeza de ciervo con ojos de esmeralda.

–Ha pertenecido a la familia real desde que reinaba el rey Finvarra –dijo–. Y siempre ha tenido el poder de protegernos de los enemigos del rey. Cuando los monstruos iban a cortarle la cabeza al rey, cayeron muertos. Siempre lamenté que mis padres no lo llevaran colgado cuando los monstruos los atacaron.

Me quedé mirándolo, embelesada. Pero cuando extendí la mano para ponérmelo, ahogué un grito y retiré la mano enseguida. Me vi los dedos. Tenían ampollas, como si se hubieran quemado. Maldije por lo bajo.

–¿Esto es porque no le agrado a Torin?

Ella negó con la cabeza, frunciendo el ceño.

—No entiendo. Torin quería que te lo diera. Quiere que ganes.

Apreté la mano quemada contra la pared de piedra helada para enfriarla.

—Ya entiendo.

Él quería que yo ganara justamente porque no le agradaba. Yo era la enemiga del rey, y él me había dejado muy en claro que no quería que me acercara a él.

—¡Ava! —exclamó Shalini desde el costado, y me di vuelta para ver el estadio.

Sydoc había perdido la espada y estaba gateando para tratar de recuperarla sobre las piedras congeladas. Se deslizaba por el hielo apoyada en las manos y las rodillas, pero Moria asestó un golpe rápido a la nuca de Sydoc y le cortó la cabeza a la gorro rojo.

Me quedé sin aire.

Yo era la siguiente.

33
AVA

No podía despegar los ojos del cuerpo de Sydoc mientras lo retiraban del estadio, dejando una delgada estela de color rojo.

¿Valía la pena? ¿Bastaban cincuenta millones para arriesgarse a morir?

Volví a entrar en el estadio, mientras el aliento escapaba de mis labios en forma de nubes.

La verdad era que no se trataba solo del dinero. No me quedaba nada a lo que volver, ¿no? Solo el ridículo, la soledad y una cuenta bancaria vacía.

Y cuando había practicado con Torin, había sentido que podía enfrentarme a cualquiera. Si podía enfrentarme a un rey, el más fuerte de toda Feéra...

Me dio la sensación de que el mundo enmudecía a mi alrededor, y mi mirada se clavó en Moria. Tenía la armadura de cuero salpicada de sangre, y el cabello le brillaba con la luz, casi del mismo tono.

Se me estrujó el estómago.

Moria me miraba con los ojos entrecerrados y un atisbo de sonrisa en los labios. Bajé la vista al suelo, donde la sangre de Sydoc ya se estaba congelando, una capa más de hielo.

Miré a la vieja, que levantó los brazos, dispuesta a anunciar el comienzo del combate.

Mi corazón estaba hecho un tambor de guerra cuando levanté la espada, y los penetrantes ojos color ciruela de Moria se clavaron en mí.

La vieja dio comienzo al combate con un grito, y su voz parecía estar a un millón de kilómetros de distancia.

Frente a mí, Moria comenzó a dar vueltas con una seguridad sin prisa. Como un gato que camina por el borde de un tejado, parecía ajena a cualquier peligro, con el brazo de la espada relajado y firme. Ya le había limpiado la sangre.

La sonrisita se le esfumó de los labios y dio paso a una mueca de desprecio. Empezó a avanzar hacia mí, oscilando la espada despacio de un lado a otro en una especie de movimiento hipnotizador. Y era una espada hermosísima, un estoque con una larga hoja plateada y una empuñadura con incrustaciones de oro y diamantes. Una espada digna de una princesa.

Con un pequeño gruñido, se abalanzó. Levanté la punta de mi estoque para pararla, pero al igual que Cleena había tenido problemas con los ataques de Moria, llegué un pelín tarde. En lugar de un desvío bien hecho, apenas conseguí apartar su espada.

Ella levantó las cejas y blandió la espada más rápido, con expresión decidida. Mantuve el estoque en posición de guardia, con los ojos clavados en su espada. De repente, arremetió. Volví a pararla; volví a llegar tarde. Esta vez, ella no esperó para atacar. Enseguida aprovechó su ventaja con una serie de golpes.

Hice un esfuerzo todas y cada una de las veces para desviar su espada.

Siempre parecía que era lenta, como si me faltaran reflejos. Orla había dado en el clavo con su apreciación: había un encantamiento. Solo tenía que vencer mis propios sentidos.

—Nunca has luchado contra alguien como yo, fae pobretona —dijo Moria con tono burlón—. He estado entrenando con la espada desde que aprendí a caminar.

Moria avanzó; la hoja de su estoque destellaba bajo el sol.

Volvió a atacar. Intenté dirigir su espada, pero ella torció la muñeca en el último segundo y la punta de su estoque me arañó el hombro derecho.

—¡Asesté un golpe! —gritó Moria.

No importaba si perdía por puntos. Torin podía elegirme igual. Lo que importaba era seguir con vida durante los próximos veinte minutos.

El estoque de Moria destellaba mientras acomodaba los pies. Ella lanzó una estocada, y yo la paré. Pero al igual que las veces anteriores, mi espada llegó tarde, y apenas logré apartar la punta del estoque de mi cuerpo.

No sabía por qué conseguía desviar su espada, pero sabía que tenía que tomar la iniciativa y dejar de jugar a la defensiva. Preparé mi espada y arremetí.

El arma de Moria se alzó, más rápido de lo que jamás había visto moverse una espada, y me hizo una parada estrepitosa.

Estuve a punto de perder el control de mi estoque y, mientras me estabilizaba, ella contraatacó. Me clavó la punta de la espada en la cintura, del lado izquierdo. Me tambaleé hacia atrás, sujetándome el costado, con la sangre tibia que ya me mojaba la mano.

—¡Un segundo golpe! —gritó Moria.

Levantó la espada por encima de la cabeza, y me quedé mirando mi sangre goteando sobre el hielo.

Miré a Torin, que tenía el cabello oscuro teñido de escarcha. Su cuerpo estaba inmóvil y las manos, aferradas a los apoyabrazos de su trono de piedra.

Intenté enderezarme, pero el dolor era casi abrumador. Me tambaleé mientras la presentadora gritaba que Moria ganaba por dos puntos.

Ella volvió a encararme, con el estoque en alto.

Me obligué a mantenerme erguida, apretando los dientes. Moria me había clavado el estoque en el abdomen, dos centímetros arriba de la cadera izquierda. Me dolía más que nada que hubiera sentido en la vida.

Si aquel amuleto me hubiera funcionado, ahora estaría disfrutando de sus beneficios.

Me sujeté el costado, luchando por mantenerme derecha.

Ni siquiera había levantado la espada cuando ella se abalanzó, y por puro instinto bloqueé el golpe.

—¿Por qué no te rindes y ya? —gruñó—. Yo me habría arrastrado a morirme adentro de un pozo después del primer video humillante, por no hablar de las fotos.

No me quedaba aliento para responderle. Toda mi concentración estaba puesta en desviar su espada. Esta volvió a destellar y la detuve, sintiendo la vibración del impacto en el brazo. Hice una mueca de dolor al sentir las mismas vibraciones en el costado herido.

—No creerás que vas a redimirte, ¿no? —dijo Moria con regocijo.

—No me rendiré. —Se me llenó la boca de sangre tibia. *Mierda, esto no es nada bueno.*

Me preguntaba si Torin detendría la pelea si parecía que yo estaba a punto de morir...

Pero él creía que yo llevaba el amuleto, ¿no?

Moria siguió avanzando, dando espadazos y estocadas, pero solo a medias. Ahora estaba jugando conmigo, como un gato con su presa.

–Nunca debiste entrar en esta competencia –dijo entre dientes–. Incluso para una fae pobretona, eres una desgracia. Una fulana cualquiera.

No iba a gastar saliva con ella. Necesitaba concentrarme en el movimiento de su espada.

Moria se abalanzó, apuntando la espada a mi garganta, y yo levanté mi arma. Logré desviar el golpe, pero el movimiento me hizo perder el equilibrio. Aún no había conseguido compensar el encantamiento, y eso me tenía confundida.

Perdí el equilibrio y caí al suelo del estadio.

Moria iba a separarme la cabeza del cuerpo.

Podía oír a Torin gritándole que se detuviera, pero sabía que ella no le haría caso, no pararía hasta que yo me desangrara sobre las piedras.

La ira me corrió por dentro como un incendio forestal, derritiendo el miedo. No necesitaba el amuleto de Torin porque algo oscuro vivía dentro de mí. Y cuando estaba acorralada, era monstruosa.

Moria debería arrodillarse y suplicarme perdón.

Pateé con fuerza hacia arriba y le clavé un pie en la rodilla. Su estridente aullido de dolor fue uno de los sonidos más satisfactorios que había oído en años, seguido por el grito de rabia que brotó de la garganta de Moria cuando la ensarté en el muslo con mi espada, clavándosela en el hueso. Se quedó mirando el extremo de mi estoque tembloroso, que asomaba de su pierna.

–Tienes razón, Moria –escupí–. Soy una fae pobretona. Peleamos sucio y peleamos para ganar. Pero tú tampoco eres muy distinta, ¿no?

Le arranqué la espada del muslo y ella retrocedió a los tumbos con un gruñido agónico. Parecía pasmada por completo.

Pero debía de estar usando otro tipo de magia, porque enseguida se le pasó el dolor. Al cabo de unos instantes, su espada se disparó hacia arriba, resplandeciente bajo la luz del sol matinal. Plateada y brillante, destellaba como una joya, una joya que, sabía con total certeza, ella me clavaría en el corazón si tuviera la oportunidad.

También levanté mi estoque. Cuando Moria comenzó a rodearme, estudié la espada que llevaba en la mano. Su luminiscencia atraía la vista, y me pregunté si ese era el efecto del encanto.

Escuché cómo Moria movía la espada despacio de un lado a otro, como una serpiente venenosa preparándose para atacar. Casi podía oír un tenue silbido de viento.

Si me concentraba lo suficiente, podría percibir lo que Orla había dicho: el sonido no estaba sincronizado con el movimiento real de la espada. Moria volvió a dar una estocada y yo traté de predecir el movimiento, escuchando el acero. Por primera vez, pude desviar bien el golpe.

Los ojos de Moria se entrecerraron, y ella volvió a atacar. Una vez más, presté atención al sonido de la espada y pude anticiparme. Con un fuerte contragolpe, desvié la espada.

Moria ya no lanzaba ataques tan feroces.

Entonces ataqué yo, la embestí, anticipándome a la velocidad de su espada. Ella me paró, pero yo seguí atacando y lancé un espadazo a la altura de las rodillas. Enseguida entramos en un patrón, un torbellino de espadas y hielo. Mi cuerpo se llenó de confianza y sabía exactamente cuándo inclinarme y cuándo bloquear.

Nuestras espadas se rozaban, sonando como clavos en una pizarra. Moria estaba tan cerca que nuestras caras casi se tocaban.

Inesperadamente, Moria giró, torciendo el cuerpo, y clavó el codo izquierdo en un lado de mi cabeza con un gruñido. Tras un intenso destello de luz, me envolvió una explosión de dolor y quedé cegada por las sombras. Retrocedí desesperada, mareada, incapaz de ver.

Mierda.

Ahora era una presa y estaba a punto de perder la cabeza como las otras.

Moria empezó a reír.

Me llevé la mano libre a la cara. Cuando la retiré, estaba tibia y húmeda. Cegada, sangrando...

Tenía un nudo de pánico en la garganta. ¿Cómo iba a luchar contra Moria si no podía ver?

Pero yo ya había hecho esto, ¿no? Y las bestias cazaban por el olfato...

Un instinto animal feroz ardió en mi interior, y presté atención al sonido de su espada. Cuando ella volvió a atacar, la paré.

El mundo enmudeció a mi alrededor, y solo oía el latido del corazón y la respiración brusca de Moria.

Naciste para gobernar, Ava.

Las palabras sonaron como una voz en lo profundo de mi cabeza, aunque no tenía idea de dónde habían salido.

Pero ahora podía ver a Moria en mi mente con toda claridad: la sonrisa triunfante, los hombros confiados echados hacia atrás. Su espada volvió a surcar el aire, y nuestras armas cantaron al chocar.

Inhalé profundamente, oliendo su dulce perfume de agua de rosas. Y ataqué, clavándole la espada en el pecho.

En ese instante, las sombras de mis ojos se despejaron. Frente a mí, Moria se tambaleaba hacia atrás, tomándose el pecho. Le quité la espada, sorprendida por lo cerca que había estado de su corazón. Había estado cerca de quitar mi primera vida, una idea que no me resultaba tan horrorosa como debería.

Moria se desplomó en el suelo, y en algún lugar entre los gritos de la multitud, alcancé a oír su respiración sibilante. Le había perforado un pulmón, y yo sabía muy bien lo que se sentía. La piel se le había puesto pálida como la leche, y me miró con una expresión que oscilaba entre el miedo y la furia.

Su corazón seguía latiendo, bombeando sangre encima del hielo. Pero ella no iba a volver a levantarse. El combate había terminado.

Me pasé la mano por el costado de la cara y me quedé mirando la sangre que goteaba de mi palma sobre el hielo oscuro.

La vieja entró al estadio y el viento le revoleó el pelo.

Me saludó con un gesto de la cabeza, frunciendo el ceño; luego echó la cabeza hacia atrás y gritó:

—Por haber conseguido la mayor cantidad de puntos, Ava Jones es la ganadora del torneo final. —Levantó las manos—. El rey Torin, gobernante de los seis clanes, alto rey de los seelie, anunciará quién será su reina. Al atardecer, en el salón del trono, conoceremos el nombre de nuestra próxima alta reina consorte. ¡Nuestra gobernante hará que el reino vuelva a prosperar lleno de vida!

El clamor de la multitud vibró sobre las piedras, y sentí sus gritos exultantes en lo profundo de mi ser. Apenas era consciente de que Orla se acercaba a mí y me curaba las heridas con su magia.

Casi ni me pregunté por qué no hacía esto el rey.

34
AVA

Me metí en el agua caliente, inhalando el aroma de las hierbas que los fae usaban para perfumar sus baños. El vapor salía del agua de la tina y penetraba en el aire frío del castillo. Cuando cerré los ojos, mi mente se llenó de imágenes de sangre, del cuerpo sin vida de Etain, del de Sydoc.

Me sumergí debajo de la superficie y me enjuagué la sangre que se me había secado en el costado de la cara. Permanecí bajo el agua tibia todo el tiempo que pude, con la esperanza de poder despejar la mente. Me empezaron a arder los pulmones, y me empujé contra el borde de la tina para volver a levantarme. Jadeando, me eché el pelo hacia atrás.

La sangre se arremolinaba en el agua.

¿De dónde había salido aquella facilidad con la que había sobrevivido, incluso estando ciega en medio del estadio? ¿Y esa voz en mi mente que afirmó que había nacido para gobernar?

Mis pensamientos volvieron a aquel amuleto de plata, que me había quemado. Aquí, en Feéra, había piezas de un rompecabezas que no conseguía armar. No lograba entender, todo parecía inconexo, fuera de lugar. Una imagen que no tenía sentido.

Torin me ocultaba secretos. No me había dicho toda la verdad sobre por qué estaba tan decidido a no buscar una reina como corresponde ni por qué me necesitaba a mí.

Cuando el agua del baño empezó a enfriarse, me levanté de la tina. Tomé una toalla, me sequé el cabello con rapidez y me vestí con unos pantalones de cuero y una camisa gris oscuro, de una tela suave como la cachemira. Pronto me tendría que poner algún vestido para la Declaración del Torneo, en la que Torin me anunciaría como su esposa elegida.

Entré en la habitación de Shalini. Como de costumbre, estaba sentada en la cama con las piernas cruzadas y un libro en el regazo.

—Alguien te dejó esto. Lo envió el rey. —Me miró con el ceño fruncido—. Y… ¿qué pasará cuando seas reina?

—Me sentaré en el trono durante unos meses y traeré la primavera. Espero que me traigan libros y comida, porque suena un poco aburrido.

Levanté la tapa de la caja. Dentro había una nota encima de un vestido verde, el color de la primavera.

Por favor, arroja esto al fuego después de leerlo.

Serás nuestra próxima reina.

Vi lo que hiciste hoy. La mayoría no lo habría notado, pero yo sí. Permitiste que Eliza te golpeara para que pudiera terminar el torneo con la frente en alto. Elogio tu sentido de la misericordia.

Pero debo recordarte, Ava, que mantendré mi distancia. Y jamás debes volver a acercarte demasiado a mí.

—Torin

–¿Qué dice? –preguntó Shalini.

Se me heló el corazón, pero mantuve la vista clavada en la nota.

–Un recordatorio de que no debo acercarme al rey.

Torin me había dicho cómo sería esto desde el principio, pero nunca nos había imaginado ya *casados*, en una relación el uno con el otro. Jamás buscamos eso, ninguno de los dos. No éramos románticos. Ya no.

Entonces ¿por qué me dolía tanto?

Al otro lado de la puerta, oí el sonido de unas voces apagadas: un hombre y una mujer discutiendo. Con el ceño fruncido, me acerqué y escuché la voz de Moria, que insistía en que necesitaba verme.

Lo primero que pensé, por supuesto, fue que había venido a matarme. Al parecer, lo mismo le pasó a Aeron, porque lo oí gritarle a Moria que no avanzara.

–¡Ya renuncié! –gritó ella–. Abandoné el torneo. No tengo intención de hacerle daño a nadie.

Tomé mi estoque y abrí la puerta despacio. El rostro de Moria se volteó enseguida hacia mí, demacrado y exhausto.

–Necesito hablar contigo.

–No creo que sea buena idea, Moria.

–De acuerdo –dijo ella, apretando los dientes–. Entonces hablaremos a través de la puerta. –Deslizó sus ojos hacia la izquierda, donde supuse que estaría Aeron–. Solo quiero que hablemos a solas.

Para mi sorpresa, no se había bañado. Aún llevaba la ropa de cuero y tenía el cabello y la cara cubiertos de sangre seca. Debajo de la suciedad, la piel parecía manchada, como si hubiera estado llorando. No esperaba verla tan desastrosa.

–¿Por qué renunciaste al torneo antes de que Torin anunciara su elección? – pregunté en un susurro, protegiéndome con la puerta.

—Porque sé que no voy a ganar.

Me asaltó la duda. ¿Se habría revelado nuestro acuerdo?

—¿Qué quieres decir?

Ella apoyó una palma contra la puerta.

—Hacía mucho tiempo que no tenía una premonición, Ava. Pero acabo de tener una. Y mis premoniciones nunca se equivocan.

Aquellas palabras sí me resultaban conocidas. Se me secó la boca.

—¿Y qué premonición tuviste?

La comisura de sus labios se curvó para esbozar una sonrisa cruel.

—Morirás a manos de Torin.

—Por supuesto que querrás que piense eso —dije con la voz entrecortada.

Unas lágrimas brillaron en sus ojos y luego comenzaron a correr por las mejillas, abriendo pequeños ríos entre la tierra y la sangre.

—No importa lo que diga ahora o lo que quiera que pienses. Ocurrirá, sea como sea. Mi hermana Milisandia tampoco me creyó. Pero le dije que Torin la mataría, y eso pasó. Lo vi todo en mi visión, que él la congelaría hasta la muerte en el templo de Ostara.

El corazón se me salía del pecho. *Esta* era la hermana del diario.

—¿Dónde está ella ahora?

Moria estaba hecha un mar de lágrimas, le temblaba el labio inferior.

—Torin cree que logró encubrirlo, que todos creemos que Milisandia desapareció. Que tal vez huyó para vivir como una bestia entre los monstruos. Pero yo sé la verdad. Torin es la muerte —dijo entre dientes—. Tuve la premonición, Ava. Vi lo que pasaría, que él se tragaría sus secretos oscuros. Y desenterré el cuerpo de ella en el templo. Sabía dónde encontrarla. El rey la mató porque mata todo lo hermoso. Eso es lo que hace. Es igual al Erlking, y el solo hecho de que toque a alguien, es la muerte.

Sujeté la puerta con fuerza.

—Entonces ¿por qué entraste a este torneo?

—Quería estar lo más cerca posible de él. Porque si yo fuera reina, le recordaría lo que él es cada día durante el resto de su vida. Le recordaría que él es la muerte. Y habría hecho cualquier cosa para que así fuera. Pero ahora que he visto el futuro, sé que mis planes no salieron como esperaba.

—Cuando dices que habrías hecho cualquier cosa... Moria. ¿Fuiste tú quien mató a Alice?

La comisura de sus labios se crispó.

—¿Por qué admitiría eso? —preguntó. El brillo de sus ojos me indicó que había dado en el clavo—. Pero escucha, Ava. Tal vez no importe que no sea reina. He visto que él también te matará, y entonces no necesitaré recordárselo, ¿verdad? Porque la muerte lo seguirá dondequiera que vaya, y todos lo verán. Todos sabrán que el rey que se sienta en el trono está podrido y corrompido hasta los huesos. No es más que un Erlking con una cara bonita.

—¿Por qué me cuentas esto ahora?

Ella se pasó la mano por las mejillas surcadas por las lágrimas, manchándolas con más sangre.

—Porque de verdad y con toda sinceridad, no me caes bien. Milisandia merecía ser reina, pero tú no. Eres una trepadora social lasciva e indecente. Eres una fulana que quiere una corona, y nunca has pertenecido a este lugar. Y lo que es peor, puedo percibir que hay algo muy malo en ti. Algo maligno. No perteneces a las tierras seelie, Ava. Así que quiero asegurarme de que no sientas ni un segundo de victoria antes de morir dolorosamente, como Milisandia. Quiero que te des cuenta de que aquí estás sola y que nadie te quiere. Quiero que mueras aterrada, sabiendo que, de una forma u otra, has perdido contra mí, y orinaré sobre tu tumba.

Giró sobre los talones y se marchó por el pasillo, con las pisadas fuertes resonando contra la piedra. Cerré la puerta y me volví hacia Shalini.

Me temblaba todo el cuerpo.

Me puse el vestido verde, haciendo caso omiso a los pedidos de Shalini para que le contara hasta la última palabra que ella no había alcanzado a oír.

Pero ahora solo necesitaba hablar con una persona, y ese hombre era el rey de los seelie.

Bajé las escaleras a toda prisa. Aeron dijo que Torin estaría en el salón del trono, preparándose para hacer su gran anuncio.

Esto podría ser una estratagema de Moria, un engaño largo y elaborado. Tal vez ella había plantado los diarios. Tal vez intentaba obligarme a abandonar. Pero yo necesitaba respuestas.

Y lo que me arañaba los recovecos de la mente era que él me había llevado al templo de Ostara por una razón. En ese lugar, pareció estar embargado por una sombra de culpa.

A mis espaldas, oía las pisadas de Aeron, comprometido a protegerme antes del gran anuncio, hasta que pudiera ponerme una corona sobre la cabeza y devolver al reino a su antigua gloria.

Cuando llegué al salón del trono, ya había algunas personas allí, de pie alrededor de los costados del salón. Torin estaba sentado en su trono, con el rostro cubierto de sombras.

Una larga alfombra roja recorría el centro de la sala de piedra y, a medida que me acercaba al rey, mis ojos iban de un lado a otro. Quería hablar con Torin a solas, pero debía mantenerme alejada de él.

¿Él sabía que podía matar a una persona con solo tocarla?

Y sin embargo, por alguna razón, a pesar de todo su secretismo, a pesar de lo que había leído en el diario, *confiaba* en él. En el fondo, estaba segura de que Torin era buena persona.

Mi vestido verde se arrastraba a mis espaldas al caminar, pero no creía que me viera mejor que Moria con el pelo aún húmedo y la expresión sombría.

Torin se levantó del trono al ver que me acercaba, sin quitarme los ojos de encima. No diría que estaba contento de verme, precisamente. Cuando subí los escalones del estrado, se inclinó hacia mí y susurró:

—¿Qué haces, Ava?

—Necesito hablar contigo a solas.

—No es el momento —respondió él, negando con la cabeza—. ¿A menos que quieras incumplir nuestro acuerdo?

Respiré hondo.

—Moria me contó lo de su hermana —susurré lo más bajo posible—. Milisandia. Dice que tú la asesinaste. ¿Te suena, Torin?

Con solo ver la expresión devastada de su rostro, supe de inmediato que todo era cierto. Se me cayó el alma a los pies.

—¿Por qué dice ella que el solo hecho de que toques a alguien es la muerte? —Mi voz era apenas un susurro.

Pero Torin no me respondió. Me miró, con ojos suplicantes.

¿Valía la pena esto por cincuenta millones?

¿Valía la pena esto por no estar sola?

Ya no estaba tan segura. Volvería a casa, pobre, deshonrada y sola, pero al menos estaría viva. Al menos no estaría constantemente mirando por encima del hombro, aterrada de que me llegara la muerte.

—Me importas mucho más de lo que deberías —murmuró Torin.

—Y aun así, no has respondido mis preguntas. —Me aparté de él, embargada por la frustración. En ese instante, Torin me tocó el brazo.

Lo miré. Su cara transmitía horror; las mejillas se le pusieron pálidas. Unas sombras se deslizaron por sus ojos, y se me heló la piel en el lugar donde me rozaron sus dedos.

Él se quedó paralizado, mirando con espanto su mano apoyada en mi brazo... y yo tampoco podía mover un músculo. El aire se volvió glacial, y podía sentir el hielo que se extendía en mi interior.

El pánico me subió por la garganta cuando las telarañas de escarcha se extendieron por mi brazo, volviéndolo blanco y azul. El brazo de un cadáver congelado...

El miedo me estrujó el corazón con su mano helada. Moria había dicho la verdad.

—¡Basta, Torin! —grité.

Pero al ver que el hielo trepaba sobre él, no pensé que pudiera moverse. La escarcha se arremolinaba formando unos diseños extraños sobre sus mejillas y la frente, y se extendía bajo sus pies. Tenía los ojos de un añil intenso, casi negros, y estaban llenos de terror.

Detrás de él, el hielo trepaba por el trono del rey. Con un gran estruendo que resonó en el salón, el hielo astilló el trono como un glaciar que avanza por un cañón.

—Ava —susurró Torin—. El trono de la reina.

Sentía que mi cuerpo era hielo e intenté separarme de Torin, huir. La escarcha trepaba por mi vestido, congelándome los pies y las piernas.

El dolor se disparó por mis extremidades y me aparté con todas mis fuerzas, retrocediendo a duras penas.

Durante unos segundos aterradores, me pareció que caía en un abismo, hasta que tropecé con el duro trono de piedra.

35

AVA

El salón era un caos absoluto: el trono detrás del rey se había quebrado, la escarcha se extendía por las lajas y los fae no dejaban de gritar.

El frío de mi cuerpo empezó a desvanecerse y solo veía una neblina de color esmeralda. Al inhalar, fue como si me hubiera sumergido en lo profundo de un bosque. El olor a tierra mojada me llenó la nariz, sentí el calor del sol en la piel, oí las llamadas de los insectos y el piar de los pájaros. Del techo colgaban enredaderas y el estrado estaba cubierto de musgo.

La escena vernal volvió a desvanecerse cuando me invadió el frío.

Sentía lo helado del trono de granito a través de la tela de mi vestido. La escarcha estaba a punto de llegar a los muslos y la piel se me helaba.

—Quiero ir a casa. A mi hogar —susurré. Cerré los ojos.

Una ráfaga cálida de magia fluyó por mi pecho, los brazos y las piernas y se adentró en la piedra debajo de mí. Mi cuerpo empezó a descongelarse, a sanar en el trono.

Mi espalda se arqueó de forma involuntaria. Un sol estival me rozó la piel y me envolvió el olor a musgo húmedo, hasta que el propio trono pareció disolverse debajo de mí y me sumergí en un agua cálida y cristalina.

A mi hogar. Llévame a mi hogar.

Yacía en los rincones más oscuros de mi mente, impreso en mi alma, el lugar donde había nacido.

El encanto del bosque.

Sentí que me hundía más, que me ardían los pulmones. Vislumbré los claros rayos de luz dorada que atravesaban el agua desde la superficie.

Di unas patadas, nadando hacia la luz, hacia la vida. Mis uñas se clavaron en la tierra y me elevé por encima del borde del portal acuático para llegar a la tierra musgosa. Caí de espaldas, jadeando. Un aire deliciosamente cálido me llenó los pulmones, el aroma de la vida. La luz color ámbar se abría paso entre las ramas de los árboles, tiñendo la tierra de dorado.

Mi hogar.

Me incorporé, tratando de orientarme. Le había pedido al trono que me llevara a mi hogar, y me había traído aquí...

Pero ¿dónde estaba?

Unas gruesas enredaderas verdes adornadas con flores rojas se enroscaban alrededor de las bases de unos árboles altísimos. El aire era cálido e intensamente húmedo, como si hubiera entrado en un sauna. También era fragante, rebosante de perfumes exóticos y aromas florales que no reconocía.

Un bosque encantado.

El aroma del lugar desenterró un recuerdo que había estado oculto en lo profundo de mi mente, la sensación de ya haber estado aquí. Un *déjà vu*, tal vez.

El agua empapaba mi vestido verde y goteaba sobre la tierra. Debería sentir un terror absoluto, pero era difícil hacer caso omiso a semejante belleza. Ante mí había más tonos de verde de los que había visto en mi vida: esmeralda, lima, jade, salvia, musgo y olivo, tan intensos y abigarrados que me dejaron sin aliento.

Y cuando me miré los hombros, descubrí que incluso mi cabello había adquirido un precioso tono verde azulado.

Me puse de pie con dificultad y giré lentamente para intentar saber dónde estaba, pero mirara adonde mirara, la espesa vegetación me impedía ver.

A lo alto, las plantas se extendían metros y metros, enroscándose alrededor de troncos enormes y ramas tan gruesas como una columna dórica. Un bosque encantado y primigenio.

Me crucé de brazos, preguntándome cómo volvería a Feéra, o a cualquier lugar conocido.

Un chillido lejano rasgó el aire y vi un destello de alas rojas y azules con el rabillo del ojo. Algo grande, tal vez un pájaro, voló entre los troncos de los árboles, y el bosque quedó en silencio. Luego se oyó un fuerte alarido a lo lejos. El sonido de un animal muriendo.

Esto no es nada bueno.

Abrazándome, me alejé del portal. Detecté un movimiento en una rama a unos tres metros delante de mí. Era difícil ver a través del follaje, pero vislumbré un pelaje color café: una araña del tamaño de un perro pequeño, con seis ojos negros brillosos y un par de colmillos muy grandes.

Di otro paso atrás. Los colmillos de la araña empezaron a moverse con entusiasmo.

—Ay, mierda, mierda, mierda —dije en voz baja. La araña imitaba mis movimientos.

Me volví hacia el portal. ¿Quizá podría llevarme de vuelta? ¿O al menos llevarme a otro lugar?

Pero al pararme junto al agua, vi mi reflejo y se me paró el corazón.

Porque allí, asomando de mi cabello verde, había un par de cuernos dorados.

No podía respirar.

Una palabra resonó en los recovecos de mi mente cuando comprendí por qué el amuleto me había rechazado.

Noseelie.

Había pedido volver a mi hogar, y aquí me había traído la magia.

Mi *verdadero* hogar: el reino de las bestias salvajes.

Parecía que, después de todo, era una niña cambiada.

¡QUEREMOS SABER QUÉ TE PARECIÓ LA NOVELA!

Nos puedes escribir a **vrya@vreditoras.com**

con el título de este libro en el asunto.

Encuéntranos en

 tiktok.com/vryamexico

facebook.com/VRYA México

twitter.com/vreditorasya

instagram.com/vryamexico

COMPARTE
tu experiencia con
este libro con el hashtag
 **#Frost**